（日）冈本绮堂 著

李娟 译

妖怪货店

长江出版社

图书在版编目（ＣＩＰ）数据

妖怪杂货店 /（日）冈本绮堂著；李娟译
一武汉：长江出版社，2019.7
ISBN 978-7-5492-6555-8

Ⅰ．①妖… Ⅱ．①冈… ②李… Ⅲ．①推理小说一日
本一现代 Ⅳ．① I313.45

中国版本图书馆 CIP 数据核字（2019）第 130800 号

妖怪杂货店 /（日）冈本绮堂著 李娟译

出　　版	长江出版社
	（武汉市解放路大道 1863 号　邮政编码：430010）
选题策划	天河世纪
市场发行	长江出版社发行部
网　　址	http://www.cjpress.com.cn
责任编辑	陈　辉　罗紫晨
印　　刷	三河市腾飞印务有限公司
版　　次	2019 年 9 月第 1 版
印　　次	2020 年 11 月第 2 次印刷
开　　本	880mm×1270mm 1/16
印　　张	17.5
字　　数	190 千字
书　　号	ISBN 978-7-5492-6555-8
定　　价	42.00 元

目录 ——————

龙马之池

1

我的爱好是摄影，当然了，这只是业余爱好，技术还有待提高。但是因为我实在太喜欢摄影了，只是在市区或者郊区采风，已无法满足我摄影的需求。所以，我常常在假期或是工作之余，跑遍全国各地去摄影。这期间，我曾多次冒险，也遭遇过不少失败。我的这些经历里面有一个符合今天主题的故事，这个故事发生在四年前的秋天。

那一次，我在朋友的介绍下，独自前往福岛拍照，去白河畔找横田先生。由于是朋友介绍的，我与横田先生事先并不认识，但朋友与他是老交情了，让我一定要去白河拜访他，还写了一封介绍信，于是我就在返程的时候顺道进去拜访了他。横田先生经营了一家和服店，他是当地的名门望族，买卖做得很大。朋友在介绍信里与对方说，我与他一样热爱摄影，于是对方看到我的时候，表现得特别热情。他让我住进另外一座房子的内宅客房，拿美酒美食来招待我，这让我有些受宠若惊。

天黑了，横田先生来到我的房间，和我聊到了夜深。聊着聊着，他说："这里的确没有什么适合拍照的地方，不过您既然来了，我就想介绍一个比较有意思的地方，距离这儿有两三公里有一座龙马之池。去这个地方并不是很方便，不过可以坐马车到半途，再下来走路。怎么样，你想去瞧一瞧吗？"

"我经常在外旅行，这一点路程对于我来说不算什么。您口中的龙马之池，景色一定很美吧？"

"与其说景色美，不如说它因为有一片茂密的林木，所以别具一番神秘的风情。那里原本是一座很大的池塘，可现在只比东京的不忍池大一点。听说古代那里有龙，不过我估摸是蛇或者山椒鱼之类的。传说有龙，所以才把它称为龙之池，后来改为龙马之池。这其中有一段传说，我之所以想带您过去，也是这个原因。不过今天太晚了，你大概也想早点儿休息吧。"

"没事，我不怕熬夜的，什么奇怪的传说呢？"我好奇地问。

"是的，如果不先说这个故事，带您去的话就没多大意思了，所以我还是先告诉您吧。"

那会儿已经是晚上十点多了，耳边传来一阵阵的蟋蟀声。尽管才九月底，但是夜里的凉意已经让人想要围在火炉旁了。过了一会儿，横田开始向我揭晓龙马之池的奥秘：

"大概是八百年前，听说那是奥州的秀衡的全盛时期，在距离龙之池一町的地方，有一个有钱的农民，叫黑太夫。想必你也是清楚的，奥州盛产马，附近的三春有个大型的马市，黑太夫自己家也养了不少马。龙之池的旁边有一座古老的神社，历史颇为久远，当地人把它称为龙神神社还是水神神社，神社的前面站着一匹木马。一般来说，神社前面的御神马都是活的，只有那里的是一匹木马，没有人知道它出自谁之手，也没有人知道那是什么时候制作的，但是那匹木马的做工非常精细，常常让人误以为真。所以，开始有人传说木马竟然到池边去喝水了，甚至有人说在正月初一，这匹木马竟然会嘶鸣。这样的传闻，让很多人深信不疑。

"一天，木马突然不见了。因为有了之前的传说，人们就以为它大概是跑出去了，过不了多久自然就会跑回来，想不到过了三个月甚至半年，木马依然没有回来。神社不大，没有神官或总管驻守，所以也没人清楚木马是如何消失的。人们觉得木马不可能是被盗了，因为把木马偷去也没什么用。大多数人说，木马有灵性，可能已经沉到池底去了。那年秋天，一场暴风雨来临，池水漫了出来，淹没了附近的村庄，疫病开始流行。大伙儿觉得，正是因为木马失踪了，所以厄运才降临了本村。

"最担心的就是黑太夫了，他家财万贯，如果村里出了事，损失最大的是他们家。所以，他和村民们商讨，由他来出钱制作新的木马，用于供奉龙神神社。那会儿奥州没有出色的雕刻师，之前的木马制作得实在太精良了，想重新雕刻一匹一样精致的木马着实不容易，黑太夫因此很苦恼。一天晚上，家里来了一个僧人，希望可以借宿，黑太夫自然乐意。两个人交谈甚欢，聊起了木马的事情，僧人带来了一个好消息：奥州的平泉即将要兴建金色堂，很多佛师和木匠都将过去庆贺，其中有一位名叫佑庆的木匠，雕刻功夫了得。他建议黑太夫去找佑庆帮忙。

"黑太夫听了，高兴极了，第二天立即准备行囊，带着四五个下人去大街上，等待佑庆大驾光临。佑庆果然出现了，然而他和黑太夫心里想的完全不一样，他看上去只有二十四五岁，真的有僧人说的那么厉害吗？不过他还是叫住了佑庆，希望他帮忙雕刻木马。佑庆表示他要赶路，所以拒绝了。黑太夫不肯放弃，坚持要请他回自己家中，让他看看场地再做决定。佑庆在黑太夫的带领下来到了龙神神社，他环顾了一周之后，答应了黑太夫的请求。佑庆还说，只是刻木马的话，恐怕马儿会擅离职守，所以得多加个控制缰绳的马夫。

"黑太夫答应了，由佑庆全权制作。佑庆为了方便雕刻，希望由活人活马来当木版，有点像现在的模特儿。黑太夫家里有许多马，佑庆去挑了一匹全身淡茶色、四肢浅黄的，也就是所谓的'白鹿毛'。大家在讨论马夫的人选时，佑庆选中了一个叫舍松的人。那是一个十五岁的少年，当他还是一个婴幼儿的时候，就被丢弃在龙神神社前，黑太夫的家人看见了，把他带回家养育至今，可以说是一个名副其实的童养马夫。他自幼可怜，没有亲生父母，所以黑太夫特别怜爱他，他工作也非常努力认真，在众多的马夫中很是出彩。或许就是这个原因，佑庆才会选中他吧。反正，雕刻木马和马夫的时候，已经是七月底了，正是秋意浓的季节。"

2

"佑庆是怎么雕刻的呢？那个传说没有对细节做过多交代，只知道他要求在黑太夫的屋子里盖一个新的工坊，除了担任模特儿的舍松和马儿以外，谁也不可以进去，就连房子的主人黑太夫也被拒之门外。就这样，辛勤工作了大约五个月，到了十一月左右，马夫和木马雕像总算大功告成了。听说佑庆有时甚至会熬夜加班，工程很浩大。

"五个月后，佑庆第一次离开工坊，据说那时的佑庆非常憔悴，满脸胡须，两颊瘦削，看着比真实年龄老了十岁，但是他的目光依然炯炯有神。舍松和马儿的状态都不错，黑太夫一家就安心了。木马雕像、马夫与模特儿可谓一模一样，不得不说，佑庆的功夫实在了得。黑太夫很高兴，给佑庆送了很多厚礼，但佑庆都婉拒了，他剪下了一小段胡子，交代他们拿到山里去埋葬，并要立小石头为碑，但不需要写清楚是谁的坟墓。交代完之后，他就离开黑太夫家了。这事儿听上去还是挺诡异的，但是黑太夫还是吩咐人照他说的去做了，后来也不知道是谁开始说的，就把那一小块坟墓称作胡冢。

"村民们选了十二月初的一个良辰吉日，将木马供奉在神社前，附近的村民听说了，纷纷前来参加盛会。可是，未曾料到在盛会前一天的夜里居然下雪了。十二月下雪并不稀奇，只是自那天凌晨开始，雪就越下越大，转眼变成了暴风雪。黑太夫一家正发愁呢，没想到还是有许多人冒着大雪前来，不知道是不畏风雪，还是信仰虔诚。到了差不多中午时分，木马运了出来，雪也小了很多，大家看起来精神振奋，合力将木马和马夫搬上了车，正准备拉出门外。

"这时马房忽然传来了嘶鸣声，那匹'白鹿毛'好像着了魔，硬是把缰绳扯掉了，发疯似的跑到屋外去。

"大伙儿被吓了一大跳，大家众说纷纭，这时候舍松追了出来。白鹿毛往龙之池的方向去了，舍松紧跟在它后面。雪越下越大，马儿和舍松仿佛卷入了白色的旋涡。舍松似乎在半途拽住了缰绳，然而那天不知怎的，马儿无法平静下来，在暴风雪中与舍松拉扯。其他马夫也赶忙追了上去，但是雪太大了，没有人追得上，只能在后面大喊大叫。

"暴风雪越来越大，越来越急，舍松和马儿一转眼就不见了，看起来像是被风雪卷进了池塘。众人在惊吓之余，拼命四处寻找，但是都没有发现他们的身影。看样子他们似乎和前面的那只木马一般，沉入池底了。于是，大伙儿只好作罢，将重新制作的木马和马夫安放在跟前，虔诚地完成了当天的仪式。黑太夫担心马儿又跑了，于是派人早晚到神社前面去巡逻，多日过去了，马儿和马夫依旧好好地在神社面前，大家自然就安心了，只是舍松和白鹿毛的死让大家非常伤心。

"不管谁看到木马和马夫，都会觉得那简直就是活生生的白鹿毛和舍松，甚至有人觉得，因为雕工实在是太精细了，人和马的灵魂都被木雕给夺走了，所以肉身才不见了。甚至还有传说，木马也会嘶鸣，舍松的雕像还会说话。至于佑庆，后来就再无他的消息，似乎是在平泉的时候惨遭杀害了。他为了雕刻木马和马夫，耽误了五个月的时间，无法准时抵达平泉，惹怒了秀衡，而且工作也不顺利，整个人似乎都不在状态，秀衡怒不可遏，于是把他给杀了。他之所以在离开之前留下了一把胡子，大概也是早有预感吧。

"池塘本来是叫'龙之池'的，因为有了这档子事儿，后来就变成了'龙马之池'。"

"那，现在还能看到木马和马匹的雕像吗？"我等不及他把话说完，就提出了自己的疑问。

"故事还没完呢。"横田安静地说，"后来听说，佑庆并非日本人，而是宋朝时期渡海过来的中国人。如果是日本人的话，应该是剪下头发，而不是剪下胡子，所以他应该是中国人。过了七八百年，那个地方有了不少变化，黑太夫的宅邸如今变成了'黑屋遗迹'，无人修葺，破旧不堪。龙马之池因为山崩和洪水，形状也不似从前，如今只有过去的一半大小了。但是，即使发生了这么大的变化，龙神神社在江户末年依然还在，直到明治元年发生了奥羽战争，神社才被烧毁的。后人没有再重修，如今已是一片野草了。"

"那，木马也被烧毁了？"

"大家都是这么认为的，所以也没有人再去寻找它的下落。但是，大约又过了四十年的光景，也就是日俄战争结束之后，有一个名叫堀井、来自白河、在南京经营火电的男人，因为做买卖，沿着长江逆流而上，到了四川成都郊外六七里的一处庄子。那个村庄外面有一条河流，边上有一座龙王庙，庙前有棵柳树，柳树下面就有一匹木马。暂且不去考虑那匹木马的模样，木马旁是一个手握缰绳的少年木雕，而且是日本人的长相，堀井觉得难以置信。他生于明治之后，自然没有见过龙马之池的人像和木马，但是他看到的场景和他从前听过的故事非常吻合，加上马夫的模样与日本少年那么相似，就越发吸引了他的注意。他在当地四处问人，却无人知晓这两个木雕到底是什么时候开始存在的，也不知道是从何而来的。他相信它们一定来自日本，可是如果它们真的来自日本，不可能是自己跑到中国去的，一定是战争年代有人趁着战乱把它们搬走，卖给附近的中国人之类的。然而，那么重的雕像，谁又能神不知鬼不觉地搬走呢？这又是另外一个疑问了。就算佑庆是中国人，人像和木马也不可能自己跑回中国去。"

故事听起来十分离奇，我安静地听横田先生继续描述，他最后说："最近，龙马之池又有新的怪事发生了。"

"什么怪事？"我一听是怪事，又心生好奇了，两个人都没有留意到火盆里的炭已经燃尽了。

"我之所以想要带你过去，也是出于这个原因。"横田先生说，"七年前，宫城县有个中学老师带领学生到龙马之池去摄影，照片冲洗出来后，把大伙儿都吓呆了——水面上竟然浮现了一个手握缰绳的少年。这件事情传出去以后，就有很多人陆陆续续到龙马之池拍照，东京那边也来过好几个人。除了专业的摄影师以外，我们这些业余爱好者也有不少人前往，希望能够拍出神奇的景象，但是好像很少成功。也不是完全没有，十个里面大约有一个能够拍到木马和少年雕像的模样吧。"

"这简直是太神奇了。"我感慨地说，"那您拍到过吗？"

"没有，很遗憾，我试了好几次，始终没有成功。其实我本来已经放弃了，不过还好又遇到你，不如明天我们再一同去看看吧。"

"好的，那就麻烦您了。"

我的好奇心越发浓烈了，况且，如果真的能够拍到只有十分之一机会的照片，不也是值得自豪的事情吗？我简直彻夜难眠，希望明天快点到来。

3

天公作美，第二天恰好是个大晴天，我早早起来做好了准备，和横田先生一块儿出门。他带了一个随身的仆人，还有照相机。由于事先已经知道龙马之池那边没有可以吃饭的地方，所以他还带了啤酒和食物，让仆人拿着。

我们共同搭乘马车，走了三里路，然后又徒步了三里路左右，穿过田间小路、树林和山坡，终于抵达了山边。横田先生和小仆人是当地人，这点路对于他们来说算不上什么难事，而我也是经常旅行的人，自然没有太多不适。随行的仆人叫昌吉，尽管只有十六岁，但是身材非常高大壮硕，看起来非常聪明，横田少爷十分宠爱他，去哪里都得把他带在身边。

"你还记得我昨晚提过的舍松吗？昌吉与他，有着一样的身世。"横田先生边走边说，"他也没有自己的亲生父母。"

原来，昌吉也是个弃婴，也一样不清楚自己的出身，三岁的时候就被横田家收养了。听到这件事情，想起舍松的身世，他今天和我们一起去龙马之池拍照，也算是一种缘分。昌吉果然非常聪明懂事，一路上把我们照顾得妥妥帖帖。

近午时分，我们抵达了目的地。眼前的景象，和我想象的非常不同，这里有许多大树，却是一个光照十分充足的地方，视野很开阔，让人心旷神怡。

"又被砍掉了。"横田先生自言自语。近些年来，树木不断遭到砍伐，所以周遭已经越来越明亮了，没有了过去的神秘味道。其实，哪里都一样，这也是没有办法的事情。但是，龙神神社的遗迹已经杂草丛生，想走进去却不那么容易了。

我们三个人来到一棵大树下稍作休息，昌吉开始为我们准备午饭。横田先生似乎带了不少东西过来，小小的篮子里竟然还装着水壶，准备在这里烧水泡茶。万里晴空，阳光耀眼，树叶悄无声息地飘落，池塘里的水如镜子般平静。仔细一看，池塘中只有岸边长满了芦苇和芒草，池内清澈见底，没有一点儿水草。一想到这里竟是有着许多传说的龙马之池，我感到有些失望，看样子似乎被横田先生给戏弄了。

"我去打水。"昌吉说罢，提着水壶就要离开。在池塘的北边有清澈的涌泉。横田先生说，也许是有泉水进入池塘，所以这里的池水即使是夏天也非常寒冷。

"趁着这个空当儿，我们开始工作吧。"

横田先生把相机拿了出来，我也拿出了我的摄影工具，两个人朝着不同的方向拍了好几张照片以后，发现昌吉依然没有回来。

"这小子干什么去了？"横田先生大声喊他名字，但是没有听到任何回应。

这时，我俩一回头，发现装满水的水壶已经放在篮子边上了。看来，我们正专注于拍照的时候，昌吉已经装好水回来了，却不见人影。我们知道不能这么干等下去了，于是横田先生开始在周围捡一些树枝落叶，而我也帮忙一起生火、烧水、沏茶，就这样，我们俩先吃起午饭来了。可是，过了那么久，昌吉依然不见人影。我和横田先生互看了一眼，心中隐隐有些不安。

"昌吉究竟哪里去了？"

"该不会是出什么事了吧？"

我们赶紧结束了午餐，开始在附近寻找昌吉。俩人绕着池塘走了一转，又去附近的树林和草原，连龙神神社遗迹的杂草丛都没有放过，找了整整两个小时，依然没有看见昌吉的踪影。横田先生一屁股坐在草地上，很失望。

"没办法，我看我们还是先回家，再来一趟好了。"横田先生说。

于是，我们把篮子留在了原地，就出发回家了。赶在日落之前，我们回到了镇上，把整件事情告诉店里的人，大伙儿都被吓到了，打算一起出发去寻找昌吉，一共二十余人。横田先生再次带队出发。

"您大概也累了，先洗澡休息吧。"横田先生跟我说完这句话，就出发了。可是我却翻来覆去，无法入睡。心中忐忑不安，一心盼望着他们快点回来。直到夜深了，才看到横田先生和其他人回来了。

"还是找不到昌吉。"听到这话，我震惊了。与此同时，我不得不怀疑，昌吉该不会遭遇和舍松一样的事情了吧？

第三天，我继续留在横田先生家，希望可以获知昌吉的消息。这天，警察和青年团也一并出发了，进行了大面积全范围的搜索，但依然没有找到人。我因为不好意思在他家停留太久，决定第二天就离开，在宇都宫歇一晚，然后直接回东京。但是我心里还是惦记着昌吉的下落，于是写信向横田先生询问情况。过了两三天，我收到了横田先生的回信，信里是这样说的：

（前面略）

难得您过来一趟，却发生这样的事，让您费心了，我感到很抱歉。关于昌吉，如今他依然下落不明。昌吉并没有离家出走的意思，我们对此除了觉得奇怪，不免也在怀疑他是否与舍松一样遭遇了不测。然而，我们已经搜寻了龙马之池，依然没有找到他。

另外，还有一件事情不可思议：当天在龙马之池拍下的照片中，其中有一张隐约可以看出一个少年的身影，尽管非常模糊，但看着确实有些像昌吉。

不知道您拍的那些怎么样呢？希望可以告知我您拍摄部分的结果。

信里大概就是这个意思，我也将自己拍摄的照片冲洗出来，但是并没有看到任何人影。至于横田先生的照片为何会出现那种现象，我至今也不清楚。

白发鬼

1

S律师的自述：

对于别人说的那种怪谈，我从来就没有什么兴趣，我自己也从来不跟别人谈论这些，但是在我年轻的时候遇到的那件事，直到现在都没有办法解释清楚。

大概十五年前，我在神田的某法律学校读书，当时住在曲町半藏门附近。我当时住的地方是由普通的民宿改造的，只有七个房客。这个民宿属于兼营寄宿的那一类旅店。女主人是一个气质高雅的五十岁出头的女人，照顾房客的还有她不到三十岁的女儿和一名女仆。她的长子在京都读书，家庭环境很不错。在等她的儿子回来继承家业的这段时间，如果终日吃喝玩乐，那有些过于乏味无聊，所以他们做起了寄宿的生意以消磨时间，排遣寂寞。跟其他的寄宿家庭不同的是，他们都很亲切，对待我们这些房客就像是自己的家人一样，在这里住的房客都非常开心。

虽然我们称呼女主人为夫人会让别人感觉有些奇怪，但是她气质高雅，我们不想称呼她为老板娘，于是大家都一致称呼她为夫人。她的女儿是伊佐子小姐。至于她的姓氏，姑且就叫崛川吧。

经常听到东京酉之町的大名，但是我从来没有真正见识过。虽然很想去，但是一直没有机会去浅草，所以在十一月初，一个晴朗的晚上，我决定去附近的四谷看看。吃完晚饭以后，我一边散步一边看着周围的热闹情景，有些三心二意，并不是十分虔诚。记得那晚是初酉，宾客非常多，可能是天气好的原因。我跟随人群，把神社内外都转了一圈，来到电车通的时候，有很多商贩在摆摊，非常热闹。突然听到人群里有人在叫我："须田君！你怎么也来了！"

"你也是来参拜的吗？"

"应该算是吧！"

来人是山岸猛雄——这是一个假名字，他跟我在一个寄宿家庭，于是我们一块儿借道而行。他一边笑着说，一边让我看他手上的那个小耙子，还有一个奇怪的红薯，这个红薯插在竹枝上。

"真热闹啊！"我说，"你买这个干什么？"

"送给伊佐子的。"山岸笑着回答，"去年也送了，今年一样。"

"是不是很贵？"我并不懂里面的行情。

"不，我跟老板狠狠地砍价了，因为是初酉，这个价格还是很合理的。"

我们一边说一边交谈，在一家咖啡店的门前，山岸停了下来："喝点东西再走吧？"

我跟着他走进了咖啡店角落里的一张空桌子旁，我们坐下来点了红茶和一些点心。

"你不能喝酒吗？"

"对。"

"一点都不能喝吗？"

"是啊！"

"我们都一样，要是可以喝一点酒就好了。这几年，我一直努力学习喝酒，可还是没办法，到现在还没有学会。"山岸若有所思地说道。我那时候还年轻，并不明白山岸为什么要强迫自己喝酒。我笑着看着他，山岸满怀心事地叹了一口气。

"还是不要喝了。但是我要是可以喝一点就好了……"他反复地说，突然又笑着说，"我之所以想要学会喝一点酒，是因为想要得到伊佐子小姐的欢心……哈哈。"

我不知道山岸心里的想法，但是寄宿的其他房客都觉得是伊佐子在主动靠近山岸。

崛川家，伊佐子的哥哥在京都读书。伊佐子在二十一岁的时候嫁到了外地，很不幸，她的丈夫在婚后第二年就病逝了。伊佐子回到娘家以后又度过了七八年的时间，对于她的过去，我们大概知道一些，都感觉有些悲凉。伊佐子不像她的母亲那样性格开朗，她不太爱说话，但是长相十分出众，只是姣好的面容上经常挂着一丝落寞。

山岸大概三十岁了，面色红润，体形非常健壮，很有男子气概。听说他的家庭很富足，每个月的生活费都很充裕，所以经常打扮得很体面，花钱也很豪爽，是所有房客里最优秀的，伊佐子能看上他也很正常，听说夫人也知道这件事，也表示默许。当听到山岸提起伊佐子的时候，我心里并不感到奇怪，也不觉得嫉妒。

"伊佐子小姐喝酒吗？"

"我并不知道，也许不喝吧，她还经常劝我不要喝酒。"

"那你为什么要学会喝酒来取得伊佐子小姐的芳心呢？"

"哈哈哈！"山岸爽朗的笑声引得其他几桌的客人看向我们，让我感到有些尴尬。喝完茶吃完点心以后，山岸付完钱，我们回到了街上，冬天的月亮高高地挂在河堤的松树上。虽然夜里的天气非常清朗，但十一月份的寒风还是从背后呼啸而来，感到刺骨的冷。

走过四谷见附，快要走到曲町大街的时候，以大桥为界线，周围突然变得非常安静。山岸抬头看着远处的消防瞭望台，突然说道："你觉得这个世界上有幽灵吗？"

听到山岸突然这么问，我沉思了片刻，回答道："虽然对于幽灵我并没有研究太多，但是我并不相信这些。"

"是啊。"山岸点头说道，"我跟你一样，也不相信这些。"说完，他便沉默了。

现在的我，因为工作的需要，十分擅长跟其他人交流，但是那时候却十分沉默寡言，只要对方不说话，我也就保持沉默。我们两个都没有说话，踩着地上的落叶，安静地走在曲町大街上，突然间，山岸停了下来："须田君，我们去吃鳗鱼吧？"

"什么？"

我扭头看着山岸，刚才在四谷的时候喝了茶，现在又去吃鳗鱼，我感觉有些不正常。他看到了我的疑问，说道："你应该在家吃了晚饭，但是从下午到现在我都没有吃饭，本来刚才想要在咖啡馆吃饭，但是那里太吵了。"原来他一直都没有吃饭，虽然刚才在四谷的时候吃了两块蛋糕，但是并不能填饱肚子。即使是这样，鳗鱼对我们这些学生来说也太奢侈了。虽然现在很多地方都可以吃到廉价的鳗鱼，但是那时候的鳗鱼非常昂贵，特别是山岸要去的鳗鱼店很高档，我不得已，只得婉言拒绝："我先回去了，要不然你自己去吃吧。"

然而山岸拦下了正要离开的我："你别走，要不然你陪着我吧，除了吃鳗鱼，还有些事情跟你说。我说的是真的，我真的有些事情要跟你说……"实在是没有办法拒绝，我只得跟着山岸去了二楼的鳗鱼店。

2

在这里，我觉得有必要对我和山岸的关系做进一步的说明。

山岸之所以对我特别友好，不仅是因为我们寄宿在同一家民宿，更是因为我们以后想要从事的工作也是一样的，我们都希望能够成为出色的律师。在我的眼里，他是一位前辈，所以对他非常尊敬。为了成为律师，我一直在非常努力地学习。而山岸不仅比我年长，而且除了法律知识以外，他其他各个方面的能力也比我强很多。除了英文以外，他还精通德文、法文，所以能跟这么优秀的人认识，我感到非常高兴和荣幸。每次向他请教问题，他都会非常真诚地给我解答。这让我很感激。

但是有一件事情我一直想不通，山岸已经参加了四次法律考试，但是都没有通过。我不明白像他这么优秀的人，为什么一直没有通过。据我的了解，那些没有山岸优秀的人都通过了。也许那些有实力的人想要通过考试，还要有一定的运气，但是这么多次都不通过，实在是让人觉得疑惑。

"我考不过是因为我太胆小了。"

山岸这样向我解释，但是我认为，山岸并不是一个胆小的人，他身材魁梧，独具慧眼，不应该是一个害怕大场面的人。我觉得不管是哪个考官都会录取他，但是他为什么会落榜，这实在是一件令人匪夷所思的事情。虽然失败了那么多次，但是山岸依旧有条不紊地准备着下一次考试。因为他的生活费非常充裕，他已经邀请我吃了两三次鳗鱼了。

"你还年轻，晚饭估计已经消化得差不多了，不要跟我客气，多吃一点。"在山岸的劝说下，我毫不客气地大快朵颐了。我们只吃鳗鱼，桌子上点的那瓶酒，我们都没有动。在等加餐的鳗鱼上桌的时候，山岸突然说道："实话告诉你，我今年准备回老家了。"突然听到山岸这么说，我吃惊地看向他，他定定神对我说道："我做出这样的决定也许你会感到吃惊，但是我已经下定决心了。想来想去，我都觉得律师这份工作跟我没有缘分。"

"你想得太多了。"

"我也一直都不愿意相信这些，就像我觉得这个世界上没有幽灵……"

不管是刚才还是现在，他都一再提起幽灵，这不由得引起了我的好奇心。我继续听他说下去，没想到竟然从他那里听到了这样的一件事：

"你说你不相信幽灵，我自然也是不相信，听到别人谈论时，我从来都没有放在心上。但是现在因为幽灵，我不得已，要放弃自己的理想了，你不相信幽灵，所以肯定觉得我有些愚蠢吧，没关系，想嘲笑就嘲笑吧！"

我并没有嘲笑他的意思，既然山岸说出这样的话，就肯定有他的缘由。即使是这样，我依旧不相信这个世界上有幽灵，我没有说话，对这件事半信半疑。整个二楼只有我与山岸两个人，山岸抬起头看着天花板上的灯，我感觉夜晚的寒气从房间的各个角落里慢慢出来，并逼近我们。

现在是晚上九点，外面的电车来来往往，十分热闹，楼下烤鳗鱼的声音啪啪作响，头上的灯光昏暗，花瓶里的白茶花被头上昏暗的灯光映射在墙上，那些影子有些寂寥，但是这些并没有增加紧张的气氛。山岸对这些并不在意，只想说些自己心里的事情。过了一会儿，他继续说道："我自认为平时还算用功，对于律师考试我很有信心可以轻松通过。也许我说出这些话，你会感觉我有些张狂，也许有些太自信，但是我的确觉得如此。"

"这是肯定的！"我立刻接着山岸的话说道，"像你这么优秀的人肯定可以考过。"

"但是就是这么奇怪，就像你知道的，我已经连续四次落榜了，连我自己都觉得很奇怪……"

"我也觉得很奇怪，这到底是为什么啊？"

"说起来，这个原因很荒谬，就像我前面说的，是因为幽灵的折磨，就连我自己都觉得很荒唐，十分无可奈何。这件事我从来没有对任何人提起过，在我第一次参加考试的时候，我非常认真地作答，可是突然有一个女人出现在我的面前，我看不清楚这个女人的衣着，只知道她身材高挑清瘦，一头白发。我原本以为是一个老人，但是她有一张三十多岁的白皙瓜子脸，所以她到底多大年纪，我没有办法确定。这个女人站在我的桌子前面，紧紧地盯着我的试卷，奇怪的是就在这个时候，我突然感觉头晕目眩，整张试卷都不知道写了什么……你觉得这个女人会是什么？"

我一边想一边问道："考场里面不是还有很多其他考试的考生吗？而且还是在白天。"

"的确如此。"山岸点头说道，"当时考场里还有很多考生在一起考试，外面太阳很大，但是她就这样出现在我的面前，周围的其他人并没有受到影响，只有我受到了她的影响，卷子上画得一塌糊涂，我都不知道自己到底写了什么答案，就这样交了卷子。考官肯定不会让这样的试卷通过。第一次考试就这样失败了，但是我并没有放弃。一方面是因为那时候我的家庭条件还算富裕，即使是我浪荡一两年也没有什么关系，另一方面是因为我性格淡定，所以才能如此不慌不忙。"

"那你觉得那个满头白发的女人是什么情况？"

"我觉得是我精神衰弱的原因。"山岸继续说道，"我即使平时再怎么散漫，但是那时候我刚大学毕业，考试前，我总会读书读到夜里两三点。之所以产生那样的幻觉，我以为是精神衰弱的原因，因此也并没有过于惊讶。"

"后来那个女人消失了吗？"我继续问道。

"并没有，故事才刚刚开始。当时我住在神田，嘈杂的环境让我的精神非常不稳定，后来搬去了小石川，但是第二年考试的时候，白发女人又一次出现在我的桌前，一直紧盯着我的试卷。即使我心里非常烦恼，却没有勇气抵抗，只能像做梦一样答完了题目，交上去了一份乱糟糟的试卷……可就算是这样，我依旧没有放弃，觉得还是神经衰弱的原因。三个月以后，我搬去了湘南，每天玩乐，觉得恢复了一些状态，便又回到了东京，寄宿到了现在的崛川家。住在这里的这段时间，我觉得非常开心舒适，觉得这次一定可以通过了。就在去年，我参加了第三次考试。考试的情况我也已经熟悉了，精神也已经恢复了正常，我觉得这次我一定可以考中，就当我信心满满地准备答题的时候，白发女子又出现了，接下来的情况就跟以前的一样，我只得垂头丧气地离开了考场。"

听到这样让人匪夷所思的故事，我已经没有心情再吃一些送过来的烤鳗鱼了，但并不是因为我已经吃饱了。山岸也没有动筷子，只是盯着盘子看。

3

跟后面的故事相比，鳗鱼似乎已经不重要了，我引导他说下去："按照你的说法，还是精神衰弱的原因吗？"

山岸小声地叹了一口气："接连几次发生这样的事情，我的确要好好想想到底是怎么回事儿。这几次，每次考试除了白发女子的事情，成绩我都如实地汇报给了家里。我担心家里的人会觉得我是因为考试没有通过所以才捏造了白发女子的事情，这样就显得我过于卑劣，我只能告诉家里人，考试没通过是因为自己不够努力。就像我说的，除了我，没有人能看到那个女人，就算我说出来，也没有人会相信，就连我自己刚开始也认为是神经衰弱的原因，也没有必要拿出来谈论，就这样没有再被提起过。但是连续三次发生这样的事情，我在心里开始产生了怀疑。就在这个时候，家里的父亲给我来信，让我回家一趟。我父亲在九州岛F市做生意，因为结婚早，所以在二十三岁的时候就生下了我，去年已经五十二岁了，在当地律师业界内还算有点地位，能够说得上话，因为他的原因，我才可以活得这么自在。可能是因为我接连的失败让他有些失望，所以才让我回家去吧。就是去年年底到今年正月这段时间，你不觉得这段时间我改变了不少吗？"

"这我倒是没有注意到。"我摇头说道。

"即使是像我这么不慌张的人，在几次参加考试失败以后，面对父亲，我还是觉得羞愧。面对责问，我终于忍不住向父亲说出了白发女子的事情。父亲听了以后，眉头紧皱，看了我好大一会儿，便沉着脸问我，是真是假？我说是真的，他一句话都没有说，也没有继续追问。父亲的沉默不由得让我心中疑惑，这其中肯定有其他的隐情，不能再一味地当作神经衰弱了。过了两三天以后，父亲却突然让我放弃律师考试，不要再回东京了。但是在家里也没有其他的事情，我勉强说服父亲让我再回东京一趟，如果今年还不能通过考试，我就只得回老家去了，所以这才又回到了东京。我现在已经没有退路了，只得努力准备今年的考试了。我以前是那么悠闲，现在却要努力学习，准备今年的考试，但是你们却没有发现我的改变，看来在你们眼里我还真的是不慌不忙啊。"山岸苦笑着继续说道，"今年的结果还是一样的……那个白发女子又出现在我的考场上，让我没有办法好好地答题，这几年无论我坐在哪个位置，我都摆脱不了她，我根本没有办法躲过去。现在也只能用幽灵来解释，被这个幽灵妨碍得几次考试都失败了。父亲又接连几次来信，非得让我回去。本来准备今年继续努力，明年再参加考试，但是如此看来，我必须回去了。在我过年回老家的时候已经跟父亲约定了，我没有办法再由着自己的心意了。另外父亲在信中告诉我一件事，让我非常震惊，父亲在信中告诉我：'就算你千辛万苦通过考试，成为律师以后，肯定也会给你的未来招来祸事，你还是回来另谋其他的生路吧。我知道让你就这样放弃自己坚持了那么长时间的理想肯定会非常难过，但是不光是你，今年我也会放弃自己的事业。'"

"为什么？"我觉得很奇怪，打断山岸问道。

"我并不清楚。"山岸若有所思，"我虽然无法全部理解父亲的想法，但是大概也明白了一些，所以我现在也已经彻底放弃了，准备今年回老家。在F町附近，我的父亲有很多的土地，他会摆弄一些花草，安度自己的晚年。至于我，是回家找其他的工作还是跟父亲一起打理园艺，就只能等到回家以后再做打算了。"

我的心中感到有些难过，感觉山岸就这么放弃律师考试实在是可惜和匪夷所思，更不知道他的父亲为什么要放弃自己的事业。对于我来说，山岸是我的前辈，对我照顾有加，如今要离我而去，心中不免落寞。我低着头听他说话，山岸又继续说道："我今天晚上说的话，你一定要替我保密，也不要告诉夫人和伊佐子小姐，可以吗？"夫人和伊佐子小姐要是知道这些肯定会惊讶不已，我虽然很舍不得山岸，但是也知道这件事是万万不能告诉她们的，便点头答应。

新上来的鳗鱼我们都没有动筷子，便让店家打包准备带回去送给伊佐子小姐。一想到不知道山岸就要离开的伊佐子小姐晚点儿收到甜薯还有烤鳗鱼这些礼物时的高兴模样，我的心里就有些难过。

走出鳗鱼店，寒风凛冽，刮得似乎比冬天还要厉害，我跟山岸一句话也没有说，沉默地朝寄宿家庭走去。

4

伊佐子收到了这么多的礼物，自然非常开心，因为送礼物的是山岸，夫人也很高兴。伊佐子很高兴，但是他们都不知道山岸就要离开了，我心里觉得伊佐子有些可怜，因为心里伤感，跟他们打过招呼便回到了自己的屋里。

崛川家的二楼有五个房间，再加上楼下的两间，一共七间，是供给房客们居住的。我住在二楼东边的角落，山岸则住在一楼的第六个房间。

我的房间虽然在东边的角落，但是是在二楼，在北边临着大街的方向开了一扇窗户，光照不足，房间非常阴冷。今天晚上的夜风吹得窗户有些摇晃，更让人感觉到一丝寒意，我也没有精神读书，钻进了冰冷的被窝，但是怎么也睡不着，今天晚上听了山岸的故事，更加没有睡意了。

今天晚上山岸跟我讲的那些，我从头到尾梳理了一遍。山岸认为那是幽灵，但是大白天凭空出现幽灵，实在是让我有些不信服。但是山岸将白发女子的事情告诉他的父亲以后，他父亲的态度却很令人疑惑，他大概是知道些什么。而且他让山岸放弃考试，自己也准备放弃自己的事业。综合以上信息，这件事肯定有其他的隐情，应该是跟律师有些关联。也许他的父亲已经在心中告诉了山岸隐情，山岸可能也不便说出，这才委屈自己，放弃律师考试，准备回老家吧。

我无法控制自己的大脑，我的想法越来越多。他的父亲从事的是辩护工作，我想应该是民事案件，而不是刑事案件。我做出大胆的猜想，那个白发女子应该是涉案人员，不管是原告还是被告，也许判决结果对那个女子十分不利，最终导致她自杀或者是郁郁而终，以至于在她死后对山岸的父亲进行诅咒。难道是她的怨灵化成幻影出现在了考场上，来干扰山岸参加考试？

如果是这样的话，那些诡异的故事就可以做出一些解释了。但是这些如同小说里的情形，真的存在吗？这不由得让人深思。

山岸告诉我，那个白发女子出现在他的考场上，但是平常没有出现过，他也从来没有见过这名女子。白发女子是否真的在平日里没有出现过或者见过，这个我得找机会问清楚。就在我冥思苦想的时候，外面传出了一阵鸡鸣声。

昨天夜里，我一夜无眠，第二天早上起床随便吃了两口饭便去学校了，可能是因为昨天晚上的风，早上非常寒冷。但是风已经停了，天气晴朗。

我的心里有些不安，下午放学以后，我便早早回家。看到崛川一家没有任何变化，山岸也安静地在房间里看书，我松了一口气。傍晚六点，天已经全部暗了下来，只有狭小的房间里亮着微弱的灯光，伊佐子小姐把饭送进了我的房间里。

伊佐子小姐原本就苍白的脸色此时因为寒冷，显得更加苍白。

"今天好冷啊！"平常总是放下饭菜就离开的伊佐子小姐竟然站在门口对我说道。

"对啊，现在就冷成这样，实在让人不好过。"

"昨天晚上，须田先生是和山岸先生一起回来的吗？"伊佐子小姐继续问道。

"对。"我回答道。我知道伊佐子是想要跟我打听山岸的事情，不由得有些头疼。

"你们都聊了些什么啊？"不出所料，伊佐子小姐问了起来。

"你是指哪些？"

"这个月的一个星期，山岸先生的老家就打来了三次电报，还寄来了信。"

"这我不太了解。"我装作不知道的样子。

"我觉得应该是有些事情发生，你不了解吗？"

"我并不知情。"

"我在想，山岸先生是不是要回老家了。他什么都没有跟你说过吗？"

伊佐子的猜想让我有些惊讶，但是山岸让我保守秘密，我不能说漏嘴。

伊佐子似乎看出了我的异样，不由得朝我走近了一些："山岸先生跟你关系比较好，平常交流得也比较多，如果你知道什么请告诉我，不要隐瞒可以吗？"

对于伊佐子小姐的话，我不知道该如何回答，虽然我们朝夕相处，但是我并不知道他们两个人发展到了什么地步，而且山岸嘱咐过我不要说出来，我只得按捺住自己的内心，一再告诉她我不知情。

伊佐子小姐似乎有些着急，最后说出的话也不由得有些难听："他实在是太可怕了。"

"这话怎么说？"

"山岸先生昨天晚上送给了我一些烤鳗鱼，那些烤鳗鱼有问题。"伊佐子告诉我，因为收到烤鳗鱼的时候已经是深夜了，所以她们收起来准备第二天再吃。今天上午，有只大野猫偷偷溜进来吃了一大块，结果吃完就吐出了一些脏东西死掉了，应该是中毒死的。

这样一说，似乎跟我也有些关系，只得听她继续说下去。

"那只猫是吃了鳗鱼中毒死的吗？剩下的烤鳗鱼呢？"我郁闷地问道。

"我与母亲商议以后就把剩下的烤鳗鱼扔掉了，还有耙子和那些甜薯，总感觉心里有些害怕……

"我们二人也吃了烤鳗鱼，但是到现在我们都没有任何问题啊……"

"就是因为这样，我才觉得他可怕，可他表面上还是一副十分友善的样子，说是请我们吃烤鳗鱼，其实是为了把我们毒死吧。要不然为什么你们吃了都没有事情，给我们带回来的却是有毒的？这也太让人怀疑了吧。"伊佐子小姐的眼里突然透出一丝锐光。

"您误会了，虽然这的确让人觉得奇怪，但是那些烤鳗鱼是我们吃剩下的，才带回来给你们，并不是当作礼物送给你们的。我一直和山岸先生在一起，他并没有下毒的机会与嫌疑。那只野猫有可能是吃了其他不干净的东西，也许是因为烤鳗鱼放了一晚上坏掉了，但是不管是山岸还是我，绝对没有下毒，这跟我们没有任何关系！"我着急地向伊佐子小姐解释，但是她似乎并不相信，还用那种厌恶防备的眼神看着我，让人心里发毛。

"你为什么这么怀疑山岸先生？肯定还有其他的事情，肯定不只是一只猫。"我继续问道。

"的确还有其他的原因。"

"是什么？"

"我不能跟你说。"伊佐子果断拒绝，摆明了不让我追问太多。

我虽然有些生气，但是觉得跟已经被冲昏头脑的伊佐子争辩再多也不会有结果，便把头撇向一边。就在这个时候，夫人在楼下呼唤伊佐子，伊佐子走了出去。

我一边吃饭一边想，这件事已经牵扯到毒杀了，绝对不是一件小事，如果夫人也这样想，我觉得我有必要替山岸做出一些解释。我打算吃完饭先到山岸房间里，问他是否知情，结果我吃完饭到楼下的时候，山岸已经吃完饭出去散步了。

我心里有些烦躁，不想回房间，准备出去走走，刚走到门外，夫人便追了上来："须田先生，请等一下。"

听到有人叫我，我停下了脚步。我站在离寄宿家庭十五六米远的邮筒旁边等着夫人，她一边回头一边小跑过来，小声地问我："须田先生……伊佐子有没有跟你说什么？"

正当我不知道怎么开口的时候，夫人继续说道："烤鳗鱼的事情她有没有跟你说？"

我干脆回答道："她说野猫吃了烤鳗鱼死了……"

"猫的确是死了……伊佐子胡乱猜想的，我也烦恼得很。"

"这的确是伊佐子胡思乱想的，山岸先生肯定不会做这样的蠢事。"我说得有些着急，夫人有些犹豫，她回头确定没有人便又说道："最近山岸家里的书信比较多，我的女儿心里有些介意，我不知道你是否清楚。她也是在担心山岸是不是要回老家，这才……"

"如果山岸的确要回老家呢？伊佐子跟山岸是不是有什么约定？"我直接问道。

夫人沉默了一会儿，似乎有什么话想说。对于夫人的态度，我想我也明白了一些，伊佐子与山岸之间的确有些牵连，看样子夫人也是默认了，于是我又接着说道："山岸先生就算是要回老家，肯定也会把其中的缘由告诉大家，对于现在的一切，他一定可以妥善地处理好，您就不用太操心了，山岸肯定会好好地解决这些问题。至于烤鳗鱼的事情，伊佐子小姐的确是冤枉山岸了。"我将跟伊佐子说过的那些话又重复给夫人说了一遍，她点头说道："您说得对，的确是伊佐子胡乱猜想的，山岸先生肯定不会做出这样的事情。最近伊佐子总是疑神疑鬼，跟以前有些不一样……"

"不会是思虑太多了吧？"我问道。

"是吗？"夫人眉头紧皱，心中烦恼不已。

虽然伊佐子让我有些生气，但是看到一向敦厚的夫人愁容满面，也不由得有些担心。我正准备安慰两句，却有邮差过来送信，我们便只好离开。

我回头才看到，在这个寄宿家庭的门口，伊佐子正在偷偷地看着我们，我感到吃惊。似乎知道自己被发现了，伊佐子快速离开了门口。

5

与夫人告别以后，我在曲町大街上刚走了几步，就有一辆汽车向我迎面驶来，车灯有些暗，我感觉不对劲，跟我擦身而过的时候，不由得朝里看了一眼，车里竟然坐着一位白发妇人，我不由得心里一紧，汽车疾速而过，不知道朝哪个地方去了，或者说是消失不见了。

这一定是我的幻觉。一定是因为山岸告诉了我关于白发女人的事情，这才让我产生了幻觉，把汽车里的女人当成了山岸嘴里的那个白发女人。这世界上白头发的女人太多了，不能因为对方也是一头的白发，就认定那是祸害山岸的白发女人。即便如此，我还是感觉心里发毛，十分不安。

"我的胆子还真是小！"

我一边嘲笑自己胆小，一边朝灯火明亮的地方走去，一直逛到四谷附近，也没有买什么东西。今天虽然没有刮风，但还是非常冷。我没有穿厚衣服，也没有戴帽子，实在是太冷了，我加快了回家的脚步，同时也担心出来这一会儿，寄宿家庭会不会发生什么事情，我的脚步不自觉越来越快。进入后街，月光清冷，镇上传来了一声遥远的狗叫。

回到寄宿家庭，果然发生了一件大事：就在我出去的这段不长的时间里，伊佐子服药自杀了，还是在山岸的房间。她的怀里藏了一封给夫人的信，信上说："是山岸杀了我。"

夫人受了很大的惊吓，但是女儿服毒自杀，又不能什么都不管。我回到这里的时候，刚碰到警察来现场调查。

女侍一不小心将猫被毒死的这件事说漏了嘴，我一到家就被警察审问了，山岸刚到家就被警察直接逮捕。伊佐子虽然是自杀，但是留下的遗书还有猫被毒死的事情使得山岸不得不接受审问。

在警察询问的过程中，山岸从来就没有承认过与伊佐子之间的关系。

"但是有一次，就在今年夏天的一个晚上，我在英国大使馆的樱花树前散步，伊佐子小姐突然从我的身后跟来，我们一边散步一边聊天。她问我为什么不结婚，我笑着回答她，我的法律考试接连几次都不通过，有谁会嫁给我？伊佐子小姐说：'即使是这样，也有人想要与你结婚，你会怎么办呢？'我记得我跟她说，如果有人想要嫁给我，我一定满心欢喜地娶她过门。就只有这一次，从那以后，伊佐子小姐再也没有跟我说过什么。"

夫人也说道："我的女儿喜欢山岸先生这件事，我也有所发觉，我也希望她可以实现自己心中的梦想，但是我并不觉得他们之间还有其他的关系。"

山岸与夫人之间的说法是一样的，所以现在只能认为伊佐子小姐是因为失恋伤心过度，所以才自杀；野猫的死也是伊佐子小姐下的毒，大家都觉得应该是伊佐子小姐为了测试毒药的效果，所以故意把沾了毒药的鳗鱼喂给野猫吃。野猫的尸体被解剖过后才发现，毒死它的毒药与伊佐子小姐所服用的毒药是一样的。

但是有一点没有办法解释的是，伊佐子为什么把野猫毒死，然后借此指控山岸在鳗鱼里下毒害她们母女两人？如果这也归咎于失恋的刺激，那就有些说得通了。

就这样，山岸毫发无损地从警局出来了，这件事也就到此结束，但是令人吃惊的是伊佐子小姐的遗体在入棺的时候，头发竟然全部变成了白色，有人说是因为服用了毒药。守灵的时候，夫人说："那天晚上，我与须田先生分别以后，却找不到伊佐子，我明明看到她刚才还在这里，既然没有找到她，我便想回到屋里暖和一下，却听到外面有汽车声响，好像是停在了我们的门口。我正在想谁来了，走到门口却一个人也没有。正当我觉得奇怪的时候，女侍急匆匆地跑来，告诉我发生了大事。我心里十分害怕，回到屋里，便看见在山岸的房间里，伊佐子就躺在那里，已经死了。"其他人都沉默不语地听着，山岸也没有说话。我心中憋着一些事情，正准备开口，但最终还是保持了沉默。夫人对所有的事情并不知情，我还是不要再多惹是非。

伊佐子葬礼结束的第二天夜里，山岸乘车返回老家，我去送行。那个晚上非常寒冷，天上没有一颗星星，在候车室里，我将汽车的事情告诉了山岸，他只是平静地点点头。我问他："除了在考场，在其他的时候，你也看到过那个白发女人吗？"

山岸若无其事地回答："搬到崛川家的时候，平日里也会看见，那个女人跟伊佐子非常像。在我的眼里，伊佐子不是去世以后头发才变白，其实平日里也是白色的。"

我突然全身紧绷，此时传来了汽车将要出发的铃声。

单脚女

1

我的老家在千叶。在《南总里见八犬传》里，作者泷泽马琴写道：里见一家在第十代忠义的时候灭亡了，在此之前，里见一家共传承了九代，分别是义实、义成、义通、实尧、义丰、义尧、义弘、义赖、义康。

今天我要讲的故事发生在德川攻陷大阪的那一年夏天，也就是元和元年。相模国的领主太久保忠邻和里见家一直保持联姻的关系，里见家的灭亡之灾也由此而来。

太久保忠邻是相模的领主，本来是相州小田原城的城主，即使是在德川家众多赫赫有名的人里，他的势力也是不容小觑的。但是突然之间从高处落至低谷，这其中的原因没有人知道。有的人说是因为他在进攻大阪城的时候和敌人私通被主公发现；也有人说他是被石见国的领主太久保长安牵连，所以才受到了惩罚；还有人说他是被佐渡领主本多父子陷害，才落得如此下场。不管怎样，里见忠义的领土之所以被没收，确实是因为他娶了太久保忠邻的女儿，他后来还被判刑流放到了伯耆国。这个在房州居住了十代的名门望族就这样陨落了。里见家已经没有后代延续，所以才会有《八犬传》的流传，而马琴也不得不找其他的资料来创作了。

依照马琴经常说的"闲话休提"，下面我要说的是里见家陨落前后发生的事。

里见忠义的上一代义康，人们称之为安房的侍从。他在三十一岁的时候去世，也就是庆长八年十一月十六日。庆长十年，也就是他去世两年以后的一两个月，故事就发生在那一年的晚秋或初冬。忠义的家臣里有一个名叫大泷庄兵卫的武士，因为每年有一百石的俸禄，所以年俸号为百石，也就是一百袋米。当时有大约一百人每年可以得到百石的年俸，号称安房百人众。里见家的菩提寺是延命寺，有一天，庄兵卫夫妇带着一名杂役去馆山城下的寺院祭拜。在回去的路上，庄兵卫夫妇看到路边蹲着一个小女孩。

看到夫妇两人经过，小女孩默默地低下了头。因为小女孩长得让人心生怜爱，所以庄兵卫忍不住停了下来。小女孩看起来应该是乞丐，忠义上位执掌政权以后认为乞丐数量之所以会不断地增长，甚至成为国家的负担，正是因为有人施舍，所以他下令禁止救济乞丐。这项规定所有人必须遵守，包括庄兵卫夫妇在内，即使看到有乞丐，也只能当作没有看见。

小女孩身上的衣服十分单薄，也很肮脏，已经看不出来原本的颜色，头发也十分凌乱，但是即便如此，也依然可以从凌乱的头发里看到一张粉雕玉琢的小脸蛋，她看起来似乎只有八九岁。

"这个孩子太可爱了！"庄兵卫的妻子说道。

"是啊！"庄兵卫也不由得叹了一口气。

不管能不能救济，两人都没有办法放任这么可爱的小女孩不管，庄兵卫的妻子上前问小女孩儿多大了，叫什么名字。小女孩不知道自己叫什么名字，只知道自己九岁了。

"你出生在哪里？"

"不知道！"

"你的父母呢？"

"不知道！"

像小女孩这样不知道自己的父母，不知道自己出生在哪里的人有很多。小女孩儿告诉两人，自己从出生以后就被抛弃了，后来虽然被人捡了回去，但是三岁的时候又被丢弃了，后来又有人收养她，但是一年以后又被丢了出来。小女孩儿就这样被反复地丢弃，中间辗转被两三个人收养又丢弃，一直到七岁。现在已经九岁了，每天靠乞讨，也算是有口饭吃，就这样一直看人脸色勉强活到了现在。

"真是太可怜了……"

庄兵卫的妻子听得心疼极了，眼含热泪："你这么可爱，怎么有人狠心把你丢掉啊？"

"因为我是一个残疾人了。"小女孩也双眼含泪，"他们刚开始也会因为可怜我而收养我，但是时间长了，谁会愿意养一个残疾的孩子呢？慢慢地就会嫌弃我了。"

小女孩虽然只有九岁，但是说话像大人一样。但是光从外表看，并不能看出这个长相可爱的小女孩身上有什么残缺，庄兵卫夫妻两人不由得心生疑惑。不知道什么原因，也许是伤心或者是害怕，小女孩一直小声地哭泣，将身体蜷缩成一团，两人也一直尽力地去安慰她。后来才发现女孩的左脚健全，但是右脚从膝盖的地方截断了，竟然只有一只脚。从小女孩的伤口，庄兵卫看出来好像是被丢到路边的时候被什么东西咬伤的，并不是一出生或者是生了什么病才导致的残疾。

了解了小女孩的情况以后，庄兵卫夫妻实在没有办法看着这么可爱的小女孩流落街头，但是考虑到领主已经规定不能救济乞丐，如果照此下去，小女孩儿肯定会被饿死。两人心生怜意，于是问小女孩："你知道领主颁布了规定不准任何人再对乞丐进行施舍了吗？"

"不知道！"小女孩儿回答。

庄兵卫的妻子心中感到非常悲伤，她将丈夫拉到旁边，央求丈夫对这个小女孩伸出援手。庄兵卫也正有此意，但是作为里见家的武士，公然出手帮助这名小乞丐，有些不太合适，所以他找来同行的杂役与市帮忙。与市的老家在西岬村，离馆城山很近，家里以务农为主，为了在武家工作，在两三年前去了庄兵卫的家里。他虽然年纪不大，但是为人十分正直本分，他的家里还有一个哥哥和母亲。所以庄兵卫想让小女孩儿暂时在他的老家生活，于是把他找来，结果与市很爽快地就答应了："属下这就带她回去。"

对主人忠心耿耿的与市，将独脚的小女孩背回了老家，庄兵卫夫妻两人这才安心地回家。天快黑的时候，与市回来告诉庄兵卫，他已经把小女孩交给了母亲照顾。半个月以后，庄兵卫夫妻去与市的老家探望小女孩，看到与市的母亲和哥哥都是十分老实本分的人，因为是主人交代照顾的，再加上他们对小女孩的遭遇也十分同情，所以小女孩被照顾得很好。

两三个月过去了，快到年底的时候。在这之前领主忠义已经下令不许任何人救济乞丐，如今又颁布了一条新的命令，更是让所有人震惊。因为城里还有乞丐，还出现了乞丐偷窃东西的事情，所以领主忠义对此更加不满，下令在三天之内，所有的乞丐都要搬到其他的地方。如果到了规定的期限，还有乞丐没有搬走，就格杀勿论。在这样威严的命令下，很多的乞丐都逃到了其他的地方，但是那些没有按照时间规定搬走的，都被残忍地杀害或是被活埋。一时间，里见领地内的所有乞丐和流浪汉都被清除了。

"幸亏我们提前安置好了那个小女孩。"庄兵卫夫妻两人都觉得很庆幸。要不然这个独脚女孩一定会因为行动不便，成为这条命令的牺牲者。

与此同时，他们也警告与市，让他一定要严守这个秘密。

2

值得庆幸的是小女孩在与市家里人的照顾下，健康地长大了。庄兵卫的妻子只要有时间，就会带着衣服和零用钱去探望小女孩，还给小女孩起名为阿冬。

就这样过了几年的时间，一转眼阿冬已经长到了十六岁。

当阿冬还是小乞丐，灰头土脸地在地上乞讨的时候，长得已经十分惹人怜爱了。现在慢慢长大，更是出落得水灵动人。她从小就喜欢拄着拐杖四处走动，时间长了，即使拄着拐杖也能行动自如。阿冬不仅口齿伶俐、身手利索，就连女红也做得十分精美。

"她要是身体健全就好了。"与市的母亲和哥哥更加怜爱阿冬。

也许是因为身体的残缺，所以要给阿冬找一个称心的夫君并不是一件简单的事情。特别是周围的人都是以务农为生，不管男女都要下地劳作，所以即使阿冬容貌美丽、性格贤惠，还是没有人愿意娶她。每次想到这样惹人怜爱的阿冬一辈子不能嫁人，不光是与市的母亲和哥哥，就连庄兵卫的妻子也会心疼不已。

庄兵卫夫妇这么照顾阿冬，除了觉得她太可怜以外，还因为两人膝下无子，所以对她格外喜爱。对于阿冬的未来，庄兵卫的妻子十分忧心，所以只要有时间就会跑去探望阿冬，而阿冬也出落得越发楚楚动人。她曾经和与市的母亲跟哥哥商量，就算是陪送一点嫁妆，也要为阿冬寻找一个如意郎君。但是前面说过，有谁愿意娶一个残疾新娘呢？这可不是一件容易的事情。

又过了一两年的时间，阿冬更加楚楚动人，附近的年轻男子经常在背后偷偷谈论阿冬。有的人甚至还会故意去扯阿冬的衣角，对于这些人，阿冬向来都不予理会。她把与市的母亲和哥哥当作自己的主人和亲人，对他们十分尊敬，是个十分成熟懂事的孩子。

阿冬十八岁的时候，也就是庆长十九年，她的恩人大泷庄兵卫家中出现了一些不妙的状况。因为相模宝忠邻五万石的小田原领地被幕府没收，小田原城也被下令拆毁了。面对突如其来的大变故，关东一带所有人都诚惶诚恐，不知道该怎么办，特别是跟太久保结为亲家的里见家，突然失去了庇佑的神灵，不知所措。所有的人都纷纷猜测，里见家也许会像太久保忠邻那样，被没收领地，家族也可能因此灭亡，城中人心惶惶。庄兵卫也害怕会因此受到牵连，所以决定去神社祈求平安。庄兵卫去祭拜的是主公安泰，因为里见家对当地的神社十分敬重。

里见家的神舍离西岬村不远，庄兵卫刚好可以顺路去看望阿冬。看到阿冬长得一年比一年出色，越发美丽动人，不由得在心里感叹。后来每次他去神社参拜，都会去与市家探望阿冬。没过多久，江户那边有消息传来，里见家最终还是被姻亲牵连，受到了连坐。从那时候开始，到了晚上，庄兵卫才会去洲先神社。

庄兵卫是从三月份的时候开始在晚上参拜，只要晚上对轮班值勤没有影响，他都会及时到达神社，这种情况一直坚持到五月份，这期间他从来没有松懈过。庄兵卫去神社虽然是为主公祈福，却总是在晚上出门，而且从来不带侍卫，庄兵卫的妻子不由得心中起疑。她心里好像想到了什么，于是把与市找来，小声地说道："大人最近太不正常了，你今天晚上跟我一起悄悄地跟着他，看看到底是什么情况！"

与市不得已，只好带着夫人去神社，虽然距离不远，但是仍然需要走上一段路程。还没有等到天黑，庄兵卫就迫不及待地出发了，妻子和与市小心翼翼地跟在后面。走到半路的时候，天就黑了，因为天已经全部黑了下来，两人跟着庄兵卫，走着走着，竟然跟丢了。

"这可如何是好？"庄兵卫的妻子有些不知所措。

"我觉得我们还是先回去吧，您看怎么样？"与市说道。

"也只能这样了。"

这好像是目前为止最好的办法，庄兵卫的妻子无奈只得继续前行，此时天色已经完全暗了下来，又没有火把之类可以照明的东西，心里不由得有些害怕。与市对附近的地形比较熟悉，而且是一个男人，所以这一路走来对他来说并没有什么。庄兵卫的妻子可没有那么轻松了，她实在是太辛苦了，所以忍不住叫住与市："你拉我一把吧！"

与市有些犹豫，但是因为这是夫人下的命令，他没有办法置之不理，于是只得一边拉着夫人，一边继续往前走。结果走了还没有多远，突然从旁边的树林里蹿出来一个人，手里还拿着孔明灯。突然出来的人把两人吓了一跳，停下了脚步，突然听到来人说道："你是与市吗？你拉着主人妻子的手干什么？"

声音正是主人庄兵卫的。庄兵卫继续斥责道："竟然让我亲手抓到你们，你们做了这样不轨的事情，难道还不知悔改吗？"

"事情不是这样的！"此时的庄兵卫妻子已经被吓破了胆，大声喊道。

"这大半夜的，你竟然跟这个男人手拉手在外面游荡，这难道不是证据吗？"庄兵卫的妻子还没有来得及说话，就看到庄兵卫手起刀落，妻子的肩膀就这样被砍了下来，很快便因失血过多死亡了。

此时的与市，大叫一声，正准备逃跑，却被庄兵卫从背后用刀刺穿了胸膛。尽管如此，他还是向树林外拼命地跑去。幸运的是，他终于跑到了家门口，他满身是血地冲进了家里。此时的母亲和哥哥看到他这个模样，害怕极了，也很伤心。他把今天晚上发生的所有事情告诉了母亲和哥哥之后，便一命呜呼了。

第二天早上，庄兵卫对外宣称自己的妻子和下人与市有不正当的关系，在逃跑的过程中被他亲手抓住，已经被他解决了。庄兵卫妻子的娘家人对这个说法并不信服，而与市的母亲和哥哥更加没有办法相信，但是两人已经被处决，没有办法再证明两人的清白，他们只得被迫接受这个说法。与市的母亲和哥哥每天以泪洗面，也只能感叹自己身份低微，没有能力去反抗。

而就在这个时候，庄兵卫派人来到了与市的老家，说没有办法再让阿冬在这个不检点的人家里继续生活，于是将阿冬接了回去。从此以后，这个长相美丽动人的残缺少女就在庄兵卫的府里继续生活。当时的里见家正处于生死存亡的紧要关头，所有人都自身难保，所以对阿冬的到来并没有注意。

3

这样让人惶恐不安的一年终于过去了。接下来到了元和元年，就在这一年的五月，大阪城终于被德川家攻破。虽然太久保家受到了严重的处罚，但是里见家并没有因此受到惩罚。就在所有的人觉得事情已经结束的时候，却在五月下旬，里见家的领地被下令收回，而里见忠义也被流放到了伯耆。

因为主公家遭受惩罚，所以家里的臣子转眼也成了浪人。幸好大泷庄兵卫早有准备，留了一些积蓄，即使成了浪人，生活也算过得去。他把家里的仆人遣散以后，便搬到了馆山城外。除了他以外，还有一个叫阿冬的女孩需要他照顾，但是阿冬行动不便，他只得带着她坐船去了上总，然后走水路去了江户。此时，妻子与下人与市被他残忍杀害刚好过去一年的时间。等到夏天的时候，他已经四十六岁了，而阿冬才十九岁。

两个人在浅草寺的附近租了一间小屋子，每天无所事事，过一天是一天，两个人之间就像夫妻一样相处。虽然"安房的里见"说来也算是赫赫有名，但是最近这些年武士道不再盛行。所以，作为原来里见的家臣，并没有人愿意雇用庄兵卫。而阿冬也不愿意去武家做用人，而且庄兵卫也不愿意独脚且长相貌美和女儿差不多年龄的娇妻去武家做下人，所以他并不愿意去寻找新的主公。但是他也没有别的办法，每天都无所事事。在周围邻居的建议下，他开了一个学堂，教人学习认字。邻居还好心地帮他招来了七八个学生。阿冬腿脚不便，没有办法打理家务，而庄兵卫也忙于教学，所以只得请了一个下人来料理家务。但是，每个来打理家务的女工待不了多长时间就走了。

周围的邻居都感觉十分匪夷所思，为什么女工换得如此频繁？于是拦下了一个准备离开的女仆问她到底怎么回事儿，结果女仆却说："太太虽然年轻漂亮，但是让人心生畏惧。她跟老爷之间的感情实在太好了，实在让人没脸看下去了。"

对于这对年龄相差较大的夫妻，周围的邻居都知道他们的感情非常要好。但是没曾想到，竟然好到连女仆都看不下去的地步。只要认真观察，便不难发现，他们两人之间的亲密程度，让那些已经懂人事，年龄比较大的学生都看不下去。还有那些十二三岁的小女孩儿，出于这个原因，都拒绝再去老师家上课学习。如此一来，本来就不多的学生就更少了，两个人的积蓄也用完了，生活真正艰辛起来。

"我还是继续当乞丐吧！"对此，阿冬虽然不在乎，但是庄兵卫却没有办法忍受自己和妻子一起去乞讨度日。元和二年十二月，某天晚上，庄兵卫从浅草的并木经过，对面走过来一个男人，看起来像是在商家里工作的，像是刚要回家。庄兵卫心中突然生起歹意，将对方截住："就要过节了，浪人我囊中羞涩，还请您帮个忙。"

对方看出来他想打劫，不敢轻举妄动，趁他不注意的时候，拿起草履朝他脸上丢去，想要趁机逃走。此时庄兵卫心中怒火已经被点着，一怒之下，在对方的背后拿刀砍去。等到刀落下去的时候，才后悔莫及。但是事情已经发生了，后悔也没有办法。只得取下他脖子上的钱包，赶紧逃走了。等到他跑到浅草寺附近打开钱包的时候，才发现里面只有两贯文钱。

"为了这点钱，我竟然犯下了如此不可原谅的大罪！"此时的他肠子都悔青了。虽然只有两贯文钱，却解了他的燃眉之急。他将钱藏进怀里，回家去了。第一次杀人抢劫，庄兵卫只觉得心里十分后怕。为了不让人发现，他将刀上的血迹仔细擦掉，不留下任何证据。而他的举动却被一旁的阿冬偷偷地看到。

"这是人血吗？"

"对！刚才在路上有人想抢劫我，我便杀了他。"庄兵卫把自己伪装成了受害者。

阿冬没有说话，默默地看了一会儿，便对庄兵卫说，自己想尝一下刀上的血。庄兵卫虽然觉得有些诡异，但是对于娇妻的请求，他实在没有办法拒绝，便让她尝了一些。

那天晚上，不知道阿冬对他说了什么，但是从那天起，每隔三五天，庄兵卫便会出去杀人，而刀上的血迹总是被阿冬很高兴地舔舐干净。而两个人的生活费也是从被害者的身上劫来的。有一天晚上，庄兵卫实在找不到杀人的合适时机，只得将路边的一条狗宰了。等到阿冬尝了刀上的血以后，竟然生气地说："这是狗血，不是人血！"

庄兵卫十分震惊。除此之外，阿冬还能分辨刀上的血是男人的还是女人的，只要她一尝，被害者是老人还是小孩儿，她都可以猜出来，庄兵卫非常震惊和害怕。阿冬的需求实在是太大了，所以每次杀人，庄兵卫便在袖子里装一个小瓶子，来接受害者流出来的血。做了这些不可饶恕的事情，庄兵卫的心里并没有任何负罪感，每次看到阿冬楚楚动人的脸上灿烂的笑容，他便觉得一切都是值得的。

江户城不少男女老少都被庄兵卫杀害，他变成了一个杀人狂魔。后来，除了让娇妻开心，让娇妻分辨受害者的性别也成了他最大的乐趣。

在这个江山刚刚被统一的时候，德川幕府正在用心经营江户，根本不可能让这样的杀人狂魔横行在世，扰乱社会治安。而且最近在街头经常有武士随意杀人试刀，町奉已经对此展开了紧急的调查。庄兵卫虽然已经注意到了，但是事情已经到了这个地步，他已经控制不了自己，依然在江户到处杀人，没过多久，便被巡逻的官差抓到了。

在牢房里住了四五天以后，他才恢复理智。官差在询问他的时候，他也供认不讳。就连以前的妻子和下人被他杀害的事情，他也全部招认。

"我自己都不知道自己为什么会犯下这么多的大罪，就像是做梦一样。"

虽然他的记忆很模糊，但是从元和二年到现在，大约有五十个人被他杀害。到这个时候，他才察觉，身体残缺的阿冬有可能不是人，还特地说出几个理由来证明。因为，这些事情都过于机密，没有办法公开说明。

不管事情怎么样，官差都认为阿冬也必须接受审问。于是让四五个官差去他家里捉拿阿冬。竟然派出了四五个官差去抓这个女人，这虽然有些浮夸，但是庄兵卫的话不得不让人提高警惕。那一天是六月底的一个黄昏，此时的阿冬正在竹廊下燃烧驱蚊的柴火，看到官差来到家中，她立刻跳到了院子里，从稀疏低矮的树篱中冲了出去，官差赶快追了上去。

即使阿冬一只脚，速度快得还是让后面的男人望尘莫及。这附近有不少小河流，阿冬都身手矫健地飞跃过去，看得后面的官差目瞪口呆。官差追到隅田川时，只见阿冬纵身跳进水中，当时有人想上前阻拦，却被她恶毒的眼神吓得退了好几步。

"快把船划过来！"

官差划船到了河的中间，只见阿冬在水中浮浮沉沉，浮出水面的时候，身上竟一丝不挂！衣服不知道是被河水冲走的，还是自己脱的。当时天还没有暗，所有的人都清楚地看到，一个白皙的女人，身上一丝不挂地踩着浪前行，而且还是一只脚。官差想要划船追赶，不知道是因为着急而失去了平衡，还是怎么回事儿，一阵浪花过来，将船直接掀翻了。幸好官差都懂水性，这才侥幸逃过一命，但是此时阿冬已经消失得无影无踪了。官差们沿着河岸寻找，却并没有人见过她，最后官差们只得无功而返。而此时被关押在牢里的庄兵卫知道了这件事，长长地叹了一口气："我猜得果然没有错，那个女人应该就是人们常说的鬼女吧。"

十天以后，庄兵卫对看押自己的狱卒说，希望自己可以早点儿被处死。就在前一天晚上，阿冬在牢房外引诱他，但是被他毅然决然地拒绝了。虽然知道她是一个魔女，但是自己一看到她还是会忍不住心动。他害怕时间长了，自己会忍不住动了越狱的心思。心里实在害怕，所以希望自己早点儿被处死。

两天后，在千住，庄兵卫终于得偿所愿地被处死了。

蛇　精

1

我的家乡流传着关于蛇的怪谈。虽然说被蛇干扰或者关于蛇妖的说法一直都有很多，蛇与怪谈之间也是经常有关联，但今天我要说的与这些有所不同。

我的老家在九州岛的某座山里，因为潮湿温暖，所以有很多的蛇，但是都是一些日本常见的对人类没有太多危害的蛇，那些可以害人性命的蛇非常少见。虽然偶尔也会发生人被蛇咬伤的事情，但是像冲绳波布蛇这类毒性很猛的蛇却很少见，像那些体形非常大的蟒蛇更是难得一见。但是听一些人说，曾见过一丈五将近两丈的蟒蛇，在地上悠闲地盘旋。

不管对人有没有危害，大多数人对蛇都没有好的印象。而当地人因为从小就跟蛇打交道，对蛇倒是没有那么厌恶，也不那么害怕。即使是这样，那些蝮蛇还有蟒蛇还是让人心生畏惧。蝮蛇的毒性很强，人们自然比较畏惧，但是因为被蝮蛇咬而导致丧命或者残疾的人却几乎没有过，因为蛇毒可以治疗，即使是被咬伤也可以及时治疗，如此一来，便可以减轻蛇毒带来的伤害。而且蝮蛇特别讨厌蓝色布料的气味，所以如果有人进山就会带上一些蓝色布料绑在腿上，以避掉这些危险。有一些外地人专门捕杀蝮蛇以维持生计，但是老家没有这样的人，蛇肉跟蛇酒也没有人食用过。

蝮蛇偶尔也会出现在乡间，当人遭遇蝮蛇攻击的时候，会将对折的毛巾故意在蝮蛇面前摇晃，被激怒的蝮蛇会一口咬住手巾，就在这个时候，只要用力抽回手巾，蝮蛇的牙齿就会被拔落下来。没有了毒牙的蝮蛇对人便没有了威胁，接下来的下场便可想而知。所以当地人并不会像外地人那样害怕蝮蛇。虽然蝮蛇的毒性很强，但是很好对付，如果当地有人说害怕蝮蛇，那一定会被狠狠地嘲笑。

但是蟒蛇的情况就不同了。蟒蛇体形巨大，可以吞下家畜，有时候连小孩子都不能幸免。而且捕捉蟒蛇非常不容易，不像蝮蛇那样好对付，所以大家都很害怕蟒蛇。从古至今，关于蟒蛇的传说有很多，村里人大多都很恐惧蟒蛇。所以，不知道从什么时候开始，每年的农历四月初，也就是蟒蛇开始活动的时间，村里就开始举行盛大的蛇祭。人们用草叶编成长长的蛇的形状，一边唱歌，一边将草叶编成的蛇拖到大河里放流。听说只要将大蛇上面的草叶放进护身符里，就不会被蟒蛇纠缠，也不会遇见蟒蛇，所以村里的男女老少都争着拔下草叶放在身上。从古至今，村里每年都会举办这个祭典，这恰恰说明了人们心中对蟒蛇的恐惧以及它对人们造成的危害之大。

但是村里有一个人，他不仅不怕蟒蛇，蟒蛇见了他还要绕道走，这个人叫吉次郎，大家都称呼他为蛇吉。他是第二代捕蛇人，四十年前，他的父亲吉次郎来到了我们村，靠给别人修补草屋的屋顶为生，但是一个偶然的机会，他帮别人驱赶走了蟒蛇，从那以后，抓蛇便成了他的主要经济来源。他去世以后，他的儿子接替了他的工作，技术比他的父亲还要精湛许多，因此受到了村里人的信赖。他的母亲已经六十多岁了，他们两个人住在一起，跟村里人一样过着平凡的生活。他以捕蛇为生。因为夏天才是蟒蛇活动的季节，所以整个冬天都会无所事事，只在夏天工作。

听说他捕蛇的办法有两种。第一种是在蟒蛇经常出现的地方挖一个洞，然后把一种草药放在里面烧，闻见味道的蟒蛇从洞里爬出来的时候刚好掉进洞里，而且草药有麻痹蟒蛇的作用，被洞困住的已经麻痹的蟒蛇就只能任由蛇吉处理了。至于麻痹蟒蛇的草药，他从来不告诉其他人。

如果这么简单的话，只要弄到草药就可以捕蛇了，蛇吉也就没有什么值得人称赞的本事了，所以第二种办法，也只有蛇吉可以做到。如果有人突然发现了蟒蛇，临时挖洞烧草药肯定来不及了，这个时候蛇吉就会带上一把斧头，腰上绑上一个装满了红色药粉的麻袋。首先在蟒蛇经过的路上撒上红色的药粉，然后在四五间（间：日本古时的长度单位，一间是六尺）的地方撒上第二道红色药粉，同样的在四五间以外设下第三道防线。等到这三道防线设置好以后，就可以等蟒蛇出来了。

"我必须在第三道防线之前解决它，如果它越过第三道防线的话，我就没命了。"他经常说这句话。

蛇吉只要手持斧头出现在第一道防线，蟒蛇就会目露凶光。只要在第一道防线的时候蟒蛇略微迟疑，蛇吉就会毫不犹豫地冲上去把蛇身劈开。如果蟒蛇冲破了第一道防线，蛇吉就会面对蟒蛇退到第二道防线。蟒蛇即使坚持到第二道防线，多少还是会有些不敢向前，只要蟒蛇稍微有迟疑，蛇吉就会用斧头狠狠地朝蟒蛇砍下来。就像蛇吉说的，即使有蟒蛇冲破第一关，也会在第二关的时候被蛇吉砍断。话虽然是这样说的，但是遇到危险的时刻，如果没有敏捷的身手，肯定是没有办法退回第二道防线的，所以大家才会叫他蛇吉。

但是有一次，一条巨蟒竟然冲破了第二道防线，围观的人不由得心中一紧，蛇吉的脸色也变得苍白，他觉得情况不对，赶紧退到第三道防线，没想到蟒蛇也紧跟上来。

"大事不好！"

大家心中大惊。

蛇吉每次捕蛇都不会穿衣服，只有下半身穿一条深蓝色的短内裤，今天也是如此，眼见蟒蛇就要冲破第三道防线，蛇吉的性命受到威胁，蛇吉将内裤脱下，口中好像念叨着什么，上下跳着，用力地将内裤撕成两半。就在这个时候，蟒蛇的嘴也跟着内裤一起裂开，没过多久就死掉了。蛇吉的精力好像被掏空了一样，他昏厥过去，在众人的精心照顾下，好不容易才醒了过来。

从此以后，人们对蛇吉又是尊敬又是害怕。蛇吉所用的药粉，肯定是对蟒蛇下了毒。大家也都知道，他是趁蟒蛇中毒的时候，将蟒蛇砍死。但是这次的事情实在让人没有办法明白，在生死攸关的时候，蟒蛇的血盆大口竟然跟着被撕破的内裤一起裂成两半，就如同魔法一样。大家也想知道这其中到底是什么原因，但是无论别人怎么问，蛇吉都不说，村民之间开始偷偷地讨论起来。

最后竟然有人说："蛇吉不是人，是蛇精。"

2

不管蛇吉是不是蛇精，村里人都觉得他的存在对大家来说是一种福气，所以并没有人因此对他表示反感或者是敌对。也许是怕跟他作对招来什么祸事，总之，村民都很尊重他。就在这件事发生半年以后，蛇吉的母亲去世了。

蛇吉的母亲去世以后，就只剩下蛇吉一人。他已经三十二岁了，本来早就该娶妻生子，但是没有人愿意把自己的女儿嫁给他，不管是自己村还是邻近的村庄，都没有女孩愿意和他结婚。虽然受到村民的尊敬，而且以捕捉蟒蛇为生的蛇吉收入也不错，生活无忧，但是一把年纪的他依旧孑然一身。

"以前我娘在的时候，我也没有什么觉得不好的，但是从她去世以后，我就觉得很孤单，一日三餐对我来说就很麻烦，您看您能不能给我找一个媳妇？"有一天，他去村主任家里这样说道。

村主任也认为蛇吉有些可怜，虽然大家在背后对蛇吉议论纷纷，但是这些年，他为村子也做了不少好事。平日里他也算老实本分。他的母亲去世后，他的生活起居都成了问题，所以才来找自己说门亲事，这也是人之常情。于是村主任叫来村里的一些长辈来商议这件事，大家都十分同情蛇吉。

"蛇吉也的确可怜。"

话虽这样说，但是并没有人愿意把自己的女儿嫁给蛇吉。

就在村主任为难的时候，有一个人突然说道："前一段时间，重助有一个三十五六岁的远方亲戚来家里，好像以前在茶馆当妓女，要不然去跟重助商议一下，也许可以让他们在一起……"

"听说那个女人得了非常严重的病，连重助都很头疼呢。"另外一个人说道。

村主任去找重助。重助家里非常贫穷，一家四口人已经生活得非常困难，现在又来了一个表兄家的女儿，更是加重了家里的困难，重助忍不住抱怨。这个女人已经三十七岁了，虽说是他表哥的女儿，但是年轻的时候生活不检点，在各地的茶馆卖身，染上了梅毒，没有办法继续工作，只好来到了重助的家里，如果身体健康还好说，但是现在每天躺在床上，奄奄一息，什么忙也帮不上，只会吃闲饭，给重助家里增添了很多负担。重助将这些情况都告诉了村主任。

"卧病在床实在是麻烦。"村主任头疼地说。

"哪里有人愿意娶这样的女人？"重助一脸吃惊。

"别人愿不愿意我不知道，吉次郎托我给他找个媳妇。"

"是那个蛇吉啊。"

不管是谁，如果愿意把自己的这个侄女娶走，重助都非常乐意，于是他一再拜托村主任，但是重助的侄女现在还生病躺在床上，村主任不知道该如何跟蛇吉说，于是村主任让重助不要着急，等到他侄女的病好一些再商议。

半个月以后，重助来到村主任的家里，告诉村主任，他侄女的病已经好了，希望村主任可以从中牵线搭桥，其实他是想把这个吃闲饭的侄女赶紧送走。村主任对于他所说的侄女的病情已经康复表示怀疑，就在村主任不知道该如何是好的时候，刚好遇到蛇吉上门向村主任询问做媒的事情。

村主任心中暗想，想嫁的人跟想娶的人如此有缘分，也许是上天注定，于是他将这其中的所有事情告诉了蛇吉。结果蛇吉在知道了这个女人比自己大五岁，而且以前靠卖身为生，还得了梅毒以后，竟然答应娶这个女人。这样一来，大家没有什么为难的了，一切进行得很顺利，半个月后，蛇吉便将这个名叫阿年的女人娶回了家。

但是，不出村主任所料，阿年的身体并没有完全恢复健康。她虽然可以勉强起床干活儿，但是身体非常虚弱，整日面色苍白。因为是自己做的媒，村主任衷心希望她早点儿好起来。天遂人愿，一个月后，阿年竟然像是变了一个人一样，身体慢慢地好了起来。

"也许是蛇吉给她吃了烤蛇肉。"有人在背后悄悄议论。

没人知道事情的真相是什么，但是阿年的身体的确是越来越好。村主任看她跟蛇吉生活融洽，也就慢慢放心了。其实蛇吉跟阿年的感情比外人看到的还要融洽，以前以卖身为生的阿年不知道为什么对蛇吉格外爱恋，蛇吉也对阿年非常好，就这样，两个人一起生活了三年的时间，蛇吉终于将自己捕蛇的秘密告诉了阿年。

蛇吉家后面有一栋比较矮的房屋，因为周围都是树木，又坐北朝南，所以即使是白天，屋里还是非常阴暗潮湿。在小屋的角落里，阿年发现了从来没有见过的蕈类。蛇吉告诉她，他捕蛇用的药粉正是这些蕈类植物研磨而成的。他告诉阿年，他把那些蛇杀掉以后埋在这些土里，两三年以后就会长出这些蕈类，他将这些蕈类切碎，加入一些女人的头发，还要添加另外一些药物，最后混在一起提炼出来，蟒蛇就是被这种药物燃烧时的气味吸引出来的。蛇吉并没有告诉阿年添加的药是什么。上次那个巨蟒被捕杀时所用的那些药就是这样来的。阿年知道，就算知道用什么药，要想捕蛇也不是一件简单的事情，所以没有继续问下去。

蛇吉夫妻二人生活幸福美满，感情非常好，但是最近蛇吉却总是没有精神，显得垂头丧气。阿年担心地问，是不是身体不舒服？蛇吉只是说没事，但是某天却主动对阿年说："看来我做不了多久了。"

对于蛇吉的工作，阿年并没有什么意见，但是她知道年龄大了就无法继续做这个工作。所以她想早点儿为以后做些准备，赚点钱做些别的工作也好，或者是买一些田地，为以后的生活做些安排。阿年的打算，蛇吉很认同，点头说道："我是无所谓，但是不能让你饿着，趁现在还能干，我要多挣一些钱。"

他又说："村里的人都知道，我娘去世的前半年，我遇到了一条可怕的大蟒蛇，它轻松地闯过了第三道防线，差点要了我的命。当时我非常害怕，手足无措，但是想起了我爹临死前对我说的话，他告诉我，他去世以后，如果遇见危及我生命的大麻烦，一定要念着他的名字念咒语，他就会来救我，但是只有一次机会。当时我想到了我爹的临终嘱咐，所以就照着他说的方法并不由自主地把内裤撕成了两半，没想到那个大蟒蛇也被撕成了两半，死了。我当时不知道自己为什么要把内裤撕成两半，也许是我爹让我这样做的。那天我把这件事情告诉了我娘，她虽然松了一口气，但是也很担心，我娘告诉我，这个方法一辈子只能用一次，我用完以后我爹就没有办法救我了，以后一定要加倍小心。当时并不觉得怎么样，现在却有些担心。如果我还是一个人还好，但是现在有了你，我以后一定要加倍小心。"

听了蛇吉的话，阿年感动不已。

3

蛇吉跟阿年结婚以后的第四年，夏天的时候，隔壁村子里的田里，有一条大蟒蛇出现，四处流窜。村民们害怕得不敢下地劳作，再这样拖延下去，怕是杂草会长满田间，村民们便商量请蛇吉出来赶走蟒蛇，并承诺给蛇吉一两金子还有三袋米作为报酬，但是蛇吉却拒绝了。

隔壁村的村民实在没有办法了，只得去求助村主任，请村主任跟蛇吉说情。村主任同情隔壁村的遭遇，亲自去找蛇吉，但是蛇吉还是拒绝了，说没有办法接受这次的工作，希望村主任可以谅解。

村主任不想这样失败而回："你是做生意的，有一两金子三袋米为什么不赚？而且我们邻里之间也要和睦相处啊。五年前我们村子里闹大水，他们帮了我们不少的忙，我们要互相帮助啊，这些你都忘了吗？现在他们遇到这样的麻烦，我们也不能不管吧。如果别人能捕蛇的话，我也不会勉强你啊。你还是去看看吧！"

听了村主任的话，蛇吉实在没有办法拒绝，勉强答应下来，但是回到家里一脸惆怅，第二天出门跟妻子告别的时候，竟然眼含泪水。

见蛇吉来了，隔壁村民都十分高兴，立刻在村主任家里好好款待了蛇吉。按照之前的步骤，蛇吉开始抓蛇。但是自从他来到村里以后，蟒蛇就没有出现过，村民们都觉得是蟒蛇知道蛇吉来了，不敢出来了。蟒蛇一直不出现，蛇吉只好想办法把蟒蛇引诱出来。他找到了蟒蛇的洞穴，挖了一个大洞，在洞里燃烧他的草药，但是依然连蟒蛇的影子都没有看到。

请蛇吉来一趟实在是不容易，所以村民要求蛇吉在村里多待几天，但是几天过去了，蟒蛇依然不见踪迹。

"我还是先回去吧，再不回去，家里人就要担心了。"

在第十一天的时候，蛇吉坚持要先回家。

村民们见蛇吉坚持回家，只好退一步说，如果蟒蛇出现的话，就麻烦蛇吉再来一趟。蛇吉来到村子里以后，蟒蛇就不见了踪迹，虽然在村子里待了十多天，但是仍然没有抓到蟒蛇，村民们不好意思让蛇吉空手回去，为了表示感谢，给了蛇吉两倍的礼金。

"没有帮你们抓到蟒蛇，实在是愧疚，但是这些是你们的心意，那我就收下了。"

拿了礼金的蛇吉正准备离开，突然有村民跑来，说看到了大蟒蛇在山边的草丛里，大家听了都脸色苍白。

"要是再晚一会儿，吉大爷就离开了，那就有劳您了！"

蛇吉本来就是来抓蟒蛇的，他做了一番准备以后，便准备跟来报信的人一起去蟒蛇所在的地方。大蟒蛇果然蜷着身子，卧在草丛里。蛇吉用药粉在地上撒好了三道防线，三道防线呈"川"字形。一切准备好以后，蛇吉走到第一道防线朝蟒蛇大喊，蟒蛇看见蛇吉，吐着像火焰一般的舌头朝蛇吉扑了过来。前两道防线，蟒蛇轻易地就越过了，不一会儿，它又轻易地突破了第三道防线。

蛇吉没有像上次那样一边念咒语一边脱下内裤，而是手持斧头朝蟒蛇直接砍去，被砍伤的蟒蛇攻击的势头却没有丝毫减弱，它伸出强有力的尾巴直接将蛇吉卷住，从脚直接缠到蛇吉胸口的位置，最后蛇吉的脸与蟒蛇直接面对面。事情到了这个地步，就只能肉搏了。蛇吉将斧头丢掉，赤手空拳地与蟒蛇对抗，蛇吉双手勒住蟒蛇的头部，蟒蛇也用尽力气缠住蛇吉的身体。

在场的所有人都不敢大声呼吸，蟒蛇的要害已经被蛇吉控制住，所以蛇吉占优势，蟒蛇的喉咙被蛇吉勒断以后，这才慢慢地没有了力气。

"砍它的尾巴。"蛇吉大喊。

围观的人里冲出一个胆子比较大的年轻人，用锋利的镰刀将蟒蛇的尾巴砍断了，被勒断喉咙的蟒蛇再加上尾巴也被砍断了，渐渐地没有力气再反抗了，慢慢地瘫软下去。村民们看到蟒蛇已经奄奄一息，五六个手持武器的人直接冲了上去，将蟒蛇大卸八块。

就在这个时候，蛇吉也昏迷过去。

大家赶紧将蛇吉抬到了村主任的家里，做了一番抢救以后，蛇吉好不容易醒了过来。他的身上虽然没有严重的伤口，却也奄奄一息，连起来的力气都没有了。

蛇吉被人们用门板抬回了家，阿年看到奄奄一息的蛇吉忍不住放声大哭。村里人也都大吃一惊，纷纷赶来。村主任感觉非常愧疚，毕竟蛇吉是因为他的一再恳求才接受这份工作的。他一边照顾蛇吉，一边安慰阿年，没想到蛇吉却像是做梦一样大喊："你们都走吧，我没有事。"

蛇吉一直不停地这样大叫，村主任没有违背蛇吉的意思，让其他的村民都离开了，只把阿年的亲戚重助留了下来，还告诉阿年，如果蛇吉有什么情况，一定要赶紧通知大家。说完，他也离开了。六月中旬的一天，天气很好，但是到下午的时候开始闷热异常，到了晚上竟然下起了雨。

蛇吉的窗前，阿年与重助一声不吭地坐在那里。下雨天的晚上显得格外寂静，偶尔会传来几声青蛙叫。

"你先回家吧，重助。"蛇吉奄奄一息地说。

"阿年，你也走吧。"蛇吉又对阿年说。

"你让我去哪儿？"阿年问道。

"你跟重助一起走吧，去哪里都行，不要再打扰我了。"

"那……那好吧！"

两个人相互看了一眼，站起来，撑着同一把伞走了出去。就在走出去四五米以后，两个人又返回来了，站在门口，偷偷地往里面看，但是屋里非常安静，竟然一点声音都没有。两个人小心地走进了里屋，发现被窝里的蛇吉竟然消失了。

　　这件事在村子里引起了很大的骚动，大家四处寻找蛇吉，却都没有找到，蛇吉就这样离开了这间他一直生活的房子与他最爱的妻子，不知道去了哪里。也许以前蛇吉告诉妻子自己没有办法再继续做这份工作的时候，在他再三拒绝村民请求的时候，他就预知了自己的命运。但是村民们都很疑惑，他到底是已经死了还是藏在了某个地方？所有人都不知道答案。

　　但是大多村民都认为蛇吉已经死了。他们觉得，蛇吉不是人，是蛇精，他之所以消失，是因为他不想让别人看到他的死。

　　但是如果他是蛇精的话，那他的父母肯定也是蛇。事实却根本不是这样，阿年否定道，但是蛇吉为什么要离开这里，还不让自己知道，这些她都没有办法解释。

　　这个故事发生在江户末期，是文久年间的一个有名的传说。

一枚戒指

1

　　"我当时真的被吓惨了，真的，我相信不管是谁都会被吓到，但是我受到的惊吓是最大的，我整个人都呆住了。"K君说。在场的所有人里，他是私立大学最年轻的大学生，大正十二年（公元一九二三年）关东发生大地震的时候，他正在飞騨（今日本岐阜县的北部飞騨市）的高山上。

　　那年夏天，我跟两个朋友在京都游完以后，又去大津玩了一圈，本来决定八月二十以后就回东京，却没有按照原定计划回去，因为在大津的时候，听去过飞騨的人说，那里就像是仙境一样美妙，于是在回去的途中向朋友提出去飞騨游玩，但是被他们否定了。但我实在是太想去了，所以到飞騨时跟朋友分开，一个人去了飞騨高山。在路上还发生了一些小插曲，但是这些还是不讲了，赶紧进入正题。

　　我记得是在我抵达飞騨高山的一周以后才听到关于地震的消息。在我住的旅馆里还有其他四组游客，虽然不是来自关东，但是提起这次大地震，都是震惊不已。村子里的其他人提起来也是人心惶惶。我原本以为飞騨高山跟东京没有什么太大的关系，了解以后才知道并不是这样。当地很多人的儿子、女儿还有亲朋好友都在那里，所以大家都四处打探消息，时刻关注着东京的信息。每个人都是人心惶惶、焦急不已，也许每个地方都是如此。

　　由于当地的交通十分不便，所以对于地震的消息没有办法及时了解，村里的很多青年都赶到外地，以便随时带回新的消息。就这样过了五六天才掌握到地震的真实详情，也有很多人等不及亲自去东京了解情况。我也想过自己接下来要怎么做，但是我的老家在中国，这次地震不会对我的家乡有什么影响。在东京，虽然有两家亲戚，但是也不在市中心，应该没有遭受太多的影响。思来想去，自己好像也没有什么好焦虑的。但是我在听到东京发生地震以后已经六天寝食难安，实在是太劳累了。但是只要一想到地震让半个东京化为乌有，我就忍不住跟村民一起打听消息。直到累得精疲力尽，才开始有些心灰意懒。对于地震的情况已经掌握得差不多了，就没有必要如此紧张。但还是寝食难安，神经衰弱。但是如果现在回到东京，看到地震的惨状，恐怕心情会更加低落，于是我决定在这里待一段时间，等到情况好转，再回到东京更合适一些，所以就强迫自己在这里待到了九月份，那时已经是秋天了。

　　但是越是掌握地震的情况，越是烦躁不已，根本没有办法冷静下来。最后我决定，在九月十七日，走北路线或者东海道线回到东京。最后选择走来时的路线东海道线。好不容易搭上了车，但是从关西开来的火车上全部都是人，拥挤不堪，这时就算后悔也来不及了，也没有机会选择另一条线路了。我虽然没有什么行李，但是在这样拥挤的车上找到一个立足之地也是十分困难，忍着被压扁的痛苦好不容易来到了名古屋，却被告知神奈川县有些路程需要徒步行进，不得已，只能改变线路，从名古屋直接乘坐中央线。这里就是故事的开始。

"真的是太拥挤了，都快要被挤成煎饼了。"我身边的男人说道。他好像跟我一样，也是在名古屋换的车。我刚才就觉得自己快要被挤成煎饼了，虽然好不容易上了车，但是车上根本没有立足之地，再加上初秋的天气依然炎热，车上众人身上的汗臭足以把人熏死过去。我已经有些精神恍惚，其他人的声音就像是来自梦中，只有这个人的声音格外清晰，我忍不住附和："对啊，快要受不了了。"

"这是你在地震后第一次坐车吗？"

"对。"

"北上还要好一点。"男子说，"前几天我南下，比现在还要可怕。"男子的身上穿着一件皱巴巴的短袖衬衫，脚上打着绑脚，穿着胶底的布袜，腰上系着一个单衣。从他的话里可以听出来他是从东京逃难出来的，现在又准备回去，我又随口问道："你家在东京吗？"

"在本所。"

"啊！"我情不自禁地发出惊讶声。本所是东京地震最严重的地方，其中一家被服厂有几万人被烧死，所以听到这个地方，我心里不由得一颤。

"你家也被烧掉了吗？"我继续问道。

"全部烧干净了。店面跟商品倒也无所谓，遇到这种事情也是没有办法，但是我的四个工人还有老婆跟两个女儿、一个女佣，总共八个人，也全部都不见了，实在是太可怕了。"听到这些，除了我，身边其他的人也都忍不住向男子看去。拥挤在车厢里的乘客，都在议论关于地震的事情，听了这个男子的话，都纷纷朝他投去同情的目光。

其中一个人对他说道："你家在本所？我家在深川。家里的东西一丁点都没有剩下，不过家里的五口人都平安无事地逃了出来。您家里的八个人全都消失了吗？"

"对啊。"家在本所的男子说道，"我当时在伊香保，初一早上准备乘车赶回东京，在半路上听闻东京发生地震，无奈只得从赤羽走路回去，回到家里发现家毁了，人也消失不见了。我幻想他们去了亲戚家避难，去了才发现他们不在，后来我又去其他他们可能去的地方寻找，结果都没有找到。两三天过去了，还是一点消息都没有。我以为他们去了大津的亲戚家，好不容易到了大津，却还是没有找到。我猜想他们可能是去了大阪，可是去了还是没有找到，现在只好先回东京等消息。到了现在还没有他们的消息，可能是没有希望了。"男子显得很潇洒，不知道是因为有这么多人在场还是已经死心了。但是我的心里却是非常难过。特别是最近这段时间，对方越是表现得潇洒，看似不在意，我越是感到悲伤。

2

　　我一直称呼他为"住在本所的男子"，熟悉以后才知道他姓西田。他说他经营着一家纹染店，家里的经济条件还不错，其他的我就不太清楚了。西田先生四十五岁左右，身材健壮，精神很好，但是被晒得黝黑，整个人看起来非常结实，手腕上戴着包金的手表。听他说，他的妻子四十一岁了，大女儿十九岁，小女儿十六岁。

　　"命运就是这样，谁也没有办法。整个东京有几万人遇难，不只是我们家，我又能怎么样呢？"他不是因为在外人面前才这样说，不是因为觉悟而死心，而是因为无奈和绝望不得已才放弃的。但是他从来没有抱怨什么，心态很好，精神也很好，他对我说了很多的话。也许是因为我们站得比较近，也许是因为我们性格比较投缘，所以我们交谈甚欢，就像是认识了很多年的朋友。

　　西田先生是一个不幸的人，我虽然是一个话少的人，但是也尽量与他多说些话，表示一些安慰。不一会儿，西田先生就盯着我说："你的脸色越来越难看了，哪里不舒服吗？"我确实是非常不舒服，在高山的时候我已经几天没有睡好，再加上车上十分拥挤，非常闷热，就像是在人间地狱一般，这让我痛苦不堪。以至于我现在非常胸闷、头痛，而且还很想吐。但是遇到这样的特殊时期，也是没有办法，只得一直忍着。听到西田先生的关心，我就如实说了出来。他对我非常担心，几次找当地派出的青年团拿药给我吃。

当时是随机发车，车上的乘客也只得被动接受，车是在下午从名古屋发出的，等到天色暗下来的时候进入木曾路。此时我的头痛又开始发作，十分难受。如果坚持赶路，也许会在半路晕倒。从这里到东京还需要十个小时，路程实在是太远了，我实在受不了了，所以准备在半路下车。我把我的想法告诉了西田先生。

西田先生显得很担心："真是太糟糕了，如果是在车上晕倒那就麻烦了，还不如下车好一些，我跟你一块儿下车。"

"您可千万不要这样！"我坚持拒绝西田先生的好意，如果因为我身体不舒服而让西田先生跟我一起下车，耽误了他返回家的时间，我怎么能过意得去？我一再辞谢西田先生的好意，可是头痛得十分厉害，身体也开始站不稳。

"你看，我就说你一个人不行吧。"

西田先生拥着我，好不容易从拥挤的车里把我带下了车。我虽然觉得不好意思，但是已经没有力气再多说什么，只能依附着他。那时候，我的精神已经开始恍惚了，后来才知道，我们是在奈良井下的车。在这里下车的人非常少，还是当地派出的青年团帮助了我们。

我的意识已经不清楚了，不知道西田先生跟其他人交谈了什么，不久他们便把我们送到了镇上一个看起来有些历史的大旅店中。我的衣服已经被汗浸湿了，他们帮我脱下来换上了浴衣，让我在后面的榻榻米上休息，喂我吃了药以后，我睡着了。

等我睡醒的时候，天已经彻底黑了。侧边的走廊门没有关，西田先生一个人坐在侧廊边，抽着卷烟，见我醒了，关心地问："感觉好一点了吗？"

"嗯。"

我感觉好了很多，头也不再痛了，也许是因为好好地睡了一觉。我从枕边的水壶里倒了一杯水喝下，冰冷的水让我的大脑瞬间清醒。

"实在是不好意思，给您添了这么多的麻烦。"我向西田先生表示郑重的感谢。

"实在是太客气了，彼此彼此。"

"可是，耽误了您回家的时间……"

"事已至此，早回或者是晚回已经不重要了，如果可以救的话早就救了，没救的话已经死了，也没有什么着急的。"西田先生表现得很淡然。

话虽然这样说，但是一想到他现在家破人散，不明不白地遭了这场横祸，我的心情又开始沉重起来。

"你要是觉得好了一点的话可以去泡个澡，出出汗，也许精神会好很多。"西田先生说道。

"现在太晚了吧。"

"现在还不到十点，我去问一下，现在还能不能洗澡。"西田先生说着走出了屋子。

我又喝了一杯水，这才开始打量周围的环境。这是后院的住处，大概有十张榻榻米，院子里有水流，水流的旁边是茂盛的水草。远处不时传来鸟叫，显得有些寂寥。更远处是漆黑的高山，天空清朗，夜空中挂着稀疏的几颗星，闪烁着光芒。在高山与木曾这两个地方，我看到了完全不同的夜景。因为所处的环境，今天晚上的夜景更加触动我的心情。

我一想到明天还要搭乘昨天那样的火车返程，就觉得非常烦躁，这时候西田先生快步走了过来："现在还可以洗，你快去吧。"

在西田先生的催促下，我带着毛巾沿着走廊向浴室走去。

3

不管怎么样，这里虽然曾是木曾路的宿驿（日本镰仓时期官办的陆路交通制度，大化改新后官设驿制，称之为宿驿），听说是中央线开通了以后，这里的生意就萧条了，晚上十分安静。这家旅馆在以前是一家比较大的旅馆，现在主要以养蚕为生，兼营旅宿，今天晚上好像除了我们之外便没有其他的客人了，店家还没有休息，但是一点声音都没有，整个旅店都十分安静，安静得怕人。

浴室在房间的最里头，房间很大，要走过长长的走廊，在走廊可以看到闪烁着露珠的农田，还能听到虫子断断续续的鸣叫。这里的风冷得有些刺骨，跟白天火车车厢里的闷热有着天壤之别。我担心感冒，于是加快了脚步，昏暗的灯光出现在眼前，我心想这就是浴室吧。这时，一名女子突然拉开浴室的门走了进去。灯光太暗了，我看不清女子的容貌，只看到她的背影，好像是一个年轻的女子。

我停下了脚步。我猜想也许是旅店的浴室不分男女。虽然不知道那位年轻的女子是不是旅店的客人，但是毕竟是晚上，年轻的女性在那里沐浴，我一个男子随意闯入不合适。我在思考等待的时候，听到浴室里面有女人在小声地哭泣。我原本以为是水声，但是仔细听来确实是女人的声音，我心中有些忐忑不安，便小心地靠近，准备在门口去看个究竟，但是声音又消失了。我刚才明明看到有一个女人进去了，现在却什么声音都没有，这实在是太奇怪了。我小心地拉开浴室的门，却发现里面空空如也，一个人都没有。

太奇怪了！

我打开门大胆地走了进去，里面确实一个人都没有。虽然感觉有些奇怪，但是已经进来了，就索性洗完澡再说。不然西田先生肯定会认为我是一个胆小鬼。于是我壮起胆子，迅速脱去浴衣，大胆地走进了浴室，仔细查看，还是一个人也没有。

"我真是有病。"

我舒服地泡着澡，心想：可能是这次地震让我的脑袋越来越不好了，再加上神经衰弱，才会出现那样的幻觉。之所以会幻想出一个女人的形象，大概是因为西田先生两个女儿的形象深深地刻在了我的脑海里。西田先生的两个女儿现在生死未卜，这对我的刺激非常大，所以我才出现了这样的幻觉。刚才女人的哭泣也应该是流水的声音。从古至今都有关于幽灵的说法，那些所谓的幽灵刚才也被我看到了。我一边想一边舒服地在浴池里泡澡，把身上的灰尘和汗水洗干净，瞬间觉得精神抖擞。我穿上浴衣，拉开门走了出去，但是脚下却像是踩到了什么。我低头一看，竟然是一枚戒指。

也许是谁掉在这里的吧。

把戒指忘在浴室是经常遇到的事情，但是不知道为什么，我竟然想起了刚才看到的年轻女子。我认为刚才的女子只是自己的这幻觉，但是又觉得戒指可能是那个年轻女子的，这实在是非常诡异。但这只是我个人的想法，幻觉跟戒指是两码事，实在是不能混为一谈，如果这两者是一件事，那也就没有什么好烦恼的了。

我拿起戒指回到了卧室，却发现西田先生在我洗澡的时候已经铺好了两床被褥，他坐在被褥上面。

"才九月份，木曾的晚上就这么冷了啊。"

"对啊。"

我坐在被褥上，说道："我刚才在浴室里发现了这个……"

"什么东西？让我看看。"西田先生从我手中接过戒指，仔细查看以后，大吃一惊，显得非常激动，"你是在浴室发现的这个？"

"对。"

"太不敢相信了，这是我大女儿的戒指。"

我十分惊讶，这虽然是一枚普通的镶着钻的金戒指，但是戒指里却刻着一个小小的"满"字。西田先生说，正是这个才让他确信是女儿的戒指。

"先去浴室看看。"

西田先生立刻起身去浴室，我也跟在后面。但是浴室里一个人都没有，也没有可以藏人的地方。西田先生又去账房，把地震以后的住宿记录详细地阅读了一遍。但是这个旅店的情况比较特殊，住宿只是一个兼营的副业，很少有人来住宿，特别是每年的九月份以后，就如停业了一般，也只有当地的青年团偶尔会带人来住。来住的旅客都是从东京逃难出来的，总共有十组，住宿记录上面都有登记，但是跟西田先生的家人都不符合。为了慎重起见，我们问了旅店的女服务员，却没有与西田先生女儿长相相似的女客在这里留宿过。

只有九月九日那天晚上有一对夫妻投宿，丈夫有三十七八岁，是一个珠宝商人，妻子三十岁左右，打扮得十分时髦，他们是从东京经过长野途经这里。他们之所以在这里下车是因为那个女人跟我一样，在车上感觉非常不舒服，只好在这里留宿一晚上，第二天搭乘了前往名古屋的火车。那个女人的精神非常不好，应该是没有完全康复，男人非要带她离开，前一天晚上还发生了争执。

如果真的是这样，倒也不用再追究什么。男人是做珠宝生意的，所有的财产都被火烧毁了，只剩下他的皮包里装的那些珠宝，旅馆里的人认为那个戒指是男人留下来的。但是值得怀疑的事情是，如果戒指真的是男人的，那么距离九月九日已经过去十天了，为什么直到现在这个戒指才被发现？这实在是太奇怪了。另外，这个男子又是从哪里得到这个戒指的呢？

"如果真的是他留下来的，也许他并不是真的做珠宝生意，他之所以会有那么多的珠宝，也许是切断死人的手指拿到手的吧。"西田先生说。

我全身都在发抖。在飞騨的时候听说过在震灾以后出现了这种恶人，本来还想说不至于这样，但是听了西田先生的说法，我也觉得有这样的可能。这件事先放到一边不说，更让我觉得惊讶的是，戒指竟然是西田先生大女儿的东西。这样一看，我在浴室看到的那个年轻的女子，也许不是幻觉。她的模样、哭声，还有戒指，总觉得跟这些事情息息相关。但是也有可能幻觉跟戒指这两者并没有什么关联。

"不管怎么样，这次多亏跟你同行，才得到了我女儿的这件遗物，要不然也没有办法捡到它。"西田先生向我道谢。看着西田先生，我总觉得这一切都不可思议。我们熟悉以后，要不是因为我身体不舒服，他也不会跟我一起在这里下车。而且如果真的如西田先生所说，那对夫妻如果不是因为妻子不舒服也不会在这里下车，而是直接离开了吧。他们在这里偶然留宿，我们又恰巧在这里留宿，这一切都实在是过于巧合了。如果可以这样认为，那一切事情就可以得到合理的解释了，但是这样的解释又实在过于勉强了，难免会让人想到其他的事情。

"这一切都多亏了你，也许是我女儿的灵魂把我们带到这个地方吧。"西田先生说道。

"也许是吧。"我回答道。

第二天到了东京以后，在新宿车站，我跟西田先生告别了。在离别的时候，我告诉了西田先生我落脚的地方。十月中旬时，他来看我的时候告诉我，他的三个员工已经陆续回来了，只有一个还下落不明。在原来的地方，他搭建了一个临时的小屋，生活也随着时间慢慢地恢复正常。

"您的妻子跟您的两个女儿呢？"我问道。

"回到我身边的只有那个戒指。"

听了西田先生的话，我的心里又猛地收紧了。

利根渡口

1

这是一个发生在亨保初年的故事。从江户的方向来看,利根川的河岸也就是奥州的那一边,站着一个座头(日本在中世纪以后,授予从事平家琵琶曲、三弦、筝曲、按摩、针灸的盲人男子官位,并且组成了"当道",其中官阶最低的就是座头)。在江户时代,名为东太郎的利根大河在这里设置了渡口,叫作房川。这里的驿站设置了关哨,因为这里是奥州街道与日光街道的要道。经过关哨渡过河以后,就是古河町,一年俸禄八万石的土井家就居住在这里。这里从古至今都属于繁华地带。前面说到的座头,就站立在古河这边的河岸上。

如果座头只是站在河岸上,那也没有什么好谈论的。这个座头三十岁左右,皮肤黝黑,身高一般,身材瘦弱,嘴巴还有点歪斜,一年四季都包着一块浅黄色的头巾，脚上穿着草鞋，好像是要出远门的装扮。但是他从来不坐船，只是在河岸上站着。因为他的眼睛看不见，很多船夫表示不收钱载他过河，他也是笑笑，默默地摇摇头，不说一句话。他站在这里很久了，数年来不管风雨寒暑，在这个渡口每天准时都会看到他的身影。

时间一长，船夫们都注意到了他的存在，会经常问他为什么来这里，他也只是笑笑，并不做任何回答。不过时间一长，他来这里的原因大家也都知晓一二。

从奥州或者日光来的旅客都会在这里坐船，从江户来的旅客也会在这里换乘，只要有船只经过，他都会问一句："请问，这里有叫野村彦右卫门的吗？"

座头嘴里的这个名字像是一个武士，这里的人都没有听过这个人，来往的旅客也无法回答他的问题，但是座头依旧每天会来这里寻找这个人。日复一日，年复一年，他每天都会来，大家非常钦佩他的毅力。

"座头，你为什么要找这个人呢？"

经常会有船夫问他这个问题，他依旧一句话都不说，只是默默笑笑。他原本就是一个沉默寡言的人，即使眼睛看不见，但每天来渡口也熟悉了船夫们的声音，即使如此，他也不会跟他们过多闲聊。每当有船夫上来搭讪，他也只是点点头或者是笑笑，对于船夫的问题，他不做任何回答。时间一长，船夫们也都知道了他的习惯，也就没有再去找他搭话。这对他来说也无所谓，他仍然一个人每天站在这里。

大家对座头的一切一无所知，不知道他住在哪里，也不知道他每天究竟为什么来这里，生活得怎么样，没有人去了解他，所以对于他的情况，大家都不清楚。渡口的营业时间是早上六点到下午四点。只要是渡口的营业时间都会看到座头准时出现在这里，渡口一关闭，他也就消失得无影无踪。

座头每天从早站到晚，也不见他准备任何吃食，有个叫平助的老头子住在河岸旁的船屋里，觉得他可怜，有时候会给他两个饭团。座头收到饭团的时候会很高兴地吃掉一个，然后给平助一文钱表示感谢。平助本来就不是为了收钱，所以每次都会拒绝，但是座头依旧坚持让平助收下。所以每次平助给座头准备饭团，座头总会留下一文钱再离开，慢慢地，也就成了一种习惯。虽然当时的物价很低，但是一个大饭团也绝对不止一文钱，但是平助也只是为了帮助座头，所以不光给座头提供饭团，还给他提供热水与炉火。座头应该是被平助的善意感动了，竟然偶尔会跟平助打打招呼了。

虽然渡口往来非常热闹，有好几艘渡船，但是一到黄昏，其他的船只就会返家，这里也就只有老头子平助自己，有一天，他对座头说道：

"我不知道你的家在哪里，但是你的眼睛看不见，每天这样来回很不方便，反正我这里就我自己一个人，不如你跟我一起住吧。"

座头思考了一下，决定住下来。平助是一个人，虽然座头是一个盲人，但是多了一个说话的人，平助还是非常高兴，当天晚上，座头便在平助的小船屋里住了下来，平助也尽自己最大的能力照顾他。

就这样，不管是刮风下雨，一个老船夫与一个身份不明的盲人就在利根川旁的这个船屋里共同生活下来。虽然两人对彼此慢慢熟悉起来，但是座头还是很少开口说话，对于自己的身份，来这里的目的，他还是不愿意提起，平助也没有去强迫他，因为他害怕把座头逼走。但是有一天晚上，两个人聊天的时候，平助问道："你是来找仇人的吧？"

　　跟以前一样，座头只是摇摇头，不发一言地笑笑。平助也就没有继续问下去。平助帮助座头，只是出于同情，还有几分对他的好奇。他们虽然生活在同一个屋檐下，但是并没有发现座头任何奇怪的地方，他依旧每天站在渡口上，朝来来往往的船只，寻找一个叫野村彦右卫门的人。

　　平助总是习惯在睡觉前喝一合（合：日本古时的一种体积单位，这里的一合相当于零点一八升）酒，所以总是睡得比较沉，对睡着以后的事情也不知晓。有一天夜里，他突然惊醒，此时的座头正坐在炉火边，磨着一根跟粗针一样的东西，比平常人敏感的座头察觉到平助的动静以后，赶紧把针藏了起来。平助虽然感觉座头有些奇怪，但还是装作什么事情都没有发生，继续睡觉了。那天晚上，他梦到座头骑在自己身上，用那根针刺瞎了自己的左眼，平助在梦里呻吟，座头摸索着叫醒了他，醒来以后的平助并没有把梦里的事情告诉座头，但是从此以后，平助就对座头产生了恐惧。

　　他那根针是干什么的？如果那是他工作用的，倒是也合理，但是随身戴着那么粗的针似乎有些不正常。平助开始怀疑座头是一个强盗，也许他的眼瞎是装的，他有些后悔让座头与他住在一起，但是既然事情已经发展成这样，也不好把座头赶出去，只能顺其自然，看接下来的情况怎么样，再做出行动。

就在某个秋天的夜晚，这天从中午就开始下雨，渡口的客人很少，等到天黑以后就一个人也没有了。水面上涨，河水冲击石头的声音比往常更响。寒秋的晚上，雨声听起来格外寂寥，即使是习惯了这种氛围的平助也依旧感到有些落寞。感觉到有些寒冷的平助往炉火里又加了一些柴火，开始坐在火炉旁喝起了酒。就在这个时候，从来不喝酒的座头也坐到了火炉旁边："唉。"

座头突然出声，平助吓了一跳，朝座头看去。外面好像有什么东西跳动的声音。

"外面是鱼吗？"座头问。

"对，是鱼。"平助站了起来，"雨水让河水上涨，应该是河里的鱼跳出来了。"

穿上蓑衣，平助拿起小渔网朝外面走去。外面天色昏暗，风雨交织在一起，就连河里的水光都看不见了，但还是可以看到岸上有条大鱼在乱跳。

"啊，是一条大鲈鱼。"

鲈鱼的力气非常大，所以平助非常小心，这条鱼有三尺多长，比平助想象的还要大，平助手里的渔网似乎已经用不上了，只得丢到一边，他打算用手捕捉。感觉到人的靠近，鲈鱼拼命地摆弄着身体。平助一不小心，便摔倒在了湿滑的地面上。听到了外面的声音，座头连忙走出了小屋，虽然外面漆黑，但是对于眼盲的座头并不影响什么，他朝着鲈鱼跳动的声音走了过去，一把抓住了鲈鱼。看到眼盲的座头，身手竟然如此利索，这让平助很吃惊。等把鱼搬进屋子，才发现果真是条鲈鱼。此时的鲈鱼已经奄奄一息，而鲈鱼的双眼被一根粗针贯穿，这一切让平助倒吸一口凉气，有些悚然。

"你是不是刺穿了鲈鱼的眼睛？"平助问道。

"对！"座头答道，"眼珠真的被刺穿了……"

座头满意地笑着，瞪着翻白的双眼，这让平助有些惊悚。

2

眼盲的人本来就很灵敏，座头又是其中非常优秀的，这天晚上座头抓鱼的表现让平助佩服之余，更多的是震惊，还有一些惧怕。虽然晚上对盲人影响不了什么，但是在风雨交加的晚上，一个盲人空手抓一条这么大的鱼，并且还把鱼的眼睛刺瞎，这可不是一般人能做到的。一想到这里，平助就忍不住害怕，还有他的那根粗针，他不由得心想：这可真是一个大麻烦。

平助现在有些后悔，但是他又没有足够的勇气将座头赶出去，只得想尽一切办法去讨好座头，小心做事。

座头在平助的小屋里已经住了将近两年了，在渡口也已经有三年了。经过这四年多的时间，座头在二月份初春的时候染上了风寒。那年的春天非常寒冷，寒冷的春风把小船屋都快要吹倒了。虽然天气非常寒冷，但是平助依旧去古河町给座头买药，并照顾他吃下。即使是感染了风寒，座头依旧每天坚持拄着拐杖到渡口。

"外面实在是太寒冷了，你这样站在外面，吹一整天的风，身体是吃不消的，还是等到你身体好了以后再去吧。"

座头对平助辛苦的劝阻并没有放在心上，每天只要渡口一营业，他仍然坚持拄着拐杖，颤抖地朝渡口走去。但是这样的日子并没有维持太长时间，没有几天，他就病倒在小船屋里。

"你还这么年轻，应该先把自己的身体照顾好，你看你就是不听我的话。"虽然平助细心地照顾着座头，但是他的病情还是越来越严重了。

座头没有办法坚持每天去渡头，所以只得让平助帮他每天买一条活鱼。当时正是初春的时候，河里的水快要干了，根本就抓不到活鱼，而且那里离海比较远，活海鱼更是非常少。即便如此，平助还是每天努力地去寻找活鱼。每当平助带回活鱼，座头都会用粗针将鱼的双眼刺瞎。座头告诉平助，鱼死了以后对他就没有用了，平助可以拿它煲汤或者是烧烤。但是平助觉得这些鱼充满了座头的怨念，也提不起什么胃口，就都扔进了河里。

座头每天都要刺瞎一条鱼的双眼，除了这个让平助吃惊外，还有更吃惊的，座头竟然给了平助五两金子，当作是平助买鱼的花费。以前，当平助给座头饭团的时候，座头都会给平助一文钱当作回报，但是自从座头住进了这里便没有再给平助一分钱，平助也没有去计较什么。但是到了现在，座头却对平助说自己亏欠了他太多，在自己还没有死去之前，希望平助可以继续帮他买活鱼，剩下的钱就当是自己这两年的伙食费。虽然座头在这里已经住了两年的时间，但是也用不了这么多的钱，五两金子实在是吓坏了平助，但是他还是按照座头的吩咐，收下了金子。半个月后，座头的身体每况愈下，仅剩下最后的一口气。

农历二月，明明已经进入了春天，但是天气依旧非常寒冷，那天中午时分甚至还夹杂着雪花。因为担心座头身体虚弱受不了这刺骨的寒风，平助加大了炉火。渡口关闭以后，其他的船夫也都早早地回家了。太阳下山了，夜幕逐渐降临，雪势虽然转小了，但是风却刮得越来越大，外面的狂风呼呼作响，将小屋吹得直摇晃。

小屋的角落里躺着虚弱的座头："外面起风了。"

"外面每天都在刮风，实在是头疼。"在火炉边煎药的平助回答道，"这天气实在是寒冷，今天还下雪了，你生着病，一定要多注意一些啊。"

"外面下雪了吗？雪……"座头叹着气说道，"我已经不行了，注不注意又有什么关系？"

"不要这样说。很快天气就暖和了，到时候你的身体自然也就好了，你再撑一个月就好了。"

"你不用安慰我，我的病是好不了了，我快要死了。我不知道自己何德何能在死之前还能让你这样照顾我，但是在我死之前，我想请您听我说完我的故事。"

"先等一下，药快煎好了，你把药吃完，再慢慢说。"

平助将药给座头喂下，座头听着外面的风声："外面还在下雪吗？"

"好像还下着。"平助伸头看了看外面说道。

"每次外面下雪我就会想起以前的事情。"座头平静地说道，"我从来没有告诉过你我的名字，其实我叫治平，我以前是奥州某藩武士的随从。来到这个渡口的时候，我三十一岁，在这里待了五年，今年应该是三十六岁了。在我二十二岁的那年春天，也就是十三年前，在一个下雪天，我失去了我的双眼。那个名叫野村彦右卫门的男人便是我的主公，他是藩里的武士，年收入十八石，那时他只有二十七岁。他的妻子名叫阿德，跟我一样大。夫人长得很美丽，如同仙女下凡，虽然大家都说她过于美艳，不适合当一个武士的妻子，但是她却从来没有放在心上，因为没有孩子，所以她每天都会花费大量的精力来打扮自己。出于工作原因，我每天和这样的美人相处，对她产生了爱慕之情。虽然明知道她是别人的妻子，她的丈夫还是我的主公，但我还是控制不了内心的感情，没有办法了断自己的想法，以至于心中非常苦恼烦躁，觉得自己快要疯掉了。就在正月二十七的那天晚上，我永远都忘不了那一天。那天奥州难得放晴，奥州原本就是雪乡，前一晚上的大雪导致了积雪有两尺多厚，这么厚的雪也没有什么好稀奇的，那一天我突然想把走廊外的积雪打扫干净，于是拿起扫帚到院子里扫雪。这次的大雪让夫人旧疾复发，只得躺在六席居室里的暖桌内养病。她听到我在外面扫雪，便打开滑门对我说：'你不用扫，反正雪还得继续下。'如果只是不让我扫雪也就算了，她又接着对我说：'进来烤火吧，外面太冷了。'我听了心中非常高兴，虽然不知道她是不是在开玩笑，但是我依旧拍掉身上的雪花，进了屋里。外面的雪花还在不断地飘落进来，我关上了滑门，将双脚也放进了暖桌内。我的这一举动让夫人非常诧异，但她只是默默地看着我，觉得我有些胆大妄为，我觉得我当时也可能疯了。"

座头奄奄一息地躺在那里说出了这些话，平助没想到还能从座头嘴里听到这些男女之间纠葛的事情。

3

座头继续说道："这次的机会实在难得，我不想错过这次机会，于是将心里埋藏了很久的感情向夫人全部坦露出来。听了我的话，夫人一时间呆住了，什么也没有说，大概是因为被下属突然之间的告白吓到了。我有些着急，伸手抓住了她的手，夫人惊慌失措下叫出了声。其他人听到叫声，什么都没有问就把我抓起来，绑到了院子里的树上，周围全部都是雪，我心中不由得暗想，这回自己应该是死到临头了。不一会儿，主公回来了。在了解了全部的事情以后，他把我抓到了窄廊前，说道：'用我的刀杀了你这样的人，简直就是一种侮辱，这一次我不杀你，但是你做了这样的事情，都是因为你这双罪恶的双眼，为了让你改过自新，以后不再做这样的蠢事，我必须刺瞎你的双眼。'说完便用小刀把我的双眼刺穿了。"

座头伸出纤瘦的双手按住了自己的双眼，看起来非常痛苦，就好像是自己的双眼在流血一样。平助听了就好像自己的双眼被刺穿一样，不由得心中发颤。他长叹了一口气，继续问道："然后呢？"

"我的双眼被他刺瞎以后，我就被赶了出来，我当时被在城下的亲戚收留下来。眼睛的伤口慢慢痊愈了，性命保住了，但是眼睛已经瞎了，我什么也做不了。当时宇都宫里有我的熟人，于是我准备去那里学习按摩，等我学成以后，我再次回到了江户，拜入了某检校（检校：当时的一个盲官，是当时盲官中官位最高的）的门下。从我二十二岁到我三十一岁，在这十年里，我每天都想找我的仇人野村彦右卫门报仇雪恨。如果当时他杀了我，也就没有后来的事情了，但是他竟刺穿了我的双眼，把我变成了一个废人，如此残忍，这仇不共戴天，我一定要报仇雪恨。但是我已经成了一个盲人，对方是一个武艺高强的武士，武功非常厉害，想要报仇非常困难，所以我想到了用针来当武器，所以我准备了一根粗针，想等到他不注意的时候，跳上船刺瞎他的双眼。我在江户宇都宫的时候学习了如何用针，所以在我下定了这个决心的时候，只要我一有时间就努力练习，在我的勤奋练习下，我的技术已经非常娴熟，可以轻松地刺穿针叶。接下来就是要找机会接近野村彦右卫门了。彦右卫门因为公务，经常要往返于江户跟领地两地，所以我准备埋伏在渡口，想趁他不注意的时候，突袭他。我告诉我的师父我要返乡，跟他辞别以后，我便来到了渡口，一待就是五年，我每天都会在渡口，向来往的旅客询问野村彦右卫门的下落，但是五年的时间我都没有遇到他，现在仇没有报成，我的生命也要结束了。这件事我原本不想说出来，但是我实在想找个人说说，所以只好委屈你听我说了这么多的话。从住到这里到现在已经这么长时间了，给您添了很多的麻烦，真是太感谢您了。"

一下子把心中埋藏的秘密说了出来，座头感觉到有些疲惫，便侧身躺下来休息了，平助听完也躺进了被窝。

半夜的时候，风渐渐地小了，雪也停了，屋子终于不再摇摇欲坠。利根川河里的水非常安静，好像结了冰。河边的早晨亮得比较早，就像往常一样，平助醒了以后看了看旁边的座头。今日的座头似乎比往常安静一些，平助感觉到有些不对劲，仔细观察才发现，座头的喉咙竟然被刺穿了，刺穿喉咙的正是他带在身上的那根针，座头很清楚哪个部位会致命，所以他用那根针平静地结束了自己的生命。

　　座头的遗体在其他船夫的帮助下，安葬在附近的寺院里。还有那根针跟着座头的遗体一起被埋葬了。座头留下的那五两金子，平助并没有动，在寺院里为座头举行了法事。

　　六年以后，也是座头出现在渡口的第十一年后，八月底的秋天，连续下了好几天的雨，利根川河水上涨，周围的一些村庄都被淹没了，平助的小屋也被淹没了。房川的渡口停运了十几天，进入九月的时候，天才放晴，渡口刚可以通行，古河跟栗桥的旅客便争相上船。

　　"小心一点，太危险了，洪水还没有完全下去，船上坐的人不能太多了。"

　　平助站在岸边提醒大家，这时有一艘大船从古河出发了，还没有走太远就被一阵大浪打翻了。因为河水还没有完全退去，所以除了船夫以外，村里的很多年轻人也自觉地来到岸边准备应对突发情况。看到河里有大船翻了，大家纷纷跳入水中救人，河中溺水的乘客都被一一救了上来，经过急救，都慢慢地苏醒了，只有一位身穿华服的武士，救不回来了。这位武士已经四五十岁了，身边带着两个随从。

　　从他被救的随从口中，大家得知了这个武士的身份，他叫野村彦右卫门，是奥州某藩的武士。六年前他忽然得了严重的眼疾，几近失明，听说江户这里有一位名医，专门来医治眼疾，在得到了主君的批准以后，他来到了这里就医，没有想到竟然在这里遇到了这样的祸事。他的眼睛几乎什么都看不到了，所以只能搭乘轿子来到了这里，在两位随从的搀扶下，他千辛万苦来到了这里，到了这里才转乘船只，而且武士明明会水，怎么会在这里溺死呢？这让随从感觉非常惊奇。

对于这件事，平助也觉得非常奇怪，为什么其他的人都得救了，只有眼盲的野村彦右卫门被淹死呢？联想起座头的描述，平助毛骨悚然。他悄悄地问随从，死去的武士是不是已经娶妻了？随从回答，在很久以前，武士跟妻子就已经离婚了，离婚的时间与原因，平助并没有继续追问。

因为出门在外，随从便将野村的遗体火化了，然后将骨灰带回了领地。平助去附近的寺院给座头上了香，并带去了秋天的花草，上完香以后，平助便回家了。

清水之井

1

九州岛是我的老家，那里有很多关于平家的传说。只要提起传说，其中一定少不了一些令人称奇的风流韵事，今天我要说的就是这些传说中的一个。

这个故事发生在天保初年，距今已经九十多年了。在离我老家十三公里的地方有一个村子叫杉堂，从杉堂再往里走三公里就是故事发生的地方。那里十分偏僻，有一户主人叫由井吉左卫门的大户人家。传说他的父亲是菊池家的门下，在菊池家还没有衰败的时候，他便携带家人来到这里隐居，以务农为生，他对经营之道非常精通，后来不断地扩张土地，变成了当地非常有名的大地主，他家族人丁旺盛，代代相承，一直到德川时代。所以即使他们不是当地人，每一任领主对他们也都非常优待，他们不仅可以拥有姓氏，而且还被允许带刀，过年的时候还可以进城去领主家里拜年。

所以虽然他们以务农为生，但好像是乡下的士绅一样，主人外出的时候可以佩带武器，家里还有武器与马鞍做装饰，俨然过着半农半士的生活。他们有三四十个男仆，家里的院子非常豪华，四周都种满了竹子，外面还有一条小河环绕，周围的村民对他们也非常尊敬，路过他们门前的时候都会取下头上戴的斗笠还有头巾，行礼以后才会离开。他们家每一代的当家人都叫吉左卫门，我要讲的是他们家第十六代的当家人，这些事情发生在天保年间。

他们家有两个女儿，姐姐叫阿薇，妹妹叫阿次。在某一年初秋的时候，姐妹二人突然开始寝食难安，日渐消瘦，主人和夫人非常担心，所以特地从熊本城闹市区请来了医术高明的医生来为姐妹俩诊治，但经过多名医生的多次诊治后，姐妹俩的情况并没有任何好转。许多医术高明的医生都无法找到病因。姐妹俩正是情窦初开的年纪，所以大家纷纷猜测是不是得了相思病，但是按照她们的情形又似乎不相符。姐妹俩并没有因为生病而卧床不起，相反遇到天气晴朗的时候，还会到院子里或者田野里去散步，但是生病总归是生病，由井吉左卫门夫妻二人为此非常烦恼。

如此，他们的父母不仅非常伤神，村民们也是议论纷纷，有的说二人是被什么东西附体了，有的说是他们家被诅咒了，谣言越来越猖狂，夫妻二人也没有任何办法，后来找来了很多道士和修行者来家里做法事，想要把那些所谓的妖魔鬼怪驱赶走，但是也没有任何用处。没过多久，家里的男仆告诉夫妻二人一件不为人知的事情。

这是一个负责晚上巡逻的男仆，十二月份的某个晚上，月光皎洁，他像平常那样在院子里巡逻，却发现后院的古井旁站了两个女人。虽然当时已经是深夜了，离得也比较远，但是因为月亮非常亮，男仆还是看出来了，这两个女人正是两位小姐。他心里不由得有些奇怪，于是小心地躲在大树后面，想看看她们的举动，却看到两个人手拉手站在一起专心致志地看着井里面。男仆心生疑惑，心想她们不会是要跳井吧。他心里有些慌乱，但是不一会儿，两个人好像变得很开心，又一起拉着手离开了。

男仆见到的也就只有这些，但是仔细想想，感觉里面有很多可疑的地方。两位小姐明明生着病，为什么要在寒冷的晚上去后院里对着一口古井？吉左卫门夫妇也想不明白，便嘱咐男仆在第二天晚上继续去井边盯着两个人。当天夜里，男仆又偷偷地在井边观察，发现姐妹俩又手拉手来到了井边，又一起朝井里看了很久以后离开了。

接连两天晚上，两个小姐都做出了让人无法理解的行为，吉左卫门夫妇十分着急。他们知道如果去逼问两个女儿这样做到底是为什么，估计也很难问出什么，他们准备先找小女儿问问。他们认为小女儿年纪小，比较容易问出些事情。于是夫妻两人把小女儿阿次叫了进来。刚开始的时候，阿次一直嘴硬，后来在两人的追问下，阿次说了一件让所有人都目瞪口呆的事情。

屋子最里面那间八席大的房间是两个女儿的房间，八月初的一天半夜，阿次突然被身边起床的姐姐惊醒了，她原本以为姐姐是去上厕所，但是没想到姐姐却拉开走廊的门朝院子里走去。阿次觉得很奇怪，跟在姐姐后面想看姐姐到底是去干什么，在好奇心的驱使下，阿次跟着姐姐来到了后院。后院空地上有一口古井，旁边还有一株高大的山茶花。姐姐阿薇小心翼翼地来到古井旁边，借着月光朝井里张望。

从那以后，阿次发现阿薇每天晚上都会做一样的事情，已经有四五天的时间了。她本来想把这件事情告诉父母，但是她又觉得贸然把这件事情告诉父母，姐姐可能会生气。于是在某天晚上阿薇准备出去的时候，阿次问阿薇这几天她到底在干什么。阿薇告诉阿次，这段时间之所以这样做，是为了实现心中的一个愿望，但是事情比较特别，她并不想告诉阿次。在阿次的追问下，阿薇知道这件事终究是要被别人知道的，所以把秘密告诉了阿次。

姐姐告诉阿次，一个多月前的某天中午，在经过古井的时候，两只蝴蝶相互重叠一起掉到了古井里面，阿薇想看看掉到古井里的蝴蝶到底怎么了，所以站到古井边一看，却没有发现蝴蝶的影子，她担心蝴蝶掉进了水里，所以努力地往水里张望，却发现水里出现了两个男子的面孔，长得极其帅气。阿薇大吃一惊，她看了看自己的周围，一个人都没有，这两个男人难道是蝴蝶变的吗？阿薇忍不住地想。因为过于震惊，她便一直看着这两个男人，最后这两个男人竟然扭头朝阿薇笑了起来，吓得阿薇猛地倒退了几步。

阿薇心里虽然害怕，却想再次看到井里那两个男人帅气的脸庞，所以在确定周围没有人以后，又小心地伸头朝井里望去，男子的面容消失不见了。阿薇心里非常沮丧，依依不舍地离开了。第二天又经过古井旁的时候，看到原本的那两只蝴蝶在井旁飞舞了一会儿又消失了，她立刻朝井里看，发现那两个男子又出现在井里。井里两个男子的脸十分帅气，阿薇怎么都看不够。

从那天以后，每天她都会来井边看他们好几次。没想到过了一段时间，在白天的时候，男子的脸竟然越来越模糊，只有在夜里的时候才能看清楚。不光是月光明亮的时候，就连漆黑的晚上也可以看得清清楚楚，晚上越暗，看得就越清楚。

阿次知道姐姐半夜偷偷溜出去的原因后，心中非常疑惑，让姐姐带她一起去。果然，在晚上的时候，井里出现了两张帅气的男人的面容，就像是画里面的那些朝廷大官一样，阿次也看得有些呆了，她现在终于知道姐姐为什么每天都会被吸引到这里了。

原来只有姐姐对井下两张帅气的面容痴迷，现在阿次也跟姐姐一样被井下的两张脸迷住了，两人每到晚上就偷偷跑到井边张望，但是除了张望以外，其他的什么也做不了，就像是水里捞月一样，只能看却怎么也触碰不了，所以两个人每天都期待着夜晚的到来，然后去古井边张望。出于这个原因，两个人慢慢地消瘦下来，就像得了相思病一样。事实上，也真的是相思病。

2

吉左卫门夫妻二人听了妹妹的话，便找来姐姐，想要确定一下这些事情是不是属实。因为妹妹已经把一切事情告诉了父母，阿薇也没有办法再隐瞒什么，只得向父母如实相告。由于姐妹俩说法一致，看来这些事情是真实存在的。为了再次证明这些事情，夫妻二人当天晚上去井边张望，却什么也没有看到。

"井里面肯定有什么不好的东西干扰了我们的两个女儿，我们得找人把井里的情况弄个清楚。"吉左卫门命令道。

那时已经是十二月中旬了。第二天，晴空万里，树上甚至还有黄莺在鸣叫。家里的仆人，无论男女，全部出动，从早上八点开始抽水，但是井里的水怎么都抽不干净。家里有好几口井，这是时间最久远的一口，他们的祖先来到这里的时候就有了。虽然井很深，但是水质非常清澈，即使是干旱最严重的年份，这口井依然好用，所以这口井被称为清水之井。不管怎么打水，这口井里的水依然很多，不断有水涌出来，想把这口井打空实在不是一件容易的事情，所以大家都非常头疼。但是还好家里的仆人较多，井水虽然没有干，但是水位已经下降了很多。

他们原本以为井里面有鲤鱼、鲶鱼之类的怪物，却没有想到什么都没有，就连蛤蟆、蝾螈之类的都不见踪影。吉左卫门于是又下达了命令："用铁耙捞一下看看。"

于是大家用绳子绑住铁耙，放入井里，上上下下来回捞了好几次，终于捞到了一个体积虽然小但是有些重量的东西，捞出来放到太阳下一看，竟然是一面看起来年代有些久远的小镜子。小镜子上面雕刻着精致的花纹，一看就是富贵人家的东西。不知道井里面还有没有其他的东西，于是大家又继续往井里打捞，竟然又捞出一面一模一样的镜子，除此以外，就没有其他的东西了，众人结束了打捞任务。

这两面镜子除了看起来年代久远外，其他的就无法得知了。这两面镜子是哪个年代的，被谁扔到了井里，这些都无从知晓。但是这两面镜子跟古井里浮现出来的两个帅气的男人的面容，这二者之间必然有联系。

吉左卫门比较富裕，也算是有学问之人。这两面镜子让他产生了浓厚的兴趣。而且，这两面镜子与自己的女儿之间有一定的关联，所以更不能随随便便地扔掉，他找了一个白木盒将两面镜子封存起来，好好地保管。后来，他来到熊本市找了很多有名的专家和学者进行鉴定，想要知道镜子的由来。最后终于得知，这两面镜子有可能是从中国传到日本的，其他的便一无所知了，这让吉左卫门十分沮丧。

从这两面镜子被打捞出来以后，那两个男人的面孔就再也没有出现过，这更加让人坚信古镜里隐藏了什么秘密，他甚至跑到相邻的国家去寻找有关古镜的线索。因为家里比较富有，所以在寻找古镜的过程中经费一直较为充足，但是也进行得并不顺利，一直到第二年的四五月份还没有什么进展。但是自从镜子被打捞出来开始，两个姐妹的身体渐渐恢复了健康，就像是突然从梦里清醒了一样。

照此下去，这件事情也就了结了，但是吉左卫门依旧不甘心，他决定不管付出多少代价，都一定要弄清楚古镜的所有情况。吉左卫门从不同的城市请来了很多学者，成立了一个专门的研究小组，专门研究古镜，直到那一年年底，也就是古镜被捞出来一年以后，所有的事情才都水落石出。

古镜的秘密被解开的过程是这样的：这些学者聚集在由井家进行

了一番讨论，他们认为，与其这样费力地探索古镜的由来，倒不如先研究一下古井是什么时候挖的，在由井家搬到这里之前是什么人住在这里。虽然这些做起来没有那么容易，但是在找寻了一些记录以及跟年纪比较长的老者沟通以后，他们把这些情况弄清楚了。在南北朝初期，有一位名叫越智七郎的武士在这里。据说这位武士在从源平时代就在这里居住，而且势力比较大，直到后来南北朝菊池家灭亡，他的子孙也就散落到了不同的地方。大家想要找到他的子孙，但是因为距今时间有些长了，实在是有些困难。但是经过努力调查，终于在博德找到了他的子孙，这个后代经营着一家漆行，名叫八屋。虽然这些几句话就说完了，但是调查出来这些足足花了一年的时间。

但是八屋的主人并不清楚越智家的古老历史，并表示家里也没有类似的古老记录，关于祖先的传说倒是有所耳闻。

据说，平源时代是越智家最鼎盛的时期，但是是第几代祖先已经记不清楚了。在某年的春天，家里突然来了两个年轻的女子，模样非常美丽，两位女子要求见主人，也就是七郎左卫门，不知道说了什么事情，当天晚上二人便在家里过夜，后来还长住下来。七郎左卫门将两人偷偷地养在了家里，还不允许家人泄露风声。两个女子怕被外人知道，也都很少出门。越智府里的人在观察了两个女人的行为举止以后，断定她们一定是从京都来的，也许是某位官家的女子流落在这里，来寻求庇护的。七郎左卫门当时二十三岁，还没有婚配，竟然有两位女子从京城主动送上门来，没过多久，她们就跟七郎左卫门同床共枕了，整天待在一起，就这样安静地过了三年的时间。仆人不知道谁是正妻，便分别称呼两人为梅夫人和樱夫人。

但是没过多久，附近有一位叫作泷泽的武士想把自己的女儿许配给七郎左卫门。泷泽在当地很有势力，他的女儿十七岁，长相也非常貌美，而且如果能与泷泽结为亲家，对越智家来说无异于锦上添花，七郎左卫门同意了结亲。因为没有办法公开梅夫人和樱夫人的身份，所以对于此事，她们并没有办法做主。婚事商量得非常顺利，但是就在成亲的那天早上，越智家里出现了一件事，把所有的仆人都吓了一跳。

七郎左卫门左右两边的胸口被人用利刃刺穿，迎面朝上，躺在床上死了，同时梅、樱两位夫人消失得无影无踪，整个家里都慌作一团，所有的人把家里翻了一遍，终于发现了两个人的尸体，就在后院的井里。如此一来，大家便知道，是七郎左卫门要跟其他人成亲，两位夫人嫉妒不已，杀害了七郎左卫门，然后又投井结束了生命。

但是当把两个人的尸体从井里捞出来以后，却爆出了一件让人大吃一惊的事情，这两位夫人并不是什么人家的女儿，而是两个男人。他们应该是平家的贵族子弟，应该也受到了良好的教育，为了安全逃离京都，这才男扮女装，蒙混过关。家仆们没有见过什么世面，自然比较容易欺瞒，但是七郎左卫门就没有那么容易被骗了。可明明知道了两个人的真实身份以后，七郎左卫门还是将两人占为己有，最后才得到了他应有的惩罚。

而那口清水之井正是两人自杀的那口井，镜子也应该是被两人藏在了怀里，在他们的尸体被打捞的时候掉了出来，或者是被家仆们扔进去的。七郎左卫门死后，越智家里的主人之位被亲戚家的孩子继承下来，直到南北朝时才真正没落。在那以后的几十年，院子荒废很久，杂草丛生，直到由井家的祖先搬进来以后才被打扫出来。因为井里的水非常清澈，这才一直被用到现在。

从源平时代到天保初年，这六百多年的时间里，被平家贵族子弟附身的这两面古镜一直沉睡在古井中。但是为什么他们苏醒了，还试图引诱跟这些事情都没有任何联系的由井家的后代呢？这些都没有人知道。这两面镜子后来被送到了菩提寺供奉，吉左卫门还专门举办了盛大的供奉仪式。

后来这两面镜子成了某座寺庙里的宝物。明治以后，在每年立秋前的十八天，经常公开被人参观，至于现在如何，已经没有人知道了。因为在西南战争的时候，由井家支持的是萨军，所以受到牵连，家里被大火烧光了。后来听说子孙去了长崎，日子过得还算富足。至于那口井后来怎么样了，就不了解了。古井附近已经被开发了。也许那口井会因为井水清澈，会继续便利后人。

寿衣的秘密

1

故事是吉田先生说的。

这个故事发生在万延元年，也就是樱田门外之变发生的那一年。九月二十四日，傍晚五点左右，两台轿子从东海道大森出发，往江户的方向行进。

那时候，人们热衷于去横滨旅游。安政六年，横滨开港，不少异人馆陆陆续续地兴建开发了。随后，新市镇兴起，妓馆区出现，不少旅馆也陆续开张。原本这里只是一个小小的渔村，在不到一年的时间里，居然成了一个繁华的地带。那里距离江户不过七里，并不算远，旅客来东海道旅游时，还会特地跑去江户游览。其实，哪个年代都一样，大家都喜欢一股脑儿地参与一些流行的事儿，那会儿不知道横滨的人都会觉得这是一件很丢脸的事。

眼前坐轿子的旅客，也是去横滨游玩的，现在正准备回家。他们家在芝区田町开了一个当铺，名叫"近江屋"。家里的女主人叫阿峰，今年四十岁，他们有一个女儿，名叫阿妻，今年十九岁。他家的当铺在当地非常有名，阿妻长得非常漂亮，可已经十九岁了，还找不着合适的婆家，这在当时已经过了适婚的年龄了。她有个弟弟叫由三郎，她早晚得出嫁的，弟弟在家由父母养着。

今年春天，他们家的亲戚在横滨开了酒楼，多次请他们去横滨旅游，阿峰决定出门一趟。儿子由三郎今年才十六岁，又是个男孩子，今后有的是机会外出。阿妻是个女孩，以后出嫁了，就没什么机会外出旅游了，所以阿峰这次决定带着女儿出去。另外，还有一个名叫文次郎的年轻人一起去，前天一早就从店里出发了。

十九岁是阿妻的厄运之年，他们去旅游的过程中，先去川崎拜访了解厄大师，然后再去横滨亲戚家开的酒楼。昨天一天到处游览参观，在横滨住两晚，第三天就回江户，这就是一开始出门前订的计划。今天早上，再到还没去过的那些地方玩一玩，亲戚送他们去神奈川的旅馆。阿峰母女两人坐上了轿子，随行的文次郎则在后面跟着。

母女俩去川崎的旅店换轿子，到大森的时候，阿峰说要送邻居孩子土特产，于是就买了当地有名的麦秆工艺品。买东西耽误了一些时间，接近铃森的时候，天色差不多黑了，海边吹来了徐徐的风，让人感觉有些凉意。

"老人家，您这是要去哪儿呀？"文次郎回过头去问。十一岁那一年春天，文次郎到近江屋去当学徒，一晃十二年过去了，他已长成英俊挺拔的青年。

他们离开大森的时候，有一个将近七十岁的老妇人在路上走着，她没有拄拐杖，显得有些吃力。本来这也没什么，但是她似乎在跟着文次郎他们的轿子赶路。抬轿子的是两个身强力壮的年轻人，步伐越走越快，老人家想要跟上的确比较勉强。而且，她没有拐杖，走起路来喘着大气，步履蹒跚。

文次郎于心不忍，也觉得难以置信。天已经快黑了，估计她不敢一个人走，所以才想跟在轿子后面。他心里这样猜测，便回过头去问她的去处。

"小伙子，我要去鲛洲。"

"鲛洲呀，那差不多到了啊。"

"是啊，不过我年纪大了……"老人家气喘吁吁地说。

"您怎么不拄个拐杖啊？"

"我背着包袱呢，不方便拄拐杖啊。"老人家身上背着一个黄色的包袱，就这么简单地说了两句话，天色就差不多全黑了，轿夫把轿子停了下来，点亮了灯笼里的蜡烛。等待轿子重新起程的期间，文次郎又与老人家说起了话："不过，你为什么要一路跟着我们呢？是觉得一个人走路太孤单了吗？"

"是啊，天黑了，一个人走路不安全，而且我身上还有重要的物品。"

"重要的物品？"文次郎看了一眼老妇人背上的浅黄色包袱。

"是的！"

烛光照耀下的老人家，面容姣好，皮肤白皙，让人不禁联想到她年轻时也绝对是个美人。尽管她身上只穿着棉布衣服，却很干净清爽。

"老人家如果想要赶上我们轿子的步伐，确实挺困难的，要是走着走着摔倒了，那可就麻烦了。"轿子重新起程，文次郎也跟了上来，老人家依旧在后面紧跟着。走到一半的时候，老人家被绊倒了，摔了一跤，身上的包袱也掉了下来。

"看吧，我都说了，您这样太危险了。"文次郎赶紧扶她起身，可是她似乎太累了，已经没有力气再站起来。

"糟糕了。"文次郎自言自语。

阿峰母女在轿子里头已经听到了文次郎和老人家的对话，实在无法坐视不理，阿峰让轿夫把轿子停了下来，拉开帘子问："老婆婆，起不来了吗？"

"我看她气喘吁吁的，实在是站不起来了。"文次郎赶忙回答她。

这时候，女儿阿妻也拉开窗帘去看。

"听说她要到鲛洲是吧？要不然让她坐我们的轿子吧。"

"这样也行吧……"阿峰说，"那我下来。"

"不不不，阿娘，还是我下来吧，我想走一会儿。"

其实，长时间坐轿子也并不是一件轻松的事，所以阿妻坐久了也想下去走走路，于是母亲阿峰同意了。阿妻穿上鞋子下了轿子，老人家在轿夫和文次郎的搀扶下上了轿子。既然阿妻要走路，轿夫就只好随着她的步伐，走得很慢，到了鲛洲旅店的时候，天就全黑了。

"谢谢你们呀，帮了我的大忙。"老人家下了轿子赶忙致谢，向他们告别后离开。阿峰母女可怜老人家年纪已大，也算是做了一件好事。但是，过了一会儿，只听见阿妻大喊了一声："哎呀，老人忘了东西！"

老人家把她的包袱落下了，文次郎和轿夫急急忙忙地想把她叫回来，可是转眼已没了老人家的身影，喊她也是毫无回音。

"她明明说东西很重要呀，怎么能如此粗心呢！"文次郎一边说着，一边让轿夫把灯笼拿过来，打开包袱瞧了瞧。阿峰母女也跟着看了一眼。

"啊！"

阿峰一行人发出了恐惧与惊讶的叫声，不曾想到，老人家口中重要的东西，竟是洁白的寿衣。

2

为什么老人家会把寿衣带在身上呢？

或许，这事儿并不奇怪，说不准是亲戚朋友家传来了噩耗，她赶紧带上寿衣前往。她年近七十了，又一直在赶路，说不定就是因为太着急了才落下了包袱。

然而，如果真的是这样，她应该在发现自己忘事了之后赶紧跑回来拿吧。近江屋在芝区田町，与高轮毗邻，离这儿并不远。于是文次郎决定在原地停留一下，等待老妇人回来取她的包袱。阿峰母女则先回江户。

阿峰母女回到店里，松了一口气，她们把老人家和寿衣的事情告诉了丈夫。丈夫由兵卫听了，眉头紧蹙。丈夫对于这件事的看法，和之前她们想的差不多，不过是因为老妇人落下的不是普通东西，而是一件寿衣，所以心里难免有点硌硬。其实，不管是哪个年代的人，对这种东西总会有些忌讳，总觉得是不祥之兆。

到了深夜，文次郎终于回来了。他在鲛洲的旅店附近等了差不多两个小时，老人家始终没有回来取东西，于是他只好回来了。

"这事儿要是让旁人知道，肯定是要闲言碎语的，赶紧偷偷地把它扔了吧。"丈夫由兵卫说。

于是，文次郎把包袱丢到了高轮海中，夜深人静，没有别人发现。知道这件事的，只有由兵卫、阿峰、阿妻，连儿子和家里的用人都一无所知。

原本出去旅游是一件快乐的事情，可是阿峰母女却因为这件事不开心了几天。特别是女儿阿妻，总觉得自己收了老人家的不祥礼物，开始后悔去横滨了，对解厄大师也心怀抱怨，想着早知道就不帮这个老人家了，不去理她就不会发生这事了。由兵卫看妻子和女儿始终郁郁寡欢，就劝她们："别再去想过去的事了。事情总是相反的，你们认为这是不祥之兆，说不定会发生什么好事呢。没听说过吗？梦见被人拿着大刀追杀，现实中是要发大财呢。"由兵卫这话或许只是在安慰她们，然而，家里真的发生喜事了：一直找不到好婆家的阿妻，竟然有一户好人家来提亲了。

有一家名叫"井户屋"的老店，听着像是凿井的，其实是一家酒楼。他们家祖上是小田原北条家的浪人井户某某，在当地是有着两百多年历史的世家。他们家店面特别大，生意也做得好，还有不少良田和土地，可以称得上当地数一数二的有钱人家。这样的人家突然上门来提亲，由兵卫自然感到诧异。但是这桩婚事是由阿峰的伯父做媒的，他是一家名为"万屋"的酒楼的老板，并不是那些普通的没有诚意的媒人婆，因此由兵卫夫妇也很心动。阿妻十九岁了依然找不到婆家，要是能嫁入这么好的人家，自然是能过得幸福宽裕的。而且，阿妻自己也同意了。

十月初，两方按照当地的风俗相亲，也把婚事谈妥了。然而，阿妻正处在厄运之年，于是双方商定今年先定亲，待第二年春天再成亲。由兵卫在当地也算是富贵人家，但是和井户却无法相提并论。因此，有不少人都羡慕阿妻嫁得这么好。

"看吧，我都说了，凡事都是相反的，寿衣现在变成嫁衣了吧。"父亲由兵卫为自己的未卜先知扬扬得意。

看来，这事情啊，真的都是相反的。老人家诡异地在轿子里头落下了寿衣，竟带来了他们家的喜事，阿峰和阿妻都觉得神奇。但是，不管怎么说，这也是一件惊喜的事，由兵卫一家因为这件喜事突然热闹起来。因为对方是有钱人家，所以阿妻的嫁妆马虎不得。由兵卫夫妇心里清楚得很，于是开始替女儿张罗起嫁妆来，那年冬天显得特别忙碌。

到了十一月，阿妻的订婚仪式完成了，嫁娶之日最后定于正月二十之后。那一天，是十二月十八日，由兵卫和往年一样，到浅草观音寺的年货节去置办年货。在此期间，由兵卫的弟弟三之助前来送礼。

三之助入赘到了同样做买卖的三河屋。哥哥出门了，他被嫂子阿峰领进了里屋。

三之助小声地对阿峰说："嫂子，尽管咱们家即将办喜事，我原本不该与你说这事儿，但是我听说了一些奇怪的事……"

"什么奇怪的事啊？"

"是有关井户屋的……"三之助把声音压低了，"听人家说，好几代之前，井户屋有个帮工的伙计无端失踪了，不知道是被人害了，还是逃跑了，或者是死了，一点音讯也没有，那个伙计的奶奶跑到井户屋去闹，要他们还她宝贝孙子。井户说不知情，那奶奶就天天去他们家闹，非要让他们还她孙子不可。井户后来实在没有办法了，只好把她赶出去，那个奶奶就诅咒他们：'你们这户人家，绝对不会有第二代！'说了这句话之后，她就回去了，再也没有回来过。"

"这是什么时候的事情？"阿峰内心忐忑不安，眼前浮现出那个寿衣老人家的身影。

"不知道是什么时候的事儿，前几代人听说的，后来有六七代了。"

"那还好，她诅咒他们不会有下一代，看来也没有灵验。"阿峰终于稍微放心一点。

"不，是真的没有下一代了。井户家没有亲生儿子，即便是生了孩子，也都夭折了，后来都是由养子继承家业。所以说，即便他们家大业大又如何？人丁不旺啊！也没个亲生儿子能够继承。"三之助接着说。

"亲戚家过继一个过去不就可以了吗？不至于断了血脉。"阿峰说。

"也是行不通的，他们也曾经试过到亲戚家去领养孩子，但是都养不活，养不久，还是死了。"

"那可真是奇怪啊。"阿峰又不安了。

"是啊，太奇怪了。"

"真的是那个伙计的奶奶在作祟吗？"

"真有人是这么说的。"

三之助跟兄嫂说这事儿，听上去像是给他家的喜事当头泼了一盆冷水，原本想装作什么都不知道，可是既然知道了这种事，还装不知道总感觉过意不去。

"反正这事儿我就告诉您了，您也别太往坏处去想。"三之助劝解了一番，就回去了。

丈夫由兵卫回家后，阿峰马上把这件事情告诉了他，由兵卫再一次眉头紧锁。淀桥与芝区的距离比较远，他们夫妇没有听说过这件事，也并不奇怪。只是听三之助这番话，说那奶奶就这么一股脑儿地诅咒井户，似乎有些说不过去，但是事情既然发展到了这一步，穷追不舍也没有意义。那么，当前需要考虑的事情，就是要不要将自己的掌上明珠，嫁到这样一户人家去。

"万屋的伯父应该不知道这个事吧？"阿峰带着怀疑的语气说。

"也许吧，但是三之助也不可能随便乱说，这事情啊，不容小觑。"由兵卫说。

伯父是阿峰的伯父，三之助是由兵卫的弟弟。阿峰相信自己的伯父，由兵卫更愿意相信自己的弟弟，这都是人之常情，夫妻俩虽然各执一词，但是也不至于因此闹不愉快。由兵卫决定亲自向弟弟打听详细情况，而阿峰则打算去拜访一下伯父。第二天一早，两个人便各自出发了。

由兵卫到三河屋去找弟弟，阿峰则到万屋去找伯父。到了伯父家后，阿峰开门见山，直接把这件事说了出来。伯父一听，脸色非常难看，最后长长地嘘了一口气，说："既然你们已经知道了，那我也不好再继续隐瞒了。井户家确实有这样的传言，你们听到，也许会怪我为何还要帮他们家提亲，但是这中间确实有我的苦衷啊。"伯父叹了一口气，跟阿峰坦白，这些年他经商失败，家道中落，向井户借了不少钱。今年年底，如果不是井户出手相助，伯父家可能没办法好好过年了。如果这桩婚事没有谈成，伯父不仅难以面对井户，而且他们家的万屋也无法经营下去，得关门大吉了。

伯父说罢，老泪纵横。事情终于真相大白了，原来伯父并非不知道此事，传言总是不胫而走的，没有人愿意嫁到井户家。伯父为了自己的买卖和家业，不得不牺牲自己侄女的女儿。阿峰听了，气愤不已，这太过分了，她恨透了自己的伯父。然而，如果这桩婚事不成，万屋就面临着倒闭的结局。除了伯父，伯母也是苦苦哀求，希望阿峰看在一家人的分上帮帮他们。阿峰有点心软了，最后说得回去跟丈夫商量，就返程了。回到家后不久，由兵卫也回来了，说三之助的话是真的。

其实，阿峰也清楚三之助的话是真的，因为伯父已经全部坦白了。

他们夫妻俩凑在一块儿，悄悄地商量了一会儿，要是两人坚持退婚，那么就是眼睁睁地看着伯父的万屋关门大吉，亲戚一场，的确于心不忍。在当时那个年代，亲戚人情被看得很重。而且，最烦人的是，所有人都知道女儿阿妻要出嫁了，如今如果突然退婚，难免落人口舌。或者说，这会影响到阿妻以后的婚嫁。

"既然事情已经到这个地步了，那也没办法了，只能把整件事告诉阿妻，问问她自己的意思。如果阿妻拒绝成亲，我们就拒绝吧。"由兵卫说。

阿峰也同意丈夫的意见，他们一起把事情的原委告诉了女儿，出乎意料，女儿竟然同意了这桩婚事。

"还记得老妇人留下寿衣这事儿吧，大概也与此有关，何况都相亲订婚了，我就死心塌地嫁过去吧。"

3

既然女儿痛快地答应了，父母就无须多嘴了，两个人被女儿这么一说，好像吃了一颗定心丸，一心一意忙着给女儿准备嫁妆了。

终于等到了正月二十二日，也就是嫁娶之日。这一年，初春便进入了雨季，雨淅淅沥沥地下着，一阵阵寒意扑面而来。近江屋在当地也算是小有名气，不少人都前来祝贺，一连两三天，家里都热热闹闹的。出嫁的前一晚，阿妻把文次郎叫进来说话："去年你把那件寿衣丢海边哪里去了？还记得吗？今晚可以带我去看看吗？"

文次郎觉得不太妥当，但是他还是先答应了阿妻，回头就把这事告诉阿峰，阿峰心里惊恐不安。尽管她知道事已至此，但毕竟女儿明天就要出嫁了，要是这会儿想不开跳海自尽了，可怎么办好。

"你要去海边做什么？"阿峰问女儿。

"我只是想去看一眼，不会做傻事的，放心吧。"女儿说。

"那我也一起去！"

那天下了一天的小雨，到了傍晚才停下来，阿峰母女避开人流，从后门出去。文次郎早早地在巷子口等待，给两人带路。高轮的海岸并不远，就在跟前。

那会儿已是晚上八点了，天空中星光点点，附近的茶馆早已关了门。世道混乱，天一黑，大家便早早歇下了，海边也没什么人。

三个人站在海边眺望远方，文次郎已经记不清具体在哪个位置了，只能告诉他们大致的方向。阿妻像跪下一般弓着身子，双手合十。她似乎在向大海倾诉什么，或是祈祷什么。阿峰和文次郎紧紧地跟着她，绝不让她离开他们的视线，阿妻就那么站了好一会儿，一动不动。

大海的浪涛轰隆作响，浪花拍打着海岸，在夜色中显得十分洁白。阿妻抬起头来，忽然说："看，那边……"

文次郎举起灯笼看，阿峰也盯着远方瞧，他们发现在发白的浪花上，竟然漂浮着白色的物件，三个人大吃一惊。她们隐隐觉得，那东西就是之前的那件寿衣。阿峰感到一阵恐惧，扯了扯文次郎的衣袖，文次郎为了看清眼前的东西，举着灯笼看了好几回，可是那个白色的影子再也看不到了。

阿妻又一次朝着大海双手合十。

第二天，阿妻喜气洋洋地出嫁了。井户家的主人真的是养子，叫平藏。之前的主人夫妇，两三年前都已经去世了，新娘去婆家不必多费心思。

阿妻夫妇二人也算恩爱。

"若是以后也这么顺顺利利，那就好了。"阿峰对丈夫说。

丈夫由兵卫也在心里祈祷，希望女儿安然无恙。那年二月，年号改为"文久"。自去年的樱田之变后，世间变得越发不太平，由兵卫一家倒是和从前一样，井户家也没什么异常，就这么平平安安地过了一年，年底，阿妻就怀孕了。

这本来是值得开心的事情，然而听说了此事后，阿峰夫妇就开始担心了。之前的传言让他们心情很低落。阿峰每天坐立不安，只想快点看到外孙出生。她忙着到各个神社和佛寺去参拜，祈求女儿平安顺利生产，也祈求外孙健康成长。

文久二年的九月，是阿妻的预产期，阿峰每天都出去求神拜佛。井户屋的主人也不敢懈怠，专程前往下总成田山参拜，而且还做了法事，家里更是堆满了祈福的物件和护身符。

九月二十三日这一天，阿妻让人过去告诉母亲，想让她前往井户屋见面，或许是知道自己快要生产了。阿峰赶紧坐轿子去见女儿，去了以后，发现女儿和平时并没有什么不一样。女儿怀孕反应很少，看不出是个即将临盆的孕妇。

"怎么样？是不是快生了呀？"阿峰问女儿。

"医生和产婆都说应该是月底，不过我觉得一定是明天。"阿妻自信满满。

"为什么呢？你觉得医生说得不对吗？"

"嗯，一定是明天，明天傍晚。"

"明天傍晚？什么意思？"

"阿娘是忘了前年的事了吗？明天就是九月二十四了。"

前年的九月二十四，她们结束横滨的旅游返程，就在路途上遇到了那件事。

阿妻告诉母亲："阿娘，请放心吧，不管是男孩还是女孩，我都会保护好他的。"

阿峰安静地听着，这会儿和孕妇争论并不妥当，但是她心里还是挺担心的，于是偷偷地把事情告诉了女婿平藏。

平藏说："其实阿妻也和我说了同样的话，明明医生和稳婆都说是月底，她却觉得一定是明天，我也不理解。"

九月二十四发生的事儿，一直在心里挥之不去，于是阿峰当晚决定在女儿家住下来，等待第二天傍晚的到来。第二天，也就是九月二十四，万里晴空，微风拂面，耳边传来阵阵的鸟鸣声。

白天，阿妻没有动静，直到晚上屋里点起了灯，她才忽然觉得即将要生产了，赶忙找来了稳婆，平安地产下了一个男孩。大家都对她的预感到惊讶，阿妻问稳婆："是男孩还是女孩呢？"

稳婆说："是个男孩。"

"是吗？"阿妻笑着说，"那快把他带到那边去，娘，您也一块儿去吧。"家里有了新生儿，吸引了众人的目光和注意力，趁着这个时候，阿妻拿出了一把木质的短刀，刺入了自己的左边胸膛——是的，阿妻选择了告别人世。不知道什么时候，她在自己的膝盖下面放了一件寿衣，阿妻的鲜血把洁白的寿衣染红了。

这是个秘密，知道秘密的，只有母亲阿峰。

"那个男婴就是我的祖父，如今他依然健在。"吉田先生说，"而那个叫阿妻的女人，就是我的曾祖母，她在产下祖父的那一刻选择了自杀，破解了那个诅咒。我们家祖上，曾经有好长一段时间不曾生养过亲生儿女，只有阿妻的孩子平安长大了。这个男孩后来娶妻生子，生了两个男孩一个女孩，都长大成人。他的次子就是我的父亲，因为过继给了亲戚吉田家，所以如今我也姓吉田。我的本家姓井户，一样也是儿孙满堂。对于现在的我而言，当初那个传言只不过是一个奇怪的传说，我的祖父生活在旧时代，他听信传言，说是因为我曾祖母的自行了断，才换来了井户家的子嗣延绵。所以，现在每到我曾祖母的忌日，全家人一定要去扫墓的。"

兄妹之魂

1

　　这件怪异的事是我亲身经历的，请各位听我娓娓道来。这件事的主人公，是我的一个朋友，他姓赤座。

　　他的全名叫赤座朔郎，和我在同一所学校读书。他本来计划毕业之后就留在东京工作，可是因为毕业前半年，他的父亲突然去世了，于是他不得不回去继承家业。因此，赤座一毕业，就回乡下去了。他家在越后的一个小镇里，父亲是一个宗教的传教士，常常会有很多信徒会聚在那个宗教的分会所里，听他父亲传道。赤座过去没有相关的背景，这次忽然回去，也不知道能否顺利地继承他父亲的家业。然而，他后来给我写信说，他确实成了那个宗教的传教士。或许是因为我们都读文科，而他从小便受到那种氛围的熏陶，所以能够顺利继承。不过，他似乎不太喜欢那份工作，我们偶尔聚在一起的时候，他也总是抱怨生活现状。

"要是能多给我两三年的时间，我就能把所有事情解决好，然后再到东京来。我才不要一辈子都待在乡下，待在一个一天到晚都在下雪的地方。"赤座抱怨道。

他回去之后，偶尔会给我写信，总是感慨出于种种原因，他没有办法不从事现在的工作。他家里还有母亲和胞妹，家人自然也是信教的，或许是因为家人的压力，所以才没有办法离开吧。因此，赤座对于自己的生活总是很不满意，常常在信中与我诉说他的无奈，有时甚至会非常激动，说自己不知道生命的意义在哪里，早知道这样，不如一把火把会所烧了，把自己也给烧死。那会儿聚在一起的伙伴们，如今大多因为工作和生活的缘故没有联系了，只有一个名叫村野的同学和我一样留在了东京，村野懒得写信，赤座给他写三封信，他最多就回他一封，所以关系也自然越来越疏远了。到了最后，和赤座保持书信联系的，就只有我。

赤座基本上每个月都会固定给我写信，我收到之后也会马上给他回信。持续两年的书信往来，我发现赤座的心态有了转变，不再如从前一样抱怨连天了。我甚至可以感受到，他愿意为宗教奉献一生了。尽管我不知道他对宗教的虔诚程度如何，但是我还是从心里替他高兴。

赤座回乡下的第三年，他的母亲也去世了。后来，他和妹妹就一直住在老家，老家在传教会附近。两年后的春天，他带着妹妹来到东京。这一趟前来，他早已在上一年的信中与我提过，因为要到东京处理教务，而妹妹又从未上过东京，所以会带她一同前来。他事先告知了我火车抵达的时间，我那天便提前到火车站去接他们。看到赤座的那一刻，我有些意外，他居然没有丝毫变化。

因为他已经当了几年的传教士，所以我以为他会有着与其他修行者一样的打扮，或是一头长发，或是满脸胡茬，或是身穿白袍之类的。然而，出乎我意料的是，他与从前一样，梳着五分头，穿着西装，几乎还是学生时代的模样。除了因为嘴唇上方的胡子，多了几分成熟的味道之外，他还是和学生时代一样年轻。

"好久不见！"

"呀，真的好久不见了！"

一番寒暄过后，他与我介绍身边身材瘦小的女孩子，那是他的妹妹，名叫伊佐子，今年十九岁，有着白皙的肤色、细长的眉毛和可爱的小眼睛，是个标准的雪乡姑娘。

"真好啊，你有个好妹妹。"

"对呀，自从我母亲去世以后，家里事无巨细都是妹妹在张罗呢。"赤座微笑着说。

我领着他们搭乘电车去我家，一路上，我总觉得这兄妹俩特别亲密。接着，他们在我家住了将近一个月，除了忙着处理教会的事务，闲下来，赤座会带着妹妹到处去参观游玩。四月十日那天，我约他们一起到向岛去赏花。路上下起了雨，尽管不大，我们三人还是跑进一家餐厅去躲雨。雨淅淅沥沥地下了两个小时，这期间，赤座与我谈起了妹妹的婚事。

"你别看她还小，已经有人上门来提亲了。不过她如果真的结婚了，我可就头疼了。她自己也说，如果我还没有合适的对象，她就先不结婚。可我确实也找不到合适的对象，之前也有人介绍过两三个，我看了总觉得不喜欢。主要原因是，如果要结婚，我还是希望对方与我有着同样的信仰。不去考虑什么容貌啊，或是家世身份，至少要找到一位与我一样虔诚的女子，这着实是太困难了。"

听赤座这么说，看来他已经改变从前的想法了，如今的他，态度已经十分虔诚。不过，或许是因为我没有这份信仰，他便始终没有向我传教。他们兄妹俩一直待到东京的樱花落尽才离开，我又送他们到火车站，与他们告别。

自那以后，我心里就产生了疑问：分不清自己是再也没有见过这对兄妹，还是常常见到他们。而这个问题，就是我今天要说的这个故事的重点。

2

赤座回去以后，给我写了一封很长的答谢信，他的妹妹也一样。我发现，他妹妹伊佐子的字竟然比赤座的还要整齐。自那以后，我们还是保持着每月一次的书信联系。八月时，我到上州去攀登妙义山，在山上的小旅馆度过了一个夏天。在那儿，我给赤座兄妹寄了明信片，兄妹俩立马就给我回信了，他们表示，如果有时间也希望可以到妙义山游玩，只是教务繁忙，一直脱不开身。

九月初，我返回东京，但是一直对妙义山的小旅馆念念不忘，又加上东京的秋天闷热得让人难受，我决定再次去妙义山居住，把手头上的工作忙完了，再回东京。回到妙义山小旅馆的次日，我又给赤座寄了明信片，但这次，我没有收到他们的回信。

　　十月初，我再一次寄了明信片给他们，依然没有收到回信。我想，或许是教务的缘故，他们到别的地方出差去了。然而，我回头一想，即便真的是这样，妹妹伊佐子大概也是会给我回信说明情况吧。不过，因为我也没有什么要紧事，所以就没有太在意，只顾着忙自己的工作了。到了十月中，满山红叶，妙义山多了许多赏枫的游客。原本深远宁静的山区变得有些热闹嘈杂了，不过这些人大多当天就会下山，或者最多留宿一晚，所以到了夜里，这里还是很寂静，甚至可以听到呼啸的山风。

　　"您好，外面有客人找您。"十月底的某一天，傍晚五点左右，旅馆的女服务员跟我这样说。

　　那天，天灰蒙蒙的，山上一直弥漫着雾气，整个氛围让山上的这座小旅馆有了冬天即将到来的感觉。当时，我从二楼的房间下来，在门口的大火炉前和其他住客拉家常，正聊得欢快起劲。我听服务员这么一说，就起身往外看，发现赤座就坐在门口。他穿着西装，裤管往上面卷了起来，头上顶着破旧的帽子，脚上穿着袜子，袜子外头套着草鞋，手里还拿着一根用来代替拐杖的木棍。

　　我吓了一跳，说："你这是怎么了？赶紧进来。"我赶忙叫他进屋，他用一种奇怪的眼神看着我，然后就转身离开了。我本以为外面有人在等他，可发现似乎不是这么回事。我觉得有些奇怪，就往门外走去，看见赤座往山上奔去。我越想越不对劲，于是穿上鞋子追了上去：
"赤座！赤座！你这是要去哪儿？"

赤座完全没有回答我，径直往山上跑去。我一边跑一边呼唤他的名字，一直追到了妙义神社，忽然不见了他的踪影。天快要黑了，茂密的树林显得昏暗幽静，我心里有一种不祥的预感，于是再一次大声地喊赤座的名字。这时候，赤座从树林里跑了出来。

"好冷，好冷！"他说。

"那儿肯定冷呀，天一黑，山上温度就会下降，你快点随我回旅馆烤火吧。还是，你想要先拜拜？"

赤座没有回答，但是忽然伸出了右手。我一看，发现他的两根手指出血了，我想，大概是被树枝划破了，于是就掏出稿纸给他："你先用稿纸压着吧，我们赶紧回旅馆去。"

他还是没有回答我，接过我手中的稿纸，又大步朝前面走去。我看他的样子，似乎又想继续上山，于是连忙叫他："赤座！这会儿不要再爬山了，明天我再跟你一起来，等会儿天黑了就麻烦了！"

然而，赤座没有理会我，还是一个劲儿地往前面走。我觉得他的行为非常奇怪，于是就喊着他的名字追了上去。因为我在山上已经住了几个月了，对山路比较熟悉，我自认为自己的步伐已经很快了，没料到赤座比我走得更快。转眼间，我和他的距离拉大了，似乎怎么追都追不上他了。天下起了冷雨，打在我身上冰凉冰凉的，路上没有其他的人，想要求助也没办法。我担心天一黑，就看不见赤座的身影，于是坚持往上走，但还是跟丢了。

"赤座！赤座！你在哪儿？"

　　森林里空荡荡的，回响着我的喊声，然而却没有听到回应。我继续往前跑，希望可以找到赤座，但是跑到大杉树旁边的茶屋前，还是没找到他，我心里更加着急了。问了茶屋的人，他们说天气不好，都没有出门看，也没有见过一个如我描述的人路过。再往前一点，就是妙义山地势险恶的第一座石门，尽管我熟悉山上的路况，但是这种阴雨天气，我也不敢独自前往。于是，只好作罢。

　　我放弃了找赤座的想法，和茶屋的老板借了灯笼，冒着雨下山。到了旅馆，我已经浑身湿透了，感到透心的寒冷，全身不停发抖。旅馆的人因为我的迟迟不归而担心，正准备出门去找我，大伙儿看到我回来方才松了一口气，赶紧带我去火炉边取暖了。靠近火炉后，我终于不再冷得一直发抖了，但想到赤座，我心里似乎压了一块石头。我和旅馆的众人解释了事情的经过，大家都觉得不可思议，然而有一个人说："或许像他们这种信教的人，会选择天黑上山修行吧。那些在深山隐居的修行者也常常这么做。"

　　那个人告诉我，就在那一年二月，大雪纷飞的时候，有个苦行僧去爬山，一直走到妙义山的第二座石门。然而，我却觉得赤座的行为很古怪，不像是去修行。到了深夜，赤座还是没有回来。我想，他该不会真的如刚才那个人所说，躲在深山的石门底下去修行吧。就这样，我翻来覆去，左思右想，一夜未眠。天亮以后，我和旅馆的两个员工连同一名向导，上山去寻找赤座。

　　我们没有放过树林的每个角落，一直找到昨天大杉树旁的茶屋，然而还是没有发现赤座的踪影。也许是因为昨天跑了一天，昨夜也没有好好休息，我已经累得走不动了。于是，大伙儿让我留在茶屋休息，其他人就继续到石门去找人。不到半个小时，其中有一个人跑回来报信，说看到有个男人从蜡烛岩滚到峡谷下面去了。我一听，从椅子上跳了起来，和他一起赶到第一石门去。而茶屋的人则帮我去通知旅馆的人了。

3

旅馆的人得知消息后，立即赶了过来。我们把赤座的尸体搬回旅馆时，已经差不多十一点了。初冬的暖阳光彩夺目，树林里传来了一阵阵小鸟的叫声。

"唉。"我深深叹了一口气，盯着赤座的尸体看了好久。赤座的额头撞上了石块，整张脸都是血，不仅如此，身上还裹着树叶和泥巴。其实，我压根儿就顾不上看这具尸体的长相，但是从他身上的衣服就可以判断他是赤座。等回到了旅馆，大伙儿把尸体放下，我定睛一看，发现这根本不是赤座，而是一个陌生人。这实在是太荒谬了，我强行让自己冷静下来，又看了一眼，确定这真的不是赤座。

"这到底是怎么回事？"我像是做梦一般，望着这具尸体发呆。尽管前一天在山上追逐的时候天色已晚，但是傍晚来找我的，确实是赤座，打扮也和这具尸体一模一样。不仅是西装、草鞋，就连头上破旧的帽子都是一样的。当然了，登山客的装扮大概也都是这样，或许昨天黄昏我头昏眼花看错了。为了证实自己的想法，我在那具尸体的身上找了找，结果找到了一张被揉得皱巴巴的稿纸。

这不就是我昨天看到赤座出血的时候，递给他止血用的稿纸吗？而且，这张稿纸上，还有我前两天留下的笔迹。我查看了一下尸体的双手，结果发现他的手指的确有伤痕，稿纸上也沾染着血迹。这些都可以说明，昨天我看见的，真的是这个死者。可是，为什么我会以为他是赤座呢？然而来找我的确实是赤座啊。我实在是想不明白了，只能呆呆地盯着稿纸和眼前的死者。

派出所的警察和旅馆的人，听了我的这番话以后，都觉得难以置信。的确是难以置信，眼前的死者，死因莫名其妙，兜里只有两块钱，身上也没有留下其他东西。镇公所只好当无名氏处理了它。

尽管这件事告一段落了，但是我内心的困惑依然无法解开。我动笔写了信去越后，希望可以了解到赤座的近况，但过了许多天，依然没有回信。心中的困惑越来越多了，事情到了这个地步，我也没办法当没发生一样，只好亲自去跑一趟，去赤座的老家看看究竟。好在妙义山到赤座老家的距离并不远，我下山以后，就坐火车来到了越后。折腾了一番，终于找到了教会所，我和那里的工作人员说想要找赤座，结果他告诉我，赤座去世了！不仅如此，赤座的妹妹伊佐子也去世了。

我问他们，赤座兄妹俩是怎么死的？工作人员本来不愿意多说，但是我穷追不舍，他们终于把事情的经过告诉了我。

就如那一次在东京赤座告诉我的那般，尽管他想要结婚，但是始终找不到一个合适的对象。他的妹妹也执意要等到哥哥结婚之后才嫁人。

就这样，兄妹俩相依为命地生活下去。这个时候，有一个名叫内田的信徒，是镇上银行的职员，和赤座表示，希望能娶伊佐子为妻。可是赤座接触了，对他没有好感，就拒绝了他。内田没有死心，找到了伊佐子，但是伊佐子也拒绝了他。

内田很失望，最后竟然因爱成恨，让当时报社的熟人，报道他们兄妹俩疑似乱伦，称他妹妹之所以到了适婚年龄却迟迟没有结婚，正是这个原因。报社那里因为传递消息的内田是一名信徒，就没有任何怀疑，也完全没有查证就刊登出去了。这个新闻，在当地引发了不小的震撼。

当然，大多数的信徒对这种事是不相信的，然而这样的谣言散播出来，确实让人很头疼。而且，这对于传教来说，也会造成很大的影响。事后，教会试图联系报社，想要了解该消息的出处，但报社依照规定没有告诉他们。报社只称，如果消息不属实，可以刊登辟谣的告示。

几天后，报社确实刊登了勘误说明，但是寥寥数语，不能让赤座满意。然而，他也没有因此去怨怼任何人。他甚至觉得，这一切都是他的不够虔诚造成的，这是神对他的惩戒。经历了一个多月的折磨，他决定自己接受这个惩罚。于是，他穿上了平时做礼拜时穿的白色衣服，往自己身上泼了汽油，想要点火自焚，结束生命。转瞬间，赤座就被火焰包围了，等伊佐子发现时根本就来不及了，然而她居然也冲了过去，抱住了熊熊燃烧的赤座，两个人双双死去。

等到被别人发现时，一切都太晚了。赤座全身烧焦，已经死亡。妹妹伊佐子则是严重烧伤，奄奄一息。大家找来了医生，然而伊佐子还是没有救活。这件自焚案比之前的乱伦谣言更让人害怕，关于赤座的死，大家都认为是报社的错误报道造成的。

报社承认之前的做法没有经过证实，过于草率，在报纸上刊登了道歉的启事，对其兄妹之死表示哀悼。与此同时，报社那边也有人把消息泄露出去，很快，大家都在传这件事是内田引发的。传言四起，导致他无法再在镇上生活了，一个多星期之前，内田失踪了，连银行都不知道他的去向。

"那现在找到那个叫内田的人了吗？"我问。

"还没有。"教会的工作人员回答。

"大概是因为人言可畏吧，不然也不会影响他的工作生活啊。"

"那个叫内田的人大概多大年纪？"我接着问。

"大概三十八九的样子吧。"

"你知道他离开的时候穿什么衣服吗？"

"听说他那天下班之后就没有回家，直接坐上了去东京的火车，好像是穿灰色西装，戴着帽子吧。"

我听了，脊背发凉。

薄云的棋盘

传说中，名妓薄云有一个棋盘，因为被忠义宠猫附身，所以只要把棋盘放在屋里，就不会有老鼠来叨扰。在某旗本宅邸的门前，曾出现过这个华丽的古老棋盘，棋盘上竟然还摆着一个女孩的头颅。这中间到底发生了什么事？

1

有一天，我和平时一样去赤坂看望半七老人，正逢老人从附近的棋馆回来。

"原来您喜欢下棋呀？"我问他。

"不，并没有，我只是在理发店跟人家随便下几局，门外汉而已。"半七老人笑着说，"你也知道，我如今不过是个闲人，不知道该往哪儿去，但是也不可能每天待在家里，于是闲来无事就去那个棋馆转悠转悠。"

话题从围棋和将棋开始，说着说着，老人忽然问我："对了，你知道下谷坂本的那家养玉院吗？"

"养玉院？"我想了一会儿，说，"哦，我想起来了，我还去过一次呢，那一次是去参加别人的葬礼，是在下谷丰住町的那家吧？"

"是的是的，明治以后那地方叫丰住町，江户时代叫作御切手町，不过一般都叫下谷坂本。那其实是个寺院，原来是叫金光山大觉寺的，后来改为宗对马守女儿的戒名，也就是养玉院。你可知道，养玉院留着高尾花魁的围棋盘和将棋盘吗？"

"这我可真不知道。"

"我听说，吉原三浦屋的菩提寺是这家寺院，出于这个原因，他们就把高尾的围棋和将棋的棋盘都献给了寺院。那位高尾不知道是哪一代，反正棋盘非常古老，我见过一次，大概如今寺院已把它当作珍宝了吧。你最好也去看看。说到这个棋盘，我倒是想起一件事情，有个叫作薄云的棋盘。"

"也是在养玉院？"

"不，那个棋盘在深川六间堀的一家当铺里，当铺名叫'石榴伊势屋'。"老人接着说，"关于这个棋盘有个很奇怪的传言。你可知道，一直以来，高尾和薄云都是吉原游女的代表，两个人都是吉原京町三浦屋的妓女，薄云养了一只名叫玉的猫。有一天，那只猫不知道在玩什么跳到壁龛上，爪子抓到了壁龛的棋盘，把棋盘侧面的金莳绘刮花了。

由于并不严重，而且薄云非常喜欢这只猫，所以当时也就没有怎么理会。"

"那棋盘是金莳绘吗？"

"对呀，毕竟薄云在那个时代可是花魁。我也见过那棋盘一眼，看起来非常华丽。听说是用榧子树的木材制作的，旁边是黑蜡，上面有樱花、枫叶金莳绘。而那只猫就是把木材和金莳绘之间的那部分抓花了，就是那只叫作玉的猫。照常理来说，大家都会觉得没有抓痕会更好，可并不是这样。这里头啊，是有个故事的。

"有一天，薄云要到楼下的澡堂去，那只叫作玉的猫也跟着主人下去。尽管薄云平日里极宠爱这只猫，但是也不可能把它带进澡堂啊。所以薄云就骂了它，想把它赶出去，猫却无动于衷。说来也奇怪，这次那只猫一反常态，变得不再温驯，而是面目狰狞地吼着薄云。薄云实在没办法，只能叫人过来把猫带走，但是猫却无论如何都不肯走。

"大家觉得猫不是发疯了，就是爱上薄云了，于是三浦屋的老板就掏出了一把刀子，把猫的脖子给斩断了。猫头竟然飞进了澡堂，大家定睛一看，澡堂的竹窗缝隙里爬出一条大蛇，飞出去的猫头竟然咬住了那条大蛇。那个时代的吉原与现在不同，房子周围都是草原田野，是很可能有大蛇进来的。那时候大家才明白，原来那只猫不是发疯，而是想保护主人。但那时已经来不及了，薄云自然非常伤心，其他人也对猫的忠心表示感动，于是他们就把猫的尸体送到了附近的寺院，给它厚葬。

"据说，正是那个时候，把棋盘也送到了寺院去。而后过了大约百年，明和五年的四月六日，发生了一场火灾，把吉原游廊全部烧毁了，

124

火势蔓延到了附近。那座安葬猫的寺院也没有了，之后也没有重新修建，所以我不太清楚那座寺院叫什么。然而，寺院虽然没了，棋盘却完好无损，并且传来传去就传到了深川六间堀那家石榴伊势屋当铺。伊势屋因为帘子上印着石榴花的模样，所以才叫石榴伊势屋。这个店名也是有故事的，不过说起来有一匹布那么长，这里就先不说它了。总之，伊势屋后来得到了薄云的棋盘，并不是老板特意去收购，而是它成了超过期限的典当品，不知怎么就被留下了。

"养玉院的围棋盘和将棋盘到现在，依然保存得好好的，但是薄云棋盘就有很多问题了，还发生过一起骇人听闻的案件。"

老人一口气把话说到这儿，觉得我必然想要继续听下去的，于是他只是休息了一会儿，就继续跟我说："你知道，当铺的仓库保存着很多抵押品，衣服呀，道具呀，各种各样，如果遇到老鼠就麻烦了，所以每个当铺都很忌讳老鼠。不过说来也怪，自从那家当铺有了薄云的棋盘后，伊势屋的仓库就不再有老鼠进去了。大家觉得，也许是因为棋盘上有猫爪子痕，也可能是猫魂附体，所以老鼠就不敢靠近。那个时代，各种各样的怪谈都有，各种各样难以置信的事件也可能发生。

"文久三年的十一月份，那会儿正值幕末骚乱时期，世道不安，杀人放火的案件比比皆是。二月，将军家上京，到了六月才回江户城，据说十二月又要上京。因此，猿若町的三家剧场的演出没有如期举行，十一月十五日，是七五三节，江户城内发生了一场火灾，火势很大，把内城和第二外城都烧毁了。发生这样的事情，大家都心慌，生活也跟着慌乱起来，现在想想能熬过那段时间实属万幸。

"有一户旗本宅邸，本名叫小栗昌之助。就在十一月二十三日那天早晨，他家宅邸门口出现了一颗女子头颅，吓坏了众人。看那女子的模样，二十几岁，脸上虽然有患了天花之后留下的疤痕，但是五官却非常好看。披头散发的模样，不像个良家妇女，头上看不出发髻。而那颗可怕的头颅，就放在棋盘上面。"

"哪个棋盘？薄云的棋盘吗？"我问。

"对，薄云棋盘，当然，这是后来才知道的。棋盘上不仅放了个女子的头颅，而且还放在宅邸大门前。这种骇人听闻的事情，搞得谣言四起。

"世道复杂，杀人的事儿也不是没有听闻。那年六月，在两国桥上也出现了两颗浪人的头颅。然而，女子的头颅却非常罕见。后来众人对这件事的猜测是，女子可能是一位执行密探任务的，要么就是被幕府派出的人杀死，要么就是被攘夷组斩杀。只是，这女子到底是什么人，根本没有人知道。

"小栗家自然是第一个遭罪的，头颅就放在自家门口，怎么说也说不过去。如果是放在桥上，那又是另外一回事。放在他家门口，大家自然就会猜测这事儿是不是和小栗家有关系。他们因此烦恼得很，他家总管名叫渊边新八，便跑到我这儿来，让我一定要把事情查个水落石出。

"总管与我说，这个案件和小栗家确实是没有关系的，所以暂时把头颅和棋盘送到宅邸的菩提寺龟户慈作寺。我想着，如果这事儿确实与他们无关，那真的是一场飞来横祸了。"

"过去的武家人，不是说头颅是吉祥物吗？"我插嘴问。

"吉祥物？那是很久之前的传说了。元禄十四年，新年的第一天，永代桥旁的一家叫大河内的宅邸前出现了一颗女子头颅。宅邸的人吓坏了，可主人却说，能在元旦这天看到一颗女子的头颅，是好兆头。而且，他还为头颅盖了个祠堂。所以，过去的武家人曾把看到头颅当成好兆头。现在不一样了，遇到这种事终归是烦恼的。我也能够体谅，于是决定帮他们查个究竟。"说到这里，老人笑了，"我似乎把自己说得很讲义气似的，其实我也是为自己着想，毕竟解决了这种问题，他们大户人家必然会给我封个红包的。隔三岔五呀，得有个这种额外收入，不然日子怎么过得下去呢？"

2

那个冬天，很少下雨，整日寒风呼啸，异常寒冷。二十四日那天，半七带着一位名叫松吉的手下，冒着冷冽的寒风去龟户慈作寺。他向寺院说明了目的，既然是受小栗宅邸总管之托来办事，寺院方自然不敢怠慢。寺院方带他们进了屋里，还送茶点给他们吃。

头颅被装在一个小白箱子里，放在正殿佛像跟前，棋盘则被放在旁边。半七不知道棋盘是名妓的遗物，也不知道它来自石榴伊势屋。他们把这两个物品拿出来，到明亮的地方去查看。

尽管总管事先说了，这件事与他们没有关系，但也说不准是有什么难言之隐。半七向住持问了几个问题，便告辞了。他告诉住持，他们还会再来的。

走在路上，松吉说："风吹得挺舒服。"

"眼看到饭点了，我们在附近吃个饭吧。"

半七和松吉去附近的一家小餐馆。在等食物送过来的期间，松吉问他："老大，有线索吗？"

"目前还找不到线索。"半七把烟暂时放下，"不过看那颗头颅的模样，确实也能猜出几分，她不像是个良家妇女吧，而且我总觉得在哪儿见过。"

"是啊，我也有这种感觉。"松吉点点头，"在哪儿见过呢？"

两个人居然想到一块儿去了，但是还是想不出那个女子是什么人。过了一会儿，侍者送来了食物，两个人喝了点酒，松吉又问："你说，这事情真的和小栗家没有半点关系？"

"他家总管拍着胸口保证没有关系。他说没有人见过那个女子。谁知道这话是真是假呢？反正这个案子，我们先要查出那颗头颅与小栗家有没有关系，其次再查出她为什么会被放在那个棋盘上。"

"小栗家主人会下棋吗？"

"我也想到这点去了，但是不管是寺院的住持还是他家的总管，都说小栗家主人讨厌下棋，从来没有玩过这玩意儿。"

小栗家主人昌之助今年三十一岁，妻子名叫阿道，生养了两个孩子，一个叫昌太郎，一个叫阿梅。昌之助有个弟弟，叫银之助，今年二十二岁，兄弟俩感情还不错。总管告诉我，几天前，银之助还过去探望了哥哥，吃了饭才回家去的。银之助好像会下棋，不过也没有到入迷的地步。

"这么说，棋盘的线索就断了。"半七说，"如果这事儿和小栗家真的没有关系，那么只能猜想，是不是有人在运送这两个物品的时候，出于某些原因顺势把它放在了小栗宅邸门前。棋盘这么重，上面还有一颗头颅的话，大概需要两个人运送，那么一个人负责搬运棋盘，一个人负责运送头颅，一定是发生了什么事情，才落在他们门口。"

"嗯，嗯，是的。"松吉附和。

两个人吃了饭就离开了那个小餐馆。此时，风已经停了。两人走到龟户大道时，在天神桥桥头那边看到两名搭伴而行的女子，她们是柳桥的艺伎，一个叫阿蝶，另一个叫小三。她俩看到半七他们，笑着打招呼。

"你们是去天满宫拜天神吗？"半七笑着问。

"是的，因为明天有事儿没办法出门，所以提前一天过来。"阿蝶回答说。

半七想到一个问题，凑到阿蝶耳边轻声问："对了，阿俊还好吗？"

"原来您不知晓啊！阿俊早在六月就被人赎身了，是深川石榴伊势屋的老板给她赎的身呢，住在相生町一丁目。"阿蝶回答。

"相生町一丁目？是不是就在回向院附近？"

"对。"

"那，阿俊的脸上是不是有天花留下的疤痕啊？"

"没有呀。"阿蝶回头疑惑地看了看小三，小三也表示没有。

"阿俊长得好看，那是大家都知道的事儿，没有疤痕。"

"是的。"半七也点点头。

"看来人有相似啊，我刚刚遇到她们的那一刻也忽然想起，那个女子确实和阿俊有些相像，不过她们刚刚也说了，阿俊脸上没有疤痕。既然这样说，那就不是阿俊了。"

"对啊，我猜错了。"半七叹了一下气，"刚刚看到她们，我就想起了阿俊，本来还以为自己猜对了，结果还是认错了人。如果阿俊是赎身后才患上天花，那倒也说得过去，问题是，那个女子脸上疤痕像是新的。不过，咱们也不能灰心，要打起精神来。这样吧，反正也顺路，我们去回向院看看阿俊长什么模样吧。"

如果阿俊是住在相生町一丁目，那么距离小栗的宅邸只有三四町的距离罢了，有人把阿俊的头颅搬过去也说不定。半七觉得，不管阿俊脸上有没有天花疤痕，去查看一番还是有必要的。松吉有些无奈，只好跟在后头一同前往。

根据刚才两个女子的口述，他们经过松坂町，来到一目桥边，向路人询问阿俊家在哪里。路人回答，就在净琉璃女师傅竹本驹吉家的隔壁。

"想不到，阿俊那样的出身，竟能成为净琉璃师傅的邻居。"半七有些诧异。

他们很快就找到了阿俊的家，不过发现，它竟然是个空房子。而且门口还贴着一张出租启事。

"不会吧？居然没有人住。"松吉说。

"走，去问问邻居。"半七说。

松吉来到净琉璃师傅家，跟家里的帮佣说了一会儿话，然后急急忙忙地跑出来。

"老大，听说阿俊搬家了，昨天突然搬家的，也不知道搬到哪里去了。昨天这儿出现了一个陌生人，手脚麻利地把东西收拾好了，把所有家具都搬走了，左邻右舍都不知情。"

"难道有人过来搬家的时候，阿俊也没有出现吗？"半七问。

"邻居不清楚，但他们说没有见到阿俊本人。我还问了他们，附近小栗宅邸门前有个头颅，有没有去看一眼，他们说，听说有人去看了，但是因为实在骇人听闻，也没有看清。我说那头颅脸上是有疤痕的，他们说，那一定不是阿俊。"

"奇怪了，邻居不知道，房东总知道吧。"半七说。

"我问了，房东就在二丁目一家叫角屋的酒铺子，不如我们去找那个房东问问看吧。"

二人沿着线索找到了那家酒铺子，掌柜说："几天前我听说阿俊要搬家。昨儿早上来了个不认识的人，把房租和之前的酒钱都付清了，说是今天要搬的，据说是搬到浅草驹形。"

"阿俊以前是柳桥艺伎，那她租房子的时候，谁当她的担保人呢？"

"是她的老爷深川石榴伊势屋的掌柜金兵卫。"

"那，你觉得阿俊的为人怎么样？"

"她对人挺亲切的，和左邻右舍的关系都不错，有时候会到这儿来看看我们再回去。对了，她很讨厌老鼠，之前有段时间家里进了老鼠，让她头疼极了。"

即便知道阿俊很头疼老鼠，似乎也想不起来有什么线索。半七又让他带路，去阿俊家的空房子查看了一番，但是依然毫无头绪。

3

"掌柜的说，石榴伊势屋的老板很喜欢坐船，阿俊还是艺伎的时候，就和他去坐过几回。其实，掌柜只是随口说出这些的。但是对我们来说，可能就是线索。"半七说，"走吧，我们去柳桥问租船旅馆，说不定可以问出些什么来。"

"不过，老大，他们都觉得那个头颅不是阿俊啊，为什么还要继续往这方面查呢？"松吉不解。

"虽然大家都这么说，但你还是陪我去一趟吧。"

半七拉着松吉去柳桥的租船旅馆。他知道那里的几家租船旅馆，打听一下，便了解到石榴伊势屋的老板经常去三州屋。他们到三州屋，看到那里年轻的船夫德次正在逗小狗玩。

"嘿，别玩了，好好一个小伙子，又不是小学徒，在那儿逗小狗玩有什么意思呢？"半七笑着说。

船夫看到半七，打招呼说："外头冷，进来吧。"

"没事，不用进去了，我就在这儿和你说两句，老板娘不在吧？"

"对，她出去了。"

他吩咐下人送来了热茶和火炉，这时有个托钵僧来到铺子跟前摇了几下钵，等到托钵僧离开，他们始终安静地喝着茶。虽然是大白天，外面竟然传出了三弦的流行曲子。

"我们长话短说吧，伊势屋的老板最近经常来吗？"半七问。

"是啊，和阿俊经常过来的。前些天来还说要赏荒野，我带他们到上游，结果太冷了。现在大家都不喜欢赏荒野，赏雪的人都少了。"德次回答。

"你可知道，伊势屋有没有捧场的相扑人？"半七问。

"有的，那个叫作万力甚五郎的相扑。"

"万力甚五郎，是第二段力士吧？听说他力气很大哟。"

"是啊，他力气真的很大，叫万力再合适不过了，也许过不了多久就可以升为第一段了吧。"德次夸的时候，仿佛对方也是自己捧场的相扑人，"伊势屋老板很支持他，不仅正式比赛的时候去捧场，连那种临时举办的花相扑也会去捧场，特别看重他。大家都羡慕那个力士有这么好的一个后台。"

"除了伊势屋，那个相扑人还有其他武家后台老板吗？"

"以前还有一家的，不过后来被禁止出入了，因此伊势屋现在算是第一后台老板了。不过万力之所以会被另一家禁止出入，说来也是因为伊势屋，所以伊势屋比之前更捧场了。"

今年三月份，伊势屋的老板由兵卫带着万力去三州屋，那会儿天气很好，又正值赏花的季节，大部分艺伎都出去坐场子了，连阿俊都不在。不过由兵卫事先也没有和阿俊约好，因此他也很生气。由兵卫带着另外两个艺伎和万力，让德次划船到大川。他们上岛去赏樱花，待到傍晚才回柳桥，不巧桥边已经停了两三艘船，伊势屋的船只就没有办法靠岸了。船夫商量了一下，让伊势屋几个人穿过前面的那艘船，走到船尾上岸。

由兵卫和两个艺伎先走，万力跟在后面，他往船内看了一眼，没有打招呼。前面那艘船里头是两个武士和一名艺伎，似乎都喝醉了，武士叫了一声万力，意思是让他打声招呼再过。万力没有理他，就在他刚踏上船的那一刻，武士冲了过来，拔下了万力腰间的佩刀，之后对自己的船夫大声怒吼，让他把船开走。

船夫一听，立马握住了撑篙，然而几条船挤在一块儿，无法把船划远，顶多划开了几尺。力士吓了一跳，留在了桥上。

在那会儿，不管是武士还是力士，被夺走腰间的佩刀对于他们来说是一种耻辱，况且那时候万力的佩刀还是十万石后台老板武家宅邸赏赐的，失去了佩刀，以后就不能出入他家的宅邸，这让他惊慌不已。但是，等到他察觉的时候已经来不及了，船已经划开了，他无法跳到岸上去，他束手无策。

由兵卫折返回来，看到这种情况，他也帮不上忙。事情到了这个地步，只好和对方低头认错。由兵卫让万力赶紧道歉，自己也在一旁向他赔罪。万力向对方鞠躬好几次，可对方硬是不依不饶，说要把佩刀丢到河里去。如果佩刀真的丢到河里去了，那事情就更加无法收拾了，万力惊慌不已，跪下来向他求饶。

万力到底是有名的相扑人，对方看到他已经下跪了，也就不再追究了。佩刀平安无事地回到了万力手中，由兵卫也给对方封了很大一个红包。

"整件事情就是这样。"德次接着说，"对方是武家人，确实没有什么办法，相信他们也知道万力腰间的佩刀是武家宅邸赏赐的吧，只是居然能够以那么快的速度夺走，想来也不是什么省油的灯。"

"说来也奇怪，万力为什么就不愿意先跟对方打个招呼呢？惹出这种事情完全没必要啊。"松吉不解。

"松先生，这个您就有所不知了。"德次说，"万力也不是一个不懂礼节的人，只是那天啊，确实是遇到了不愉快的事情，因为阿俊在那艘船里头，阿俊可是伊势屋老板的老相好啊。当然了，她只是一名艺伎，在谁的船里都不足为奇，只是万力看到后心里不舒服了。他性格耿直，一下子就表现出来了。"

"或许对方啊，本就是个无赖，遇到这种人确实不小心不行。"半七说，"不过，还好事情也算解决了。"

"不是的，没有好好解决。"德次眉头紧蹙，"尽管当时事情算是解决了，但是事情也传开去了，万力被人夺走了腰间的佩刀，而且还跪下来求饶，这对于后台老板而言是丢了面子，因此万力就被禁止出入宅邸了。如此说来，如果不是伊势屋的老板带万力去赏花，这档子事儿就不会发生。因此，后来他就更加捧万力的场子了。伊势屋也是老铺子了，万力有了这种后台，钱财一定是不缺的，不过没有了武家宅邸撑腰，在业内就抬不起头来。这种事啊，说不定他到现在心里还介意呢。"

"说得也是。"半七也跟着叹了一声气，"那你知道那两个武士是谁吗？"

"一个我知道，是住在本所御旅所附近的旗本，叫平井善九郎，另一个我就不清楚了，那天夺走佩刀的就是另外一个人，二十几岁，看上去还挺紧跟潮流的，估计就是一个米虫吧。"

"那阿俊平时跟那个平井也是老相好？"

"也不到那个程度吧，但看起来不像是生客。说起来，阿俊也是倒霉，平白无故地遇到这种事，后来据说伊势屋的老板和她闹了一阵子，由兵卫觉得正因为她是艺伎，才会惹出这种事，所以今年六月就给她赎身了。对于阿俊来说，也是因祸得福吧，她现在大概也在过着阔太太的日子了。"

"那你知道阿俊的脸上是不是有疤痕？"

"怎么可能呢？阿俊的美貌可是众人皆知的，怎么可能会有疤痕呢？"德次很肯定。

松吉很失望，看了一眼半七。

4

"老大，接下来该怎么办好？"他们离开了之后，松吉问半七。这会儿已经是下午两点了，寒风刺骨。

"你可能会觉得我固执，但是我到底还是不死心，"半七说，"我觉得那个头颅就是阿俊，杀人的是万力。"

"棋盘是阿俊的吗？"

"有可能啊。伊势屋在当铺里头也是老字号了，棋盘有可能是当品啥的，伊势屋很可能就把棋盘带到了阿俊家。今天天气很冷啊，不过还是得麻烦你走一遭，你现在就去打听打听伊势屋的情况吧。"

"行。"

俩人走到桥上，就分头行事了。查案这种事情，不管在哪个年代，除了直接证据和客观证据以外，自己的判断力也是不可或缺的。半七坐在火炉前，在心里盘算了一下今天的收获。他心想，外行人才会拘泥于头颅脸上的疤痕，他觉得被害者就是阿俊，杀人者就是万力，他几乎可以断定。

整晚都吹着寒风，第二天早上，连地面都冻结了。早上八点左右，松吉过来了，看上去被冻得不能动弹了。

"老大果然厉害啊，那个女子似乎真的就是阿俊，那个棋盘好像就是伊势屋的。我问了附近的人，据说伊势屋从上一代开始就有那个棋盘了。猫魂附在棋盘上，放在店里就没有老鼠了。"

"是的。"半七点头说，"酒铺子的掌柜跟我说的，阿俊很讨厌老鼠，那栋房子里头有老鼠，阿俊因此很烦恼。也许就为了防治老鼠吧，伊势屋老板就把薄云那个棋盘给她送了过来。那么，伊势屋老板是什么人？"

"伊势屋老板叫由兵卫，大约四十岁的样子，他的妻子叫阿龟，夫妻俩没有生养孩子。邻居都说由兵卫很喜欢万力,看样子是想要收养万力当养子的,不过这事情不太可能。万力才二十一岁,高大威猛,人品端庄,力气很大,大家都说以后他准是个名人。不过,为什么万力要杀死老板的姨太太呢?"

"关于这个问题,昨晚我也是想了很久。大概这案子与小栗家的小儿子也有关系吧。"半七好像心中有数一般,"小栗家的小儿子叫银之助,今年二十二岁,这个人似乎就是平井的朋友,那天在船上出现的纠纷,好像就是这个人冲上去夺走万力腰间佩刀的。而且,听说那个人跟阿俊有些暧昧,我猜大概就是万力知道了这事,为了表达自己的愤恨和对老板的忠心,就把阿俊的头颅给取了,故意放在小栗宅邸门前吧。"

"可是,他不也应该把银之助一并杀害了吗?"

"或许他本来也想杀的,没有成功,或许是有其他的原因吧。反正,杀手是万力绝对没错了。不过,万力如今可是天下的力士,我们没有证据,不好直接去逮捕人。这样,你再帮我做个事,你去查一下,看那天是不是银之助夺走了万力的佩刀,还有银之助跟阿俊的关系。"

"行,我马上就去办。"

松吉答应了,然后立马去办事。过了不久,半七也出门了,他打算去拜访小栗家的总管渊边新八。半七想要了解银之助的为人和品行,这对于总管来说,有所回避也是正常的。由于银之助是主人的弟弟,他有所顾忌,起初支支吾吾。后来,半七告诉他事情已经查得差不多了,方才愿意把真相给说出来。他告诉半七,银之助就是一个纨绔子弟,跟养父母也合不来。半七问他,银之助是否和阿俊暧昧,总管回答不清楚。

"银之助到深川宅邸去当养子，是什么时候的事？"半七问。

"去年秋天吧。哦，不对，起初那一年算是宾客的身份，后来才向外正式公布过继过去的消息。如果一切妥当，今年十月应该是公布的时间。只是，他与养父母的关系并不好，所以也没有正式过继。一般人都以为他还在家里住着呢，不知道他已经住进了大濑宅邸。"总管回答说。

半七想，万力或许也是不知道这情况的。他没有把这事说出来，先出去了。

回去的路上，半七突然想去相生町一丁目竹本驹吉家，也就是阿俊的邻居家。他拉开格子门，出来了一个二十几岁的女师傅。半七心想，既然是女人，那就开门见山好了。于是，半七说明了自己的身份和来此的缘由。驹吉礼貌地把他请进屋里去。

"我这不会打搅到你的排练吧？"

"没事儿，家里也没有徒弟在。"驹吉打算去给半七准备点心。

半七赶紧说："别客气，我是来向你咨询关于邻居阿俊的事的，阿俊的老爷是深川石榴伊势屋的老板对吧？"

"对。"

"那，那老板经常来吗？"

"好像是经常来。"

"那除了那老板，还有其他人过来吗？比如说，有没有年轻男子过来？"

驹吉想了想，欲言又止的样子，不过她也清楚在半七面前是无法隐瞒的，于是把一切老实地说了出来："嗯，有时是有年轻男子过来，好像，是武家人吧。"

"那，他在阿俊家过过夜吗？"

"过夜倒是没有吧，他每次过来都是一个人，过了四刻才回去。我听下人说，好像是深川那边的人。"

"下人是怎么说的？"

"下人叫阿直，十七八岁的女孩，是个实诚的人，她家也在深川，据说是住在大岛町。"

"那天阿俊搬家的时候，阿直也在吗？"

"阿直我没看到，事后才听说，原来她在搬家前一天就离开阿俊家了。"

"那这样看来，那天晚上就只有阿俊一个人在家？"

"应该是吧，她那天傍晚又出去了一趟，夜深了才回来，那会儿我已经睡了，只是听到格子门被拉开的声音，猜想应该是她回来吧。"

"那她再出去过吗？"

"这个啊，我那会儿已经睡了，所以也不太清楚。只知道她好像回来了，有没有再出去就真的不清楚了。"驹吉回答说。

半七又问起那个据说经常去找阿俊的年轻人："你所说的那个年轻人，是阿俊的情郎吗？"

"这个，或许是吧，看着像个打扮紧跟潮流的花花公子。"驹吉笑了。

"你见过相扑人进出阿俊的家吗？"

"哦，是有一个，好像是叫万力吧。据说，伊势屋的老板非常喜欢他。"

"万力一个人来过吗？"

"这应该没有吧，按常理来说，也是和老板一块儿过来的。"

"好的，今天谢谢你，若是还有问题，我改天再过来找你吧。今天打扰你啦，这是一点心意，你拿去买白粉吧。"

半七硬是塞给她几分钱，方才离开。他冒着寒风，来到回向院，正好遇到了招揽观客的三太。

相扑是一种募集布施的活动，每年春天和冬天各有一场。一般来说，冬场会选在十月底到十一月初之间的晴天，连续演十天。因为冬场已经结束了，招揽观客的三太在江户就没什么事了。他看到半七，与他打招呼。

"听说相扑冬场人气很旺啊。"

"是啊，我们本来还担心不卖座的，结果还好，生意还可以。"

"遇见你正好，我有事想要问问你。"半七把三太领到向院境内，想要向他打听万力的事情。

5

傍晚，松吉回来了，他带回来的消息和从小栗家总管得到的差不多。银之助和往常的纨绔子弟一样，是个败家子儿，口碑很差。他经常和平井他们几个结伴去玩乐，而那晚在船上发生纠纷的时候，夺走万力佩刀的正是他。他后来四处宣扬，说那天万力给他下跪磕头赔罪。

那件事情发生时，阿俊确实在船上。不过，后来伊势屋的老板给阿俊赎了身以后，银之助是否还与阿俊暧昧不清，就打听不到了。

半七综合了所有调查的结果，决定第二天一早就去八丁堀同心熊谷八十八宅子，去详细地报告这一切。得到了允许后，半七立马前往伊势屋，传召其老板由兵卫到办事处。

与此同时，他派人到万力家，然而此时万力已经逃逸了，他家厨房的地板下留下了一具没有头颅的女尸。

"故事到这里，你大概已经知道来龙去脉了吧。"半七老人说，"万力杀害了阿俊，然后把女子的头颅放在棋盘上，搬到武家宅邸门口去示众。案子听上去确实很罕见，但是内容却很清晰。"

"不过，我还有一些地方不太明白。"我问，"那你当天审问了伊势屋的老板由兵卫之后，他是怎么说的？"

"他果然是大店铺的主人，索性把一切全给招供了。据说那会儿万力觉得自己特别对不住后台老板，决定以死谢罪，由兵卫劝诫了他一番，才总算把事情给压下去了。由兵卫替阿俊赎了身，让她住在本所，成了他自己的姨太太。就如前面说的，阿俊很讨厌老鼠，所以由兵卫就把薄云的棋盘给送了过去。后来那屋子就真的没有老鼠了。

"就这么平平安安地过了三个月，到了大约十一月份的时候，阿俊突然吵着要搬家。由兵卫在浅草驹形给她找了房子，打算十一月二十三日搬过去，所以才打算先把棋盘给送回伊势屋。搬家的前一天，万力从伊势屋听闻此事，于是提出由他过去取回棋盘。

"谁知道，万力这一去就没有回来。第二天，也就是二十三日，伊势屋派人去阿俊家帮忙，不曾想到万力就在桥头等着，跟下人谎称阿俊已经先去新屋那边了，让人先把家具搬出来，说完就离开了。那群人不知情，于是先去房东那儿打了招呼结了账，就去阿俊家搬走了所有的家具，送往新住处的时候，发现阿俊也不在家。

"到了中午时分，依旧不见阿俊的身影，来帮忙的那群人等得烦了，就干脆回伊势屋去报告了。那会儿大概是下午四点吧，小栗家的风声已经传到了深川。由兵卫一听，很吃惊，然而那会儿已经来不及了。万力终究是没有再出现，由兵卫也慌了。这事如果传出去，会影响伊势屋的名声，所以由兵卫茫然不知所措。他说的，也就是这些了。

"这种事听上去，由兵卫似乎在姑息。不过，他是做大买卖的，定然会在乎他人的闲言碎语，特别是这件事情关乎自己的姨太太，他当然会更在乎众人的评论。由兵卫大概也不知道该怎么办了，只能保持沉默。这么看来，他和这案子是没有什么牵涉的，所以我就让他回家了。"

"所以，凶手是万力？"

"万力来自野州鹿沼，他离开了江户后，先到自己的家乡去和乡亲父老告别，然后到自家的菩提寺去扫墓，最后在世代祖宗面前切腹自杀。尽管他确有杀人之实，但是为了这种事，居然让一个相扑自杀，确实也是令人惋惜。

"万力有个叔父，名叫甚右卫门，他带着万力留下的信去了伊势屋。据他说，万力自杀之前曾与叔父讲，二十二日他去阿俊家搬棋盘的时候，阿俊正在收拾物件，家里的女使阿直不见了。万力问她，怎么没有看到阿直，阿俊说已经把她辞退了。万力讽刺她，该不会是因为阿直乱说话，所以才辞掉她吧。阿俊没有回答，万力取走了棋盘，暂时放在了自己家。他盯着棋盘看了一会儿，看着看着，忽然就很想把阿俊杀死，将其头颅放在棋盘上。"

"难道是附在棋盘上的猫魂在作怪吗？"

"也不知道是不是猫魂在作怪，反正万力就突然有了杀死她的念头。当然，万力不是那天才突然有这样的想法的。"半七说，"万力家就住在阿俊附近，他早就知道阿俊和银之助俩人暧昧不清，阿俊吵着要搬家，估计也是觉得被万力监视太麻烦。万力是个耿直人，他看不惯阿俊的为人，特别是阿俊的相好竟是银之助，正是他的仇人。因此，万力更加看不过去。

"万力好像也曾私底下告诫过老板，但是由于由兵卫迷恋阿俊，怎么说也不听。不仅如此，由兵卫当时甚至因此有些疏远了万力。万力心里觉得，一定是阿俊吹的枕边风，所以就更讨厌阿俊了。

"还有一点就是，万力听由兵卫说，他想以膝下无子为理由，把发妻休了，迎娶阿俊进门。如果由兵卫真的敢这么做，那么他的妻子阿龟的娘家是铁定不会不管的，这样伊势屋这间老店想要继续顺利经营下去就难了。万力是非常忠义的人，见不得自己的后台老板是这样的结局，于是他觉得阿俊不能留。

"既然打算把阿俊解决了，那么干脆连仇敌银之助也一块儿杀掉。

于是，他一直监视着银之助，但是一直找不到机会下手。或许是因为怀有仇恨，万力也无法专注自己的赛事，那年的相扑冬场，万力四胜六败，名气随之下滑。他感到气馁，碰巧遇上阿俊闹着要搬家，想着阿俊估计是打算让银之助自由出入，离开他的监视。而且阿俊辞退了女使，打发走碍事的人。万力越想越气，怒不可遏。

"这样的仇恨心情，让他在看到薄云棋盘的时候，起了杀意。不能说是因为猫魂附体，反正那天万力忽然就不考虑其他的，就想要当晚解决了阿俊。那天傍晚，他在阿俊家附近徘徊，看到她走出来，不知道要去哪里。他走上前去跟她说，伊势屋的老板在深川料理店等她，让他来接她过去。阿俊对万力没什么警戒之心，或者说命数已尽，她没有任何防备地就跟着万力去了。万力找了个机会，出其不意地将阿俊的脖子勒住。要知道，万力是数一数二的大力士，阿俊很难有还手的余地。因此，她很快就瘫软无力，半死不活了。万力将她背回自己家。

"万力家里没有女人，只有一名叫黑松的见习力士。万力让他协助自己处理阿俊的尸体，暂时解决了这个棘手的问题。他回头一想，银之助今晚或许会去阿俊家过夜，于是再度潜入阿俊家，然而当晚空无一人，他失望而回。邻居驹吉听到的深夜拉格子门的声音，大概就是万力拉的吧。后来，万力用棉布包住了阿俊的头颅，让黑松带着棋盘，两个人又趁深夜偷偷出去。

"本来，他们是打算放在银之助家门前的，但是到深川时，他分不清哪一户是银之助的宅邸了。又怕如果认错了门，给别人添了不必要的麻烦。于是，万力又折回去，放在了小栗家门前。他心想，算是对本家报了仇了。本家正是因为有这么个败家子弟弟，才会遭遇这种横祸，想想也是挺可悲的。"

"如此看来，那个叫黑松的见习力士是共犯了？"

"万力既然是他的师父，他大概也无法违背师父的指令吧。万力后来给了他一点钱，让他在深夜逃逸了。黑松来自远州挂川，我去打听过了，黑松没有逃回家乡，可能是逃到京都那边去了，后来找不到他的行踪。黑松是个小人物，没有名气，但是万力不同，他可是人人都认识的大力士，做出这种事情，世人还是大吃一惊的。

"尽管万力对银之助心怀恨意，但是他并不是为了自己或是男女关系而动手杀了阿俊，他纯粹是出于内心对老板的忠义，这也许会让世人同情。上一年，也就是文久二年，四月的时候也发生过一起相扑杀人的案子。不动山和殿两个力士一起杀死了同样是力士的小柳平助，案发后两个人去投案自首了，尽管事情过去了许久，但是也未能平息，紧接着又发生了万力的事件，这一次更是闹得满城风雨了。"

"不是说阿俊脸上没有疤痕吗？天花疤痕又是怎么回事呢？"

"干我们这行，直觉很重要。"半七说，"当然了，判断失误也是常事，但是这一次却是没有失误。我一开始就没有纠结于脸上的疤痕，不管有没有疤痕，这名女子肯定就是阿俊，错不了。阿俊的脸上没有疤痕，不过是因为平日的胭脂遮挡住罢了。后来我听说，阿俊是个很注重打扮的女人，在人前总会化好妆，没有人见过她素颜的样子。我想，她定是为遮挡住疤痕费尽了心思。

"所以，被害的当天，阿俊自然也是化了妆的。只是万力为了洗去她的血迹，把她的妆也给一并洗去了，所以露出了从来没有人目睹过的素颜。阿俊生前那么爱美，死后被人看了自己的疤痕，如果她知道，想必也是很遗憾的。至于伊势屋的老板有没有休妻的打算，光听万力的片面之词，也是不足为信的。不过，也有这样的可能。"

剩下的，就只有薄云的棋盘这个问题了。关于这点，半七老人说：

"棋盘被送回伊势屋，尽管这是著名的棋盘，但是发生这种事情也就没办法了，伊势屋把棋盘送去了菩提寺，请了很多僧人为其诵经，然后在院子里烧毁了。有人竟说在烧毁的烟雾中看到了猫咬住女子头颅的影子。当然，这纯属无中生有。

"银之助那年年底回到本家，依然是个纨绔子弟，到了庆应四年爆发上野战争的时候，他也死了。不过，他并不是参与彰义队战死的，而是蒙着头巾打扮成町人的模样，跑去观看战争，结果中了流弹，不幸身亡。不过，对于这种人，这样的下场倒是挺适合的。"

两个老婆

关于六所明神闇祭的事，众人皆知，在神轿经过的时候，家家户户都需要熄火迎接。吴服铺的老板娘千里迢迢前往江户参观。没想到，她竟然在一片黑暗中消失不见了。

1

四月一个周末的晚上。

"不知道明天天气怎么样呢？"半七老人问。

"听说是个阴天。"我回答。

"那就坏了，现在正是赏花的季节呢。"老人皱了皱眉头，"不过，你们还是会去赏花的吧。"

"对，没下雨的话，我是打算去的。"

"去哪里呢？"

"去小金井。"

"小金井，听说火车很挤。"

"是啊，而且明天是星期天，估计会更挤吧。"

"不过现在有了火车，已经方便很多了。以前要经过新宿、淀桥、中野、高圆寺、马桥、荻洼、迟野井、保久屋横町、石桥、吉祥寺、关前……这还是江户到小金井最快的路线，实际上走起来是非常远的。如果想要一整天都在小金井赏花，就必须在那边过夜。小金井桥附近有几家餐馆，也是旅馆，一般人都可以在那边过夜。只是，那里的条件不太好，旅客住起来都不太舒服。"

"您也到那儿去过吗？"

"是的。"老人笑了，"从前就听说小金井的樱花特别美，只是那边距离这里太远了，所以我也拖了很久才去成。记得那是嘉永二年，也就是浅草源空寺举办幡随院长兵卫二百年忌法事的那一年，四月十三日是长兵卫的法事，我于三月十九日就带着手下幸次郎和善八，第一次去小金井。那会儿，如果是武家人，大概是会戴上头盔骑马去的，只可惜我们不是，不能这样，最多就是扎绑腿穿草鞋，跟现在的远行装扮差不多。我们仨一大早就登上了山之手，一路走过去。那会儿是三月，天已经开始有些热了。当时的人，都觉得那是一种休闲活动呢。哈哈。"

"确实是休闲活动啊，现在挤火车过去难受死了，真不知道是去休闲还是去受累。过去的赏花才是真正的赏花吧。那您那一次觉得怎么样？有什么遭遇吗？"

"还真有。"老人又笑了，"真的是瞎猫遇上死耗子了，每次出行几乎都会遇到案子。那一次，我们一路平安抵达小金井，在那儿附近用了中饭，悠闲地一路欣赏着樱花。如果那天我们住在小金井的话，大概一切都会相安无事，只是我们想着既然要过夜，不如就住得远一点，去府中宿驿，横竖我们三个人都还有些体力，就走到了甲州，去了一家大约距离小金井一里半的府中宿驿。我们找了一家叫柏屋的旅馆，因为太阳还没下山，于是我们决定先去六所明神拜拜。六所明神的闇祭很出名，我们想着既然来了，就去参拜一下。你去过那里吗？"

　　"没有，学生时代到过一次小金井，倒是没有去过府中。"

　　"我先说明一下吧，神社入口到境内的距离大约是一町半，道路两旁是松树和杉树，栽种了许多需要四五个人才能抱住的树木。树林里住着鹭鸶和鸬鹚，冬天的时候会飞走，春天的时候会飞回来，而且每年都在同一天，这就是府中七大怪事之一。这些鹭鸶和鸬鹚会飞到多摩川和品川那边，带回各种各样的鱼，有些鱼有时候会从树梢落下来。当地的妇女常常会去树林里捡鱼。府中离大海的距离很远，幸好有这些鸟，当地人才可以尝到鱼的滋味。可以说，真是鱼从天降啊。"

　　"当真这么有趣吗？"

　　"是啊，过去是这样的，现在就不清楚了。我还亲眼见过呢。"老人笑着说，"那会儿也有鱼掉下来了，我们三人离开旅馆去六所神社，经过树林的时候，忽然间幸次郎大叫了一声。我们顺着他手指的方向望过去，发现有一只大白鹭正从天上飞过，停在树梢的时候，不小心把嘴里叼的黑鱼掉下去了，造成了鱼从天降的效果。附近有两个小孩在那儿玩，听到鱼掉落的声音后，就跑了过去，一个是十四五岁的女孩，一个是十一二岁的男孩，两个人都想要那条鱼。看来，大白鹭无法下去捡鱼了，这已经变成了人类之间的争夺战。

"女孩年长一些，迅速把鱼捡走了，但是男孩却打算从她手中抢走。女孩不让他抢，对方就哭闹着，抢得很认真。其实，不过是孩童间的争抢罢了，但是我却很害怕他们彼此推搡造成伤害，于是叫幸次郎过去劝解。幸次郎跑了过去，把他们两个人拉开。尽管对方只是小孩，但既然插手了，就不能光是劝说而已。幸次郎掏出三四文钱给男孩，对他说，鱼是女孩先捡到的，应该让给她，但是这点钱可以给男孩。男孩高兴极了，马上就走了。

"然而，不知道是不是这俩孩子平日里关系就不太好，还是男孩因为没有得到鱼而心里不舒服，居然指着那个女孩说她家里有鬼。然后，男孩就扯着嗓子喊'有鬼啊，有鬼啊'，就跑掉了，留在原地的女孩竟然也吓得把手中的鱼扔掉，哭号起来。我们感到莫名其妙，可是因为还有事在身，就离开了，随后就去参拜了正殿，再回旅馆。

"事情当然还没完，那天晚上，旅馆中的两个女使居然跑到我们房间去敬酒。我们和她们说了那天鱼从天降的事情，两个女使说认识那个女孩，她叫阿三，不过不知道男孩是谁。女孩的父亲叫友藏，四年前在布田当渔夫。布田是靠近江户的前一个驿站，现在改名叫调布，府中距离布田也很近，听说当地人可以每天来回。

"据说阿三的父亲友藏是个赌徒，而且还爱打架，大概还做了不少坏事，所以被当地的渔民赶出了老家，到府中宿驿后，整天也是无所事事，没有出息。他的妻子前几年去世了，留下阿三和阿国两个孩子。父亲既然不争气，那么当女儿的也很难有什么好日子过。听说姐姐阿国被卖到调布的一家妓院，妹妹阿三则在一家五谷店帮人看孩子，好像是叫喜多屋的五谷店。"

"难道是喜多屋有鬼？"我插话说。

"不是，不关喜多屋什么事，是友藏家出现了幽灵。"

"出现什么？"

"友藏住在宿驿尽头的一座小房子里，每天无所事事地闲逛。大家都说那屋子出现了两个幽灵，女的是阿国，男的则是江户人。"

"阿国和那个江户男子是殉情而死吗？"

"是的，两个人死去后，灵魂就出现在了友藏家。除了晚上有人见过，听说阴雨连绵的白天也有人见过，太可怕了。但是友藏却像个没事人似的，所以大家现在也搞不清楚到底有没有幽灵。友藏胆子很大，他家闹鬼这事所有人都知道，但是他好像不怕似的。"

"既然有幽灵出现，是不是表示阿国和那个男子对友藏心怀恨意？"

"据说是的。"

2

上一年的五月份，有两个江户人来观摩六所明神的闇祭，一个是四谷一家吴服铺和泉屋的儿子清七，另外一个是他的伙伴几次郎。那一次，他们就住在柏屋旅馆，一整夜都在观看祭典，彻夜未眠，一直到了天亮，两个人才回去睡觉，睡到中午方才起床。时间不早了，天黑前无法回到江户，于是他们下午两点过后就离开了旅馆，打算到调布去过夜。大概因为两个人都是二十来岁的年轻人，他们没有住普通旅馆，而是去了一家甲州屋妓院。

友藏的女儿就是在这家妓院当妓女的，那天她负责陪清七，而几次郎则叫了一名名叫阿浅的妓女。阿国当时才二十岁，在甲州屋是当红的妓女，她心里清楚清七不过是一夜的过客，但是还是尽心尽力地招待了他，第二天分别的时候还显得有些恋恋不舍。

这样的花街柳巷，在江户是比较寻常的。然而，过了那一夜之后，清七似乎忘不了阿国，也不知道妓院那里是怎么对他说的，反正之后他每两个月会来甲州屋一次。那会儿的甲州，从新宿到下高井户大约要二里三町，到上高井户约十一町，到调布约一里二十四町，一共是四里的距离。阿国见清七千里迢迢过来看她，心里是很高兴的。就这么过了一年多，但是距离实在是太远了，于是彼此就开始谈论起了赎身的问题。

想要赎身，双方都要向双亲坦白。阿国和自己的父亲友藏商量了一番之后，友藏很开心地答应了。他与女儿说："既然是江户的客人想要为你赎身，妓院可能会狮子大开口，不如我来和妓院直接谈吧，就说是父母要替你赎身，把价钱压到十五或者二十两左右。"于是，友藏让女儿转告清七，先备好二十两银子。

清七听了，带了二十五两银子去拜访友藏。不料，友藏欺骗了善良的清七，独吞了这二十五两银子，他根本不想为女儿赎身。他还破口大骂，说："怎么可能拿这么点银子就想要换我女儿？想要赎身的话，至少得准备一百两赡养费。"清七很失望，与其争辩，但他始终敌不过友藏，最后还被友藏打了一顿赶出门。

清七十分气愤，泪流满面地去甲州屋找阿国，不知道他们俩谈了些什么。那天夜晚，两个人就从甲州屋逃出来了，去了摩川河滩。那里的水太浅了，他们考虑到跳下去也很难丧命，清七就用阿国带出来的刀刺向了她，然后再刺向自己。可即便是这样，他们俩也没有立刻断气。于是，淌着鲜血的两个人拥抱在一起滚到了浅水处，第二天早上才被人发现。尽管他们死前没有留下任何遗书，但眼前的场景很明显就是殉情。

这件事情发生于去年八月，大家一猜就知道肯定是友藏的坏心肠导致这一对有情人双双赴死。只是因为是友藏，妓院就没有办法进行正式的抗议了。发生了这种事，友藏也没有任何伤心难过的表现，继续心平气和地无所事事、花天酒地。从那以后，本来就不受欢迎的友藏更成为人人唾弃的对象。也许正是这个原因，才会传出在他们家看到阿国和清七的幽灵这样的谣言。还有人一本正经地到处说，尽管友藏白天看不出异样，晚上却被这两个幽灵纠缠着，痛苦不堪。

上面这些，都是旅馆的女使说的。半七他们也觉得，友藏的确是个坏心肠，只是阿国和清七决定了要殉情，他们也不敢对友藏做怎样的处理，因此就没有再追究谁的责任了。第二天早上，他们三人离开了旅馆，去了宿驿，看到昨天那个小男孩正和几个小伙伴在玩耍，幸次郎就走过去问他："嘿，你说哪个房子有鬼呀？"

"那里！"男孩指着一个方向说。在那个方向中，七八座房子前面有一座稻草房顶的小屋子，有些倾斜了，仿佛一阵大风就可以把它吹倒，门前有一棵高大的槐树。

三个人心想，反正顺路，就到那边去看看。走过去之后，他们看见槐树树根绑着一只大鸬鹚，鸬鹚脚上还绑着一张纸条，上面写着"出售"。善八凑过去呼唤道："嘿嘿，这鸟是拿来出售的吗？"

有个男人正在里屋睡着，不过好像也没有睡着，他听到有人询问，就立马坐起来回答："对，是出售的。"

"那卖多少钱？"

"三分。"

"这也太贵了吧。"

"哪里贵了？"那男人起身了，是个四十来岁的男子，有着黝黑的皮肤和大胡子，看起来不像是个好人。他瞪了瞪他们三人，没好气地说："你们不想买就别凑热闹。你知道这是什么鸟？这可是鸬鹚，是野鸬鹚。这可不是你们随随便便就买得起的。"

"我当然知道是鸬鹚，不然怎么会问你？"善八回答。

"所以我让你们不要问，你们江户人买回去做什么，煮着吃？一大早的胡闹些什么，都给我滚！"男人眼神凶狠地吼道。

"真是对不住了。"半七插嘴，"你说得没错，买回去又当不了土特产，我们就是问问，你也别生气。不过，我真的挺好奇啊，你这玩意儿是从哪里捉到的呀？"

"几天前它自己飞进来的，也许是想回森林但是迷路了吧。捕捉森林里头的鸬鹚会惹祸上身的，但是这玩意儿是自己飞进来的，怎么处置它，那就是我的自由了。我看它这性子也挺野的，你们要是不小心被它啄伤了，那我可管不了，你看我的手都被它弄伤了。"

男人把话说完就回里屋去了，半七看他不想再搭理他们了，打了个招呼打算离开。

"那个男人就是友藏吧？果然是不受欢迎的家伙。"幸次郎边走边说。

"是善八太无聊了，还去招惹他，搞得我们还得向这种人赔罪。"半七打趣地说，"尽管不知道是不是真的有幽灵，但是出现在他家的幽灵那可真是不幸了，搞不好那家伙还让幽灵帮他洗衣做饭呢。"

那天过了中午，三个人就到达江户了。在新宿，他们吃了午饭，休息了一会儿，又穿过大木户来到四谷大道，幸次郎忽然扯住了半七的袖子："老大，那家店就是和泉屋。"

半七看到有一家店，门外挂着"和泉屋"字样的牌子。半七心想，好好的一个孩子被恶人所害，最后搞到自杀身亡，也真的是太可怜了。半七偷偷地往里头望去，这间店宽约四间，里头有好几个伙计，看来是买卖做得还不错的老字号。有钱人家的孩子居然会为了二十五两银子自杀，真的是太不值得了。

难不成，还有其他隐情？半七心里想。

3

那段时间是赏花期，天公作美，都是大晴天，没有风雨摧残美丽的樱花。然而，四月过后，就大多是阴天了，而且还连着下了几天的梅雨，天气有时甚至会冷得要命。到了五月端午节，天气又放晴了，三日到七日这五天，初夏阳光明媚，让人心情爽朗。

半七因为忙着其他的事儿，忘了五月初是府中祭典。六所明神的祭典从三日开始，六日一早结束，这几天天气放晴实在太好了，不过天气好便意味着人会更多。

八日下午，半七到下谷处理事务，回到家后发现幸次郎在家里招呼着一位客人。

"老大，天气好像又要不好了。"

"是啊，晴天总是很难长久，真是让人烦恼啊，老天爷好像又要掉眼泪了。"

半七一边说一边朝眼前的男人看，这个约莫四十岁的男人，瘦瘦巴巴的，哭丧着脸，半七一看就知道他是铺子的掌柜。

幸次郎向半七介绍："这是四谷坂町伊豆屋酒铺的掌柜，他有事想要拜托你，所以我把他带过来了。"

接着，男人自我介绍是伊豆屋的掌柜治兵卫。半七与他寒暄一番后，问他有什么事，治兵卫支支吾吾地说："刚刚也和幸次郎先生说了，我们的店遇到了一点棘手的事儿。"

既然是专程过来的，半七也明白大概事情与案子有关，为了让他好开口，半七就故作轻松地说："多棘手呀？"

"想必您也知道，五日那天是府中六所明神的祭典，那里的闇祭是很出名的，我们打算前往餐馆。那天早上七点左右，老板娘和大少爷、我，还有伙计孙太郎，四人就动身出发了。当然，坐轿子的只有老板娘一个人，其他男人都是走路。这段时间，白天很长，我们在途中休息了好几次，等快到府中宿驿的时候，天已经快黑了。这是我们第一次去观看祭典，那边看起来比我们想象的还要热闹，第一次去的人根本是找不着方向的。不过，我们还是找到了一家名叫釜屋的旅馆，那里也是很多人，我们本来也不愿意住那儿的，只是听说祭典那晚每家旅馆都住满了人，只好凑合着住下。"

"今年三月份，我也在府中过了一晚，大概因为不是特殊的日子，那里倒是安静。"半七说，"只是女使也说了，到了祭典的日子，人就多了。"

"对呀。"治兵卫叹了一口气，"那个旅馆看似不大，但是居然住了一百多人，一个房间愣是塞进去十几个，连坐都无法坐。晚饭也得自己到厨房去取，非常嘈杂，老板娘也非常后悔，说早知如此就不过去了，可那时已经无法返程了，只好在那儿委屈一晚上。到了晚上十点左右，一阵阵吆喝声传来，说是神轿要经过了，必须熄火。接着，屋内屋外全都熄火了，周围忽然一片黑暗。

"听说神轿要经过，所有人都跑出去看了，然而却什么也没有看到。一片漆黑当中，只能听到神轿上的铃铛声和抬脚让人的脚步声。据说，把神轿抬到了上町的御旅所之后，再举行暗夜配膳仪式。在这个过程中，屋内和屋外都是漆黑一片的。仪式一直持续到凌晨两点，这时周围的灯火才渐渐亮了起来，町内也亮起来了。因为之前周围都是一片黑暗，看不清谁在哪里，等到亮起来的时候，我们才发现老板娘不见了。这时候，我们几个担心死了，到处去寻找老板娘的踪影，可是根本找不到。

"那会儿已经是深夜了，人又很多，我们根本没办法找，心想着老板娘天亮了总会回来的。于是，三个人一夜未眠地等待她。可是，天亮后依然不见老板娘的踪影。眼见着不早了，其他旅客也逐渐离开，可是我们却不能走，我们也拜托了旅馆的人和我们一起找，但是依然找不到。那天晚上，我们不得不又在府中过夜，可是老板娘还是没有回来。我们想，大概铺子那边也会担心，于是三人商量了以后，让孙太郎留在府中，我们俩则乘轿子回江户。

"老板知道消息后，也大吃一惊，叫了许多亲戚过来商议这件事情，一直商议到了半夜，但是大家光顾着担心，也讨论不出个好办法。我听说木屐铺跟幸次郎先生交情很好，所以我就斗胆来一趟了。"

"所以掌柜的就跑来找我了。"幸次郎接了他的话，"然而我无法独自接下这个嘱托，况且这案子得跑到距离江户很远的地方，所以就和掌柜的说还是来找老大您的好。老大，您怎么看？有办法解决吗？"

"您要知道，如果是年少的伙计陪同老板娘一起过去那还好说，可是我已经是老伙计了，竟然这样都能把老板娘给带丢了，真的是没有脸面对任何人。如果是武家人，大概是要切腹谢罪的。老大，请您体谅体谅我。"

治兵卫是四十出头的人，半七看着他这么个大男人噙着泪拜托他，而且还是幸次郎引荐的，着实没有办法推托。

"好吧，虽然我不知道自己能不能解决问题，但是既然你这么拜托，我只好想想办法。"半七说，"幸次郎，看来咱们今年春天去一趟府中也是一种因缘啊。"

"或许是吧。"幸次郎点头说，"老大，您还有其他问题要了解吗？"

"有，问题多了。我先了解一下，老板娘今年多大了？是个怎样的人？"

"老板娘叫八重，十八岁就嫁到伊豆屋了，第二年就生下了大少爷长三郎，长三郎如今已经二十岁了，所以老板娘今年应该是三十八岁。她长得不错，看着也没有实际年龄那么大。"

对于半七提出的问题，治兵卫并没有一一如实回答，他说伊豆屋是持续了五代的老字号，买卖做得不错，有很多老顾客，也有不少地皮和租屋。老板长四郎今年四十三岁，除了大少爷长三郎，还有两个孩子，一个是十七岁的四方吉，另一个是十四岁的阿初。店里的帮佣除了掌柜，还有三名年轻的伙计和两名小学徒、两个女使，所以家里一共是十三个人。

"你们店和盐町一家叫和泉屋的吴服铺曾经有来往吗？"半七问。

"有来往，虽然不是亲族，但是从上一代老板开始就有来往了。"

"那，听说和泉屋的儿子死得很惨？"半七又问道。

"对，简直就是飞来横祸。和泉屋为了得到儿子的遗骸，听说花了不少钱，我们也表示同情。因为发生了那件事，所以这次去府中，我们老板也仔细考虑了一阵子。我本来也是不想去的，但是老板娘坚持要去一趟，所以最后才会决定出发。谁会想到竟然发生这样的事呢？早知如此，我就一定坚持不去，我现在真是后悔死了。"

"和泉屋有个帮佣和少爷一起到府中吗？"

"是的，那个人名叫几次郎。"治兵卫说，"那个人有点贪玩，就是他带着少爷去调布的妓院才发生的悲剧。不过他也觉得很对不起老板，然而他只是个帮佣，又是老板的远亲，所以现在还是留在和泉屋干活儿。"

"几次郎多大了？"

"二十三岁左右吧。不过如我所说的，他很贪玩，本来是不适合在吴服铺当伙计的，听说他还到附近一个常盘津三弦师傅那儿去学艺。"

"那个几次郎去了你们的店多少回啊？"

"好几回了。"

半七接着又问了几个问题，才让治兵卫回去的。他离开的时候，又多次拜托半七要替他查明情况。

4

"怎么样，老大？有头绪吗？"幸次郎问。

"这事不简单。"半七笑说，"首先我们得搞清楚，去年的殉情案子和今年的失踪有无关联？二者之间到底有什么关系？"

"难道又是友藏那家伙干的坏事儿？"

"我刚刚也是想到他那儿去了。只是，如果是年轻貌美的姑娘还能理解，都是接近四十岁的女人了，好像说不过去。况且那会儿再怎么漆黑，周围毕竟有很多人啊，还是可以呼救的。友藏也不可能就那样把她带走吧。让我再想一想吧，你和善八分头去打听伊豆屋和和泉屋的内幕。"

"既然发生了这种事，看来我们今年春天去府中，也不算白跑一趟了对吧？"

"是啊，万事有因缘。只是忽然发生这种案子，我如今真的是毫无头绪。"

幸次郎走了以后，半七继续想了一会儿。光听伊豆屋掌柜的一面之词，未免会有失偏颇，掌柜的也不可能把家里的秘密全部说出来。所以，说不定伊豆屋跟和泉屋之间还有什么秘密。总而言之，只能等幸次郎和善八回来，看看他们查了些什么，才能进一步做判断。不过，半七的老毛病又犯了，他只听了掌柜的话就开始推测，不管是对是错，他都忍不住想要去思考。

外面传来了卖菜的吆喝声。本来大概是今天早上就应该下的雨，如今终于慢慢下了起来。半七似睡非睡地在听着雨声，然后带着雨伞和毛巾到町内澡堂。

雨还是越下越大了，到了傍晚时分，天色越来越暗。半七从澡堂回来之后，脸色也变得不好看，因为两个手下还没调查回来，他无法下判断。

第二天，依然是一个雨天，是真正的梅雨天气。这一天，接近黄昏时分，善八回来了。

"终于进入梅雨季节了，昨晚幸次郎通知了我，于是今天早上我就着手开始调查了。"

"你具体负责哪一块？"半七有些迫不及待了。

"我负责调查吴服铺，我先说说我从那儿打听来的消息吧。"善八接着说，"看和泉屋店里的规模，就知道它买卖做得挺大，听说家里的经济条件也是非常好的。老板叫久兵卫，差不多五十岁了，老板娘阿大不是原配，是续弦，三十四五岁的样子。原配和续弦都没有生孩子，清七是老板抱养的外甥，养到二十二岁吧，就和那个阿国殉情了。"

"所以说，清七是养子？"

"是啊，听说本来是个很老实的人，到府中的时候，就顺道去玩了一晚上，结果不知怎的就上瘾了，后来居然就发生了那样的惨案，大伙儿都很替他惋惜。另外，那个叫几次郎的伙计，对外就说是老板的远亲，其实是掌柜的儿子，关系有些复杂。

"据说，二十年前，和泉屋的掌柜勇藏因为在供应给纪州张家的商品中有营私舞弊的嫌疑，所以进了监狱。后来，他死于狱中。大家都认为这事情其实是掌柜在替老板承担罪责，老板假装什么都不知道，把罪责推到了掌柜的身上。几次郎就是勇藏的儿子，那会儿还是个两三岁的小孩，跟着母亲阿蓑去甲州亲戚家投靠。当然了，和泉屋也给了一大笔的抚养费。

"也许是事先已经说好了，等几次郎稍微长大一些，八九岁的时候，就到江户的和泉屋去做事。和泉屋对外就说是自己的远亲，而且特别看重他。因为和泉屋老板自己没有孩子，所以有人以为是老板为了报答过去的掌柜，甚至想要收养他当养子。没想到，大家都猜错了，老板收养了自己的外甥清七，而几次郎在他们家依然是帮佣的身份。他和一般的伙计不同，他常常去学三弦之类的，还经常到妓院去玩，但是老板似乎念着旧情，对他十分宽宏大量，没有因此追究。知道这件事情的人都说，即便和泉屋的老板没有收他为养子，但大概也会分字号给他，让他另立门户去做老板。"

"这样啊，原来几次郎还有这样的故事？"半七点头说，"那么，现在几次郎还在和泉屋帮佣？"

"是啊，今天还坐在店里呢。"善八忽然压低了声音说，"据说和泉屋老板娘自端午节那天晚上开始就不在家了，不过这是邻居说的，实际情况是怎样也不知道。当然，和泉屋对外把这事儿给隐瞒了，是店里的小学徒说漏了嘴。"

"和泉屋的老板娘也失踪了？"半七睁大了眼睛，"端午节那晚，岂不是和伊豆屋老板娘失踪于同一个晚上？一个在江户失踪，一个在府中失踪。即便两个人以往认识，也不可能相约一起私奔吧。这事情也未免太奇怪了。"

两个老板娘在同一个夜晚失踪，到底是有什么牵连还是只是偶然呢？半七难以判断。善八也不出声了。

"呀，外头下雨了。"幸次郎进来了。

“你那边怎么样？有没有打听出什么消息来？”幸次郎问善八。

“有的，我也大概明白了。”半七说，“和泉屋的老板娘也在同一个晚上失踪了。”

“什么？”幸次郎大吃一惊，“那这事就真的蹊跷了。老大，我和善八不同，没有打听到啥新奇的，伊豆屋的内幕大致和掌柜的说得差不多。我问了邻居，大家都说伊豆屋老板很老实，而老板娘一个人内外包办。就是说，他们家是女人当家。她膝下已经有到适婚年龄的孩子了，但是那个老板娘却常常打扮得浓妆艳抹地出门，她在周遭也算出名的了。”

“别人对她的评价怎么样？有人说她出去幽会情夫之类的吗？”半七问道。

“我本来也以为她会做出那种事的，可是打听了半天，却没有听说那回事儿，难不成是因为隐瞒得太好了？”

“那有没有听说她和和泉屋的那个几次郎有染？”

“没有。有传出这样的消息吗？”

“没有，我只是随口问问。”半七说罢，陷入了沉思，这会儿老婆阿仙和女使送来了一大盘寿司，说是有人送过来的。出于职务的缘故，有人送礼并不奇怪。半七叫来女使沏茶，三个男人就开始吃寿司。阿仙说：“我刚从澡堂回来，路过办事处，里头居然挤满了人，我探头进去看，原来是邻町志吉的母亲阿性在里面大声哭诉。”

志吉住在邻町，是落语家志生的弟子，今年二十四五岁，长得俊俏。由于只是初出茅庐，他还不能登上江户的讲台，只能在附近或偏僻的地区巡回，如今和母亲阿性住在一起。不过毕竟是艺人，而且住得也近，所以半七也认识他们。

"志吉母亲在哭诉什么？"

"听上去好像不是什么大事，可是他母亲却哭诉得有板有眼的。据说，志吉上个月到甲州街道去工作，本来打算有空回江户的，却一直到这个月都没有他的消息。他母亲每天都担心极了，据说前晚还做了一个怪梦。"

"做了什么梦？"

"他母亲梦到自己坐在火盆旁烤火，只见她儿子志吉走了进来，一句话不说就跪在他母亲跟前。他母亲说：'嘿，你终于回来了。'他也没有答应。母亲又问他：'你怎么低着头不出声呢？'志吉就小声地回答说：'因为我怕抬起头来会吓着母亲。'母亲又说：'这是为什么呢？你那么久没有回来，应该让母亲好好看看你才对。'于是志吉就抬起头来……"

说到这里，阿仙打了个寒战，幸次郎笑着说："听着太诡异了。"

"不就是诡异吗？"阿仙眉头紧蹙，"志吉抬起头来之后，满脸都是鲜血，据说像是被砂石磨了似的，整张脸都磨破了。母亲吓了一跳，大叫了一声。所以，他母亲很担忧啊，怕这是一个预示现实的梦，怕儿子发生了什么意外，结果昨天晚上又做一样的梦，他儿子又是一脸鲜血，她说她梦见自己傍晚从澡堂回来，看到志吉垂头丧气地坐在家里，他抬头看母亲，还是血迹斑斑……怎么想都觉得奇怪，于是她就跑到办事处去哭诉了，说她儿子肯定不知道在哪里发生意外了。办事处也没办法，只能安慰她，是因为她过于担心才做这样的梦，而梦境与现实常常是相反的。可是他母亲依然大哭大闹，说他们母子俩相依为命，要是她儿子出什么事，她也一定活不下去了。后来房东过来了，愣是把她拖了出去。想想也是怪可怜的，志吉该不会真出什么事了吧？"

听了阿仙的这番话，三个人面面相觑。

"果真是诡异啊。"善八喝了一口茶，说，"不过，办事处也许没有说错，他母亲就是因为忧思过度才会梦见儿子出事的。志吉那家伙也是的，说不定赚到了钱，到哪儿花天酒地去了吧，都不知道母亲在担心。"

"阿仙，帮我准备雨伞。"半七起身准备出门。

"你这会儿是要去哪里？"

"我想要去见一下志吉的母亲。"

"老大，你该不会把她的话当真了吧？"幸次郎问他。

"不是当真或假，我只是想起了一件事情，你们在这儿等着我回来吧。"说罢，半七冒着雨出去了。

5

第二天一早，半七到八丁堀同心宅邸向大爷说，因为有点事情必须离开江户几天，十点左右就要出发去府中，他会带上幸次郎和善八。

还好，雨不算大，但那天还是一直下个不停。这一次和上次去不一样，三个人带上了斗笠、旅行蓑衣、绑腿、草鞋，一副雨天的装备，半七在怀里藏了一把捕棍。这次的路径也与上次的不太一样，从上高井出发，乌山、金子、下布田、上布田、下石原、上石原、返车、染屋……一直朝甲州街道走，过了下午五点才抵达府中宿驿。

住的还是上次的柏屋旅馆。三个人到了之后，脱下了湿淋淋的草鞋，旅馆的人还记得他们，非常客气地领他们到二楼的榻榻米房去了。因为祭典早已结束，这种梅雨天气也不会有人过来旅游，所以整个二楼都空荡荡的。

这一次过来，和上次过来旅游的心情不一样，半七吃了晚饭、洗了澡以后，就让旅馆老板到他们房间来，和他说明了自己的身份和此行的目的。

"这宿驿还有一家旅馆叫釜屋？"

"是的，距离我们这里还有五六家。"

"我想问点事情，你去把釜屋的老板请过来吧。"

"好的，好的。"

老板很客气，马上去叫釜屋的老板文右卫门过来。文右卫门看着有四五十岁，一副憨厚老实的模样。他听说半七是江户捕吏，有些战战兢兢。

"您好，我是釜屋的老板文右卫门，请问你们有什么事情吗？"

"听说，五日那晚，有一名女宾在你们旅馆失踪了。距离现在已经好几天了，还是没有任何消息吗？"

"是的，失踪的是伊豆屋的老板娘，我们也非常担心，只是到现在真的还没有消息，我们也很苦恼。那天晚上，我们旅馆一共有一百四五十位宾客，一楼二楼都十分拥挤，而且那会儿周围都漆黑一片，根本搞不清楚发生了什么事情。"文右卫门解释道。

"祭典之前，有一位年轻的艺人住进了你们旅馆吗？"

"好像是有，叫……叫志吉，是江户的落语家。"

"那他是什么时候住进去的？"

"上个月，志吉他们在这边巡回演出，在一家叫东屋的茶馆里表演了三个晚上。后来，剧团的其他五个人已经出发前往八王子了，但是志吉先生说自己身体不舒服，留下来没走。上个月底吧，他住进了我们旅馆，到了闇祭那天中午过后，他就离开了，说要追赶剧团。"

"这宿驿是不是有个人叫友藏，他最近过得怎样？"半七问。

"友藏挺好的吧，上个月底还听说他要去江户玩几天呢，现在这会儿已经回来了，我昨天还看到他经过我们旅馆门前。大概是赌博赢了不少钱，说要去妓院大吃大喝一番。"

"说不定是把鸬鹚卖掉了。"半七笑着说。

"没有呢，他家门前还挂着卖鸬鹚的牌子。"文右卫门否定了半七的猜测。

"伊豆屋的年轻伙计呢？"

"昨天还在我们旅馆住，不过因为一连几天都没有老板娘的消息，他就说他得回去一趟了，今天早上就回去了。"

"那也许是和我们不同路了。"

釜屋老板回去后，半七对善八说：

"你知道友藏住在哪里吧，今晚偷偷去看一下，看看他在不在家。"

"好嘞。"善八马上就出门了。

"要把友藏抓起来吗？"幸次郎问。

"暂时不抓。我隐隐觉得这家伙很可疑，我们得趁他不留意，闯进去看看。上个月底到了一趟江户，身上就有了很多钱花，这当中或许有什么问题。"

不久后，善八回来："友藏正在家里喝酒呢。"

"有人在他家？"

"是啊，有一个半老徐娘在给他斟酒，那个女人看着还是有几分姿色的，就是发髻和衣服都挺乱，友藏那家伙还一边哼着歌儿，看起来心情不错。"

"该不会是大家说的那个幽灵吧？"

"那个女人看上去脸色惨白，但应该不是幽灵，看年龄就不像是友藏的女儿呀。"

"行，"半七点点头，"如果我们三人跑去抓这个家伙，似乎有些小题大做了，不过既然都来了，我们就一起过去吧。我就不换衣服了，你们换身衣服吧，怕那个家伙会抵抗坏了事儿。"

晚上八点过后，三人走出旅馆，雨中依稀可见灯光点点。这宿驿的妓院一共有好几家，有个年轻的男子正从一家叫"吉野屋"的妓院走出来，紧接着一个赤足年轻女子追了出来，看似是他的老相好。

"等等，等等，志先生。"

"我不管了。"

男子想甩开她，可女子却坚持要拉他回去，两个人在雨中吵吵闹闹。其实，这在宿驿是常见的，只是听那女子喊了一句"志先生"，半七回头看了一眼，猜想这人会不会是志吉。

"嘿，志吉，尽管这里离江户远，但是你这样在街上大声嚷嚷，是很不好看的。"

突然听到有人叫自己名字，志吉猛一回头，微弱的灯光下，他看到了半七的脸，吓了一跳，本打算立刻逃跑的，可是已经被半七抓住了右手，想逃也逃不开了。

半七拉着他的手来到了前面的昏暗地方。

"志吉，看来你是个无赖啊，老实交代吧，把伊豆屋的老板娘拐到哪儿去了？你跟伊豆屋的老板娘事先说好了，你在釜屋等她，然后让她趁那晚一片漆黑就逃过去与你会合。我说得没错吧？"

志吉听了，沉默不语。

"快说，到底把老板娘藏哪儿去了？她已经三十八岁了，不可能把她卖到妓院去吧。老实交代！"

志吉依旧默不作声，他试图推开半七赶紧逃开，但是不料有人在他背后推了一把，结果他扑倒在路中央。

"需要给你绑上捕绳吗？"幸次郎拽住了他的衣领问。

"行，带到柏屋去吧，别让他跑了。"

半七把志吉交到了幸次郎手上，然后和善八一起去友藏家。周围很黑，两人藏在友藏家门前那棵高大的槐树后面探看，屋里传出了女人的哭泣声。他们从门缝往里面瞧，看到了昏暗灯光下被绳子拴住的一个赤裸女人，她惨白的脸贴着榻榻米在哭泣，而友藏则在一旁美滋滋地喝着酒。

"刚才给友藏倒酒的正是这个女人，看，不可能是幽灵吧。"善八细声说。

"嗯，你去敲门吧。"半七吩咐说。

"不好意思，有人在家吗？"

善八敲门，友藏放下手里的茶碗说："这个时间，到底是谁？"

"是我，我来买上次的鸬鹚。"半七回答他。

"买鸬鹚？"

"对呀，我带了一百两过来买鸬鹚。"

"开什么玩笑？"

友藏嘴上这么说，但是他还是有些不放心，就出去拉开了滑门。滑门拉开的瞬间，善八就冲了进去，然而对方也有所准备，并没有马上制伏他。友藏是个壮硕的男人，两个人可谓势均力敌，在地上纠缠到了一块儿，最后友藏推开了善八，准备跳出窗外，半七在旁边狠狠地朝他抡了一拳，友藏没有反应过来，愣在了原地。半七又一拳击中了他的胸口，他往后退了几步跌倒在地上。善八将其制伏，用捕绳把他捆住。

"你们想干吗？为什么要绑我？"友藏大声吼道。

"肃静，我们是从江户来的捕吏。"半七说。

半七掏出了捕棍，友藏只好束手就擒。

6

"故事讲到这儿，就算完了，剩下的，你们自己去猜想吧。"半七老人笑着说。

"那可不行，事情这么蹊跷，我哪儿想得到啊？"我也笑了。

"那么，你觉得被藏在友藏家的女人到底是伊豆屋的老板娘还是和泉屋的老板娘？"

半七老人问我，我猜不到，但是不回答又有些不甘心，只好乱猜："是和泉屋的老板娘吧？"

"对。"老人看了我一眼，"可是你是怎么知道的呢？"

他再问我，我就真的答不出来了："嗯，我也说不准，直觉告诉我就是她吧。"

"这种直觉挺准的。"老人正经地说，"今天警察办案的手法和以前不一样了，都是采用新的调查方式。我们以前办案，大多是从直觉出发的，或是案情很可能是这样，或是凶手很可能是谁，这样的直觉往往很有效，最后调查出来的结果也八九不离十，非常神奇。当初这个案子，我就是在家里想着想着，推测出案情大概就是这样。你也猜对了，那个女子就是吴服铺的老板娘。"

"吴服铺的老板娘是怎么出走的？"

"是的，我一开始就觉得和泉屋那个几次郎很可疑，果不其然，那家伙是个坏蛋。他父亲勇藏代老板坐牢死在狱中，老板为了报答他父亲，所以一直很重用他。和泉屋的老板自己没有孩子，几次郎就以为老板以后定会收他做养子，内心一直是有期望的，没想到老板居然收养了自己外甥，他的期望落了空。这就是整件事情的导火索，于是他开始放纵自己，花天酒地。老板还是很宽容的，没有处置他，但是他贪得无厌，想要霸占整个和泉屋。这样的情况下，如果是你，你会怎么做？"

"应该会先让养子清七离开和泉屋吧。"

"对，任何人都会这么想，或许办法也只有这么一个。和泉屋的老板娘是续弦，老板大她很多岁，所以几次郎就去勾引老板娘，和她发生了不正当的男女关系。他想尽办法去讨好老板娘，暗中策划要把清七赶出去，不料清七是个实诚人，也挑不出什么毛病来。前年五月，几次郎带清七去府中看闇祭，回来的路上带他去调布的甲州屋。他本想着让他逐渐堕落，这样以后好挑出他的毛病赶他出去。没想到，这办法居然灵验了，清七和阿国一见钟情。几次郎心里暗喜，和老板娘一起三番五次向老板打小报告。老板久而久之也不太信任清七了，但清七并没有想到这是一个圈套，后来还打算拿钱去给阿国赎身。当然了，这背后也一定是几次郎在怂恿。

"阿国那个浑蛋父亲友藏，觉得终于有冤大头愿意给他送钱了，就私吞了赎身的银子，还故意找借口把清七赶了回去。清七本来就是个老实巴交的人，他心里很不服气，加上在家里也不被重视，他觉得这次回家更加没脸见人，说不定养父母还要和他断绝关系。而且，拿去赎身的银子还是在账簿中做手脚贪污下来的钱，万一被人知道了会很危险。阿国知道了这些事情后，两个人商量了一番，决定去殉情。当然了，这事情最大的得益者就是几次郎了。"

"这么说，他们俩死了以后真的去友藏家作祟了？"

"友藏虽然不是什么好人，但是几次郎比他更坏，幽灵应该要出现在几次郎面前才对，只是他们不知道他的阴谋诡计。后来，老板娘给几次郎拉线，想要老板让几次郎继后，老板不同意。老板虽然平日里待几次郎不薄，但是心里也跟明镜似的，他怕几次郎成为继承人以后会步清七的后尘，所以一直没有答应。

"半年后，老板娘对几次郎说，老板似乎发现了他俩的奸情，她想要几次郎带她远走高飞。几次郎劝她，说老板或许不知道，要继续忍耐，不然坏了事儿。老板娘没有同意。对于几次郎来说，和老板娘好不过是为了和泉屋的财产，眼见着都快达到目的了，他才没必要去和一个老女人私奔。而老板娘却是对他动了真情，几次相逼，几次郎没有办法拒绝，于是只好再次谋划，而这一次，帮凶就是那个浑蛋友藏。"

"几次郎居然认识友藏？"

"去年那个殉情的案子发生时，友藏跑到和泉屋去找他们麻烦，他没说自己私吞银子的事儿，硬说和泉屋的儿子害死了他的宝贝女儿，要和泉屋赔偿。那一次，几次郎在中间说和，给了友藏三十两银子，打发他回去。就是因为这件事，几次郎认识了友藏，他知道友藏就是个坏蛋，一个为了钱什么坏事儿都愿意干的人，所以这一次他就把友藏给拖下水了。

"四月底，几次郎将友藏约到江户，两个人秘密商量了一番，也跟老板娘商量了私奔的事儿。他和老板娘说，自己的家乡就在甲府，母亲健在，让她先到甲府去躲一躲，并且让老板娘偷出二百两银子，他自己留了一百八十两，分给老板娘二十两。然后和她说，如果两个人一起走很快就会被人识穿，让她先去府中宿驿友藏家里等他。几次郎说，他很快就会到府中与她会合。就这样，他把老板娘给骗走了。而且，他还说了，闇祭那天会有很多江户人和外地人来观礼，人多复杂好出走，于是就那天把老板娘给送出去了。

"老板娘被骗到了友藏家以后，迟迟等不到几次郎，友藏就在老板娘面前暴露了本性。老板娘因为自己是出走的，自己理亏，也不太敢反抗。没过多久，她身上的二十两银子就被友藏骗走了，她还成了友藏的玩具。友藏怕老板娘逃出去以后会惹出麻烦，所以用绳子把她拴好了，并关进壁柜中。老板娘年轻貌美，友藏打算玩够了再把她卖到乡下去。后来，老板娘向警察供述说，她尽管遭受了友藏的蹂躏，但心里还是希望几次郎会去接她，所以一直忍气吞声。看来女人啊，真的是被骗得失去理智了。

"几次郎这个家伙无情无义，不仅骗了老板娘，还骗走了一百八十两银子，自己还装作若无其事地待在和泉屋，真的不配当他父亲的儿子。"

"这家伙太可怕了。"我叹了一口气，"那个志吉是怎么一回事？"

"那家伙啊，也是坏透了的人。"半七叹了一口气，"伊豆屋的老板娘八重养育了三个孩子，但是依然每天浓妆艳抹地往外跑，我心想：

这也不是个省油的灯。果然，原来她是与志吉有染，在江户幽会。不过她似乎隐瞒得很好，并没有被人发现。只是这一对女大男少，八重对志吉越来越依恋。她想天天和志吉幽会，于是就提出了私奔的想法，后面的遭遇就和和泉屋的老板娘一样了。

"整个过程你大概也明白了吧？志吉到府中那一带去巡回时，事先已经和八重说好了，让她也要去府中看闇祭，并且带着店里一行人大摇大摆地出门。她抵达志吉住的釜屋之后，趁那晚熄火了，一片漆黑，就和志吉会合私奔了，一切似乎在按原计划进行，当晚两个人就逃到下一个宿驿日野去了。志吉为了隐瞒世人，祭典的当天中午过后，他暂时离开了釜屋，可是到了天黑就立马折了回来。府中距离日野大概一里二十七町，但是带着一个女人走夜路怎么着都走不快，到了深夜两点后才抵达日野宿驿，还是敲门把人家旅馆的人给叫醒了才入住的。

"八重走了太多的路，累得睡到日上三竿才起床，醒来后已经看不到志吉的身影了，她从家里带出来的一百五十两银子，通通都交给了志吉，结果钱和男人都不见了。"

"这么说来，几次郎和志吉用的是同一个手法了。"

"是的，八重这会儿才知道自己上当了，可是别无他法，她用仅剩的零钱付了旅馆费。事情到了这个地步，她又无法回江户了，大概是对生活充满了绝望，又恼羞成怒，所以才跑去寻死吧。总之，后来在调布河滩找到了她的尸体。"

"她跑去跳河了？"

"估计是一路在找水深的地方吧，最后就跳河一了百了了。志吉丢下了八重后，又回到府中，躲在一家妓院里，成天花天酒地，还迷上了一个叫阿鹤的妓女。他从八重那儿骗了不少钱，身边又有了女人，纸醉金迷地玩了几天，最后和那个妓女吵架，吵完架打算回江户，刚好被我给逮住了。所以啊，人真的是不能做坏事。"

"的确是啊，和泉屋和伊豆屋的老板娘双双红杏出墙，结果两个人都结局悲惨。而且出事的地点还一样，日期也是同一天，说起来倒也蹊跷，像是有因缘似的。"

"也就是说，志吉母亲做的那个怪梦，真的只是做梦而已？"

"不清楚，不过确实很古怪。"老人边回忆边说，"志吉不但没死，而且还终日流连于妓院，倒是八重的脸伤痕累累。尽管不知道她是在哪里跳的河，也可能是因为下雨天，水流湍急，尸体随着水流漂荡，被砂石磨得不堪入目，这恰好与志吉母亲的梦一样。这么看来，或许志吉母亲的梦也不是无中生有，说不定是八重的灵魂借志吉的躯体托梦给他母亲。不然就真的是巧合吧。这种事光是猜测的话，我确实也搞不清楚。还干了一件怪事，就是友藏想卖的那一只鸬鹚，祭典那个晚上也不见了。不过，这或许也没什么奇怪的，说不定鸬鹚趁乱咬断了绳子，飞回树林中了。"

"那么，他们后来受到了什么刑罚？"

"假如是按照今天的法律，应该不会受到重罚，但依照过去的法律，的确会被重判。我从伊豆屋说起吧，八重被判刑之前就死了，志吉被判死罪，但是在受刑之前也死于牢狱了。和泉屋的几次郎与老板娘私通，还策划了这么多坏事，被判悬首示众，老板娘也被判死刑。友藏因为还干了其他坏事，一并被判死罪。虽然说那会儿还是江户时代，不过一下子判这么多死刑也是很少见的了。

"和泉屋因为之前已经出了清七的事情，而后又出了两个死囚，大伙儿都说店里恐怕会出现老板娘和伙计的幽灵什么的，最后也竟没有经营下去。好好的一个老店，居然被迫搬出了江户。伊豆屋那边相安无事地经营了一段时间，明治后也不知道搬去哪里了。"

老人说到这里，安静下来，聆听屋外的雨声。

"看，外头下雨了，你明天或许没办法出发去小金井了。"

雨一直淅淅沥沥地下个不停，我果真没有办法出发去小金井了。第二年的五月中旬，我想起半七老人说的故事，找了一个晴朗的周日，就动身前往小金井。那会儿，堤防上的樱花已经很茂盛了。回来的时候，我绕到了府中，在镇上看到一个卖鸬鹚的汉子，心想，该不会友藏就是这样一个男子吧。于是，我凑钱去问了价格，结果那个男人一脸轻蔑地说：

"十五元，不买就不要问了。"

那个语气，像极了当年的友藏。我忽然出了一身冷汗，赶紧逃了。

螃　蟹

1

这个故事是我的祖母告诉我的。我的老家在柏崎，我家在祖父以前都是以经营五谷店为生，从父亲那代开始做石油生意。我家的五谷店转卖给了别人，而购买五谷店的人买下之后又转行了，但是店里依旧保留了许多以前的痕迹。我是一个怀旧的人，所以每年暑假回家探亲的时候，总是会去店里面看看。

我的祖母叫阿初，她在七十六岁高龄的时候去世了，也就是地震发生的前一年。而我要讲的是发生在她十八岁时的事情。她出生在庆应初年，她的父亲，也就是我的曾祖父，当时大约是四十三岁，名字叫增右卫门，是家中的户长。听说他的祖先是从羽门来的，家号山形屋，算得上历史上的名门望族，经营很多生意。增右卫门虽然是大老板，但是生意上的事情，他大多交给掌柜打理，他花很多时间去创作自己爱好的俳谐（日本的一种诗歌题材），或是研究古玩字画，过得逍遥自在。因此，很多当时的书法家或者是画家、俳谐师傅来到这里以后，都会去家里拜访，有的甚至会待上两三个月。

故事发生的时候，家里有两名客人留宿。其中来得比较早的已经在家里住了一个多月的时间，名字叫文阿，是来自江户的画家。另一个虽然来得晚一些，但是也已经住了半个月左右的时间，名字叫野水，是来自名古屋的俳谐师傅。野水比文阿晚来了二十多天。九月初的某个晚上，我的曾祖父增右卫门叫来文阿跟野水还有其他四个对古董、俳谐感兴趣的人，总共七人，在房间里喝酒畅谈，举行宴会。

受到邀请的几个人因为家都在附近，所以傍晚的时候才来到了家里，几个人喝着茶水吃着点心，一边闲聊一边等着晚饭。就在这个时候，有个名叫坂部茂四郎的浪人来到了家里，虽然是浪人，但是打扮得非常得体，身上的黑色短褂并没有褪成茶色。

江户时代的这个地方还是桑名藩的领地，村子里还有领主专用的旅馆。坂部茂五郎负责打理旅馆，虽然年龄很小，但是风评却很不错。浪人茂四郎是他的哥哥。但是因为茂四郎从小体弱多病，所以被剥夺了继承权，由他的弟弟坂部茂五郎从本国桑名来到这里继承家业。哥哥很早的时候就离开了家，前往京城拜某面相师傅为师，经过几年的努力，他的水平越来越高，现在已经是有名的大师，在各个国家游历，给别人看面相。他不仅会看相，而且会占卜，占卜在当地也是首屈一指。当时他才三十二三岁，打扮得体，气质高雅，与普通的武士一样佩带腰刀，不清楚的人还以为他是地位高的武士，所以非常受人尊重。

他从信州进入越后路，游历各国。他来这里也是为了顺便拜访自己的弟弟，所以才在此停歇。我的曾祖父与他的弟弟非常熟悉，因此也跟茂四郎有了交情。所以他有时间的时候会来家里拜访。他今天晚上来到这里也是因为如此。今天晚上他来得正是时候，虽然没有邀请他，曾祖父还是非常高兴地迎接了他。

"我不知道家里还有其他的客人，真是不好意思啊！"茂四郎不好意思地坐了下来。

"您可千万不要这样说，我本来想邀请您的，但是怕您没有时间，您今天来得太是时候了。"增右卫门礼貌地打过招呼以后，便把茂四郎介绍给了在座的客人，其中有些人与茂四郎已经认识了，所以很快大家又继续畅谈起来。

我的曾祖父很高兴在这么恰当的时候有贵宾上门，但是厨房里负责晚饭的人却因为临时多加了一个人而有些紧张。我的祖母当时十八岁，当天的晚宴是她负责的，她不允许出什么差错，于是来到厨房查看晚饭准备得怎么样。晚饭是由一个叫阿杉的老女仆准备的，厨房里的所有人都听她指挥，看到祖母来了，她小声地对我祖母说道："突然多了一位客人，这就不好了。"

"菜准备少了吗？"祖母皱眉问道。

"其他的还好，就是螃蟹有些不够。"

我的曾祖父非常喜欢吃螃蟹，所以晚上的盛宴也准备了这道菜，厨房本来准备了七只螃蟹，刚刚好，但是临时加了一个人，螃蟹便不够了，厨房的人有些头疼。阿杉赶紧联系了平常买菜的鱼铺，但是都没有螃蟹，即使有，大小不一样，太明显，老爷是要怪罪的。厨房里的人都有些着急，这时候，一个名叫半兵卫的年轻仆人说他有办法，他跑了出去，但是到现在还没有回来。老女仆告诉祖母："在半兵卫回来之前，其他人不敢用别的菜品蒙混过去，真是头疼啊！"

祖母听了也是一筹莫展。本来想着准备几道精美的菜品替代螃蟹，但是螃蟹是父亲的最爱，如果没有这道菜，他肯定会不开心。就在祖母发愁的时候，外面突然传来了叫人的声音。

祖母回到房间，听到增右卫门在走廊上大喊：

"你们不赶紧上菜，都在那里干什么？"

就在曾祖父大喊的时候，祖母将发生的事情告诉了他，但是增右卫门却并不理会："就是少了一只螃蟹，这里找不到的话就去海边找！我已经告诉了今天晚上的贵宾，今天晚上有美味的螃蟹，没有的话，像什么大餐？"

如此说来，就必须找到螃蟹，祖母十分无奈地回到了厨房，大家都十分发愁，只希望半兵卫早点儿回来。时间就这样一点点地过去了，屋里的人又开始催促上菜了，就在大家一筹莫展的时候，半兵卫气喘吁吁地跑了回来，大家赶紧出去看，看到半兵卫带回来一个十五六岁的男孩儿，他穿着脏兮兮的衣服，抱着一个破旧竹篓，他看到这里，大家松了一口气。

竹篓里有三只螃蟹，大伙儿原本只想买一只就可以了，但是男孩非说自己大老远跑过来，一定要三只全部买走才肯罢休。事情紧急，没有时间跟他争执，大家便把所有螃蟹买了下来，也随便男孩儿要价。拿到了钱以后，男孩儿抱着竹篓开心地离开了。

"事情终于解决了！"

大家心里高兴，干劲十足，赶紧准备料理螃蟹。

2

酒和料理陆陆续续地端到了桌子上，大家开心地吃着桌子上的美食，享受着美酒。这个时候，被装进盘子里的大螃蟹也被端到了桌子上。

"这个就是今天的大餐，各位千万不要客气。"增右卫门向在座的贵宾介绍。

在我的老家，常见的一种螃蟹被俗称为荆棘蟹，它的外形是三角形，并且脚上长满了荆棘一样的刺。但是今天晚上的是梭子蟹，蟹壳是黑红色的菱形，上面还有白色的斑点。听说是海蟹里面比较好吃的一种，我还没有吃过呢。今天晚上，螃蟹的味道会给主人增加面子，所以增右卫门向大家推荐之后，自己也准备享用，但是坐在旁边的茂四郎突然开口说："先生，请慢！"

增右卫门不由得停下手上的筷子看向茂四郎，只见他眉头紧皱，望向增右卫门。茂四郎拿起旁边的烛台，查看了在场所有人的脸，自己也拿出小镜子看了看自己的脸。过了一会儿，他长叹了一口气，说道：

"真是太奇怪了，我们这里的几个人，有的人脸上有死相。"

在场的所有人听了以后都脸色大变。占卜大师如此认真地说出这些话，令在场的所有人都很震惊，所有的宾客都不说一句话，看着茂四郎，一直在旁边负责晚饭的祖母也吓得直冒冷汗。茂四郎好像想到了什么事情，转身又看了看祖母，他刚才看了所有人的脸，却把旁边的祖母忘记了，等他想起来以后，便拿着烛台看了看祖母的脸。祖母说，当时她吓得魂都飞走了，但是当茂四郎看了看祖母的脸之后，松了一口气，表示没有大碍，茂四郎点了点头，冷静地说："虽然螃蟹是主人的一片好意，但是我建议还是端下去别吃了！"

看来，有问题的果然是那几只螃蟹。那么到底是谁面带死相呢？茂四郎虽然没有说，但是祖母大概猜出来应该是主人增右卫门，因为之前的七只螃蟹都分别给了七个客人，而增右卫门拿到的却是后来买来的，发生了这样的事情，所有的人都可以猜到是哪只螃蟹有毒。增右卫门听了，立刻吩咐下人将桌子上的螃蟹撤走，祖母知道桌子上其他的菜可能也有问题，便也开始收拾起来，这时茂四郎又说道："剩下的螃蟹不要让下人吃，一定要丢掉！"

"好的！"

祖母回到厨房，将这些事情告诉了大家，在场的人都脸色大变，特别是半兵卫，他知道这件事后非常害怕和震惊，因为是他找来的螃蟹。为了慎重，他将原本那只准备给主人的螃蟹喂给了家里的狗，没过多久，那只狗就死了，大家吓破了胆子。于是大家又将剩下的螃蟹给了附近的其他几只狗，但是都没有任何问题。如此一来，大家便清楚，主人的脸上之所以会出现死相，是因为后来买来的那只螃蟹有问题。

幸亏有茂四郎，主人才没有出事，这虽然可喜可贺，但是在座的宾客也没有了享用美食的兴致，过了一会儿，便都回家了。

一场好好的宴会竟然以这样的结尾收场，主人增右卫门觉得实在过意不去，自己还差一点吃了有毒的螃蟹，险些丢了性命，自然是非常生气。他将厨房里的所有仆人叫来严厉审问，但是所有的人都觉得匪夷所思。螃蟹是半兵卫买的，所以祖父让他明天早上把那个卖螃蟹的男孩儿找来，想要知道这些螃蟹到底是从哪里抓来的。然后就让大家各自休息了。

原本买的三只螃蟹现在还剩下两只，大家本来想证明一下剩下的两只有没有毒，但是因为时间太晚了，便准备等到第二天的时候再看，于是将螃蟹放在了厨房里。没想到的是，第二天一大早，剩下的两只螃蟹消失不见了。没有人知道是怎么回事。

吃了有毒的虾蟹中毒的事情并不少见，所以就算是那几只螃蟹有毒也没有什么稀奇的，所以当知道剩下的两只螃蟹消失了之后，不管是主人还是仆人都感到匪夷所思，所以一大早半兵卫就与一名名叫伊助的年轻仆人去寻找昨天晚上那个卖螃蟹的男孩，但是厨房里的人都不认识那个男孩儿。大家纷纷议论，如果那个男孩儿是海边渔夫的孩子，肯定有人见过他，也有可能是外地来的孩子。买螃蟹的时候天已经黑了，而且当时急着买螃蟹，并没有人注意到那个男孩儿的长相身材，这下子找起人来，可不是一般的困难。

两个人知道这件事难办，一大早便出门了。在这之后，增右卫门去拜访了坂部茂五郎，在茂五郎家见到茂四郎以后，再一次为昨天晚上的事情向他道谢。

茂四郎说道："只要人没事就行，但是照现在的情况看，后顾之忧并没有解除，您的家中最近可能有不好的事情发生，一定要多加小心！"

增右卫门心中大惊，于是向茂四郎请教解决灾难的方法，但是茂四郎并没有多说什么，只是嘱咐千万不要再吃螃蟹。

虽然不让增右卫门吃螃蟹有些为难，但是事情已经这样了，也只能如此。于是他再三保证，以后绝不会再吃螃蟹。回到家里以后，他心里依然有些害怕，但也不知道该怎么做，他将这些事情告诉了祖母，让她以后万事都要小心注意，家里不要再煮螃蟹。

那天到了中午的时候，半兵卫和伊助还是没有回来。就在所有人担心的时候，下午快两点的时候，脸色苍白的伊助回来了，问他半兵卫去了哪里，他却什么也说不出来。但是看他的情况，大家的心中都十分不安。

3

此时的伊助已经精神恍惚了，所有的人都围着他，七嘴八舌，想要知道发生了什么事情，最终问出了发生的事情。

昨天晚上，半兵卫出去找螃蟹，平常经常买鱼的渔家都没有梭子蟹，只有荆棘蟹或高脚蟹。他只好一边向北走一边询问，最后遇到了昨天晚上的那个男孩儿。今天一大早，他就带着伊助向北，沿着去云崎的方向去寻找昨天晚上的那个男孩儿，但是并没有发现男孩儿的任何踪影。二人不自觉地走到了鲭石川的入海口。就在这个时候，在海边竟然有一个男孩儿站在那里，注视海面。半兵卫只觉得背影十分熟悉，所以赶紧朝男孩儿跑了过去。男孩儿的两边一边是海一边是河，伊助看准了他没有逃跑的机会，所以也不着急，只是在后面慢慢地追。但是此时的半兵卫已经抓住了男孩儿，不知道争执了些什么，没想到的是，争执的过程中，他和男孩儿一起掉入了水里。

眼前发生的一切让伊助顿时慌了神，他赶紧跑到海边去查看两人的情况，但是此时的两人已经被水淹没了。他心里十分害怕，赶紧找到了附近的渔家，让他们帮忙救人。我家在附近也算是小有名气，所以很快就召集了七八个人，但是怎么都打捞不到两人。渔夫们告诉伊助，河水流得太快了，也许两人此时已经被冲到了海里。伊助想不出更好的办法，只得无奈回到家里汇报消息，剩下的渔夫继续在水里打捞。

在场的人听了以后不由得都心惊胆战，茂四郎还专门叮嘱过主人增右卫门家里最近会有祸事发生，曾祖父在心痛的同时，派了一名掌柜带着几个伙计跟伊助一起去海边查看情况，画家文阿也一起跟着去了。

我在前面说过画家文阿和俳谐师傅野水在我家里居住。当时野水不在家里，外出了，文阿则在房间里画画。文阿是文晁的徒孙，年纪虽然不大，但是在江户时代已经是非常有名的画家了。我的曾祖父十分喜爱螃蟹，所以请了文阿来家里绘制一幅百蟹图。但是文阿却说自己的技术还没有达到高超的水平，所以只愿意尝试绘画一幅十蟹图。他一直在房间里闭门不出，专心作画，如今已经完成了九只，还有最后一只没有完成，但是没想到临时却发生了这样的事情，他放下画笔，也加入了救人的队伍。

"大师也要一同前往吗？"增右卫门想要阻止他。

"对，我实在没有办法坐视不管啊！"说完，他跟大家一起出门了。

增右卫门见文阿不听劝，只得任由他去。周围的居民听了这件事也都纷纷跑出来，一起去海边帮忙。海边来了那么多人帮忙，这件事也就渐渐地传开了。因为茂四郎的劝告，所以曾祖父没有出门，他心急如焚。祖母跟家里其他的人都站在门口焦急地等待消息。就在这个时候，茂四郎来了，看来关于半兵卫的事情他已经知道了。

"怎么会发生这样的事情？先生在家吧？"

"我的父亲在家。"祖母回答。

听到曾祖父在家，茂四郎松了一口气，与祖母一起进入屋内。

"真没有想到会发生这样的事情……"茂四郎又一次说道，"不管外面发生任何事情，你一定要待在家里，不要出去。"

"我知道了。"增右卫门心中十分害怕地说道，"您之前提醒我，说家里会发生不好的事情，如今竟然发生这样的事情，实在是不可思议！"

"家里还有其他人出去吗？"

"我让掌柜右卫门带着五六个伙计出去了。"

"没有其他人了吧？"茂四郎再一次确认道。

"文阿先生也跟去了……"

"糟了！"茂四郎皱着眉头说道，"快找人把他叫回来！"

"好好好！"

茂四郎严肃的神情吓坏了曾祖父，他赶紧跑到家里的铺子里，找人去叫画家文阿。但是没有想到，就在这个时候，店里的另一个人急匆匆地从外面跑了回来："不好了，文阿先生……"

不等来人把话说完，曾祖父就昏了过去，用现在的话说应该是脑贫血。曾祖父突然昏倒，家里又是一阵骚动，赶紧找来医生为曾祖父诊治，最后抢救过来了，医生嘱咐，病人要卧床休息，于是大家将他抬到了床上。短时间内发生了这么多的事情，所有的人都心惊胆战。

画家文阿先生跟着大家一起到了鲭石川岸边，此时的渔夫们正在忙着打捞尸体，文阿站在岸边观看，不知怎的，突然脚下的土块下陷，文阿先生就这样掉进了水里，一瞬间不见了踪影，众人赶紧搭救。半兵卫掉进水里的时候，周围没有人，但是现在旁边有这么多的渔夫和渔船，却怎么也找不到文阿的踪迹，也不知道到底被水冲到了什么地方，大家都觉得匪夷所思。

听了来人的汇报，茂四郎不由得长叹了一口气："我要是早点儿来就好了，但是值得庆幸的是，先生没有出门！"说完便离开了。

曾祖父休息了一会儿，身体好转，可以坐起身来，但是文阿跟半兵卫两人依旧没有打捞到。天空渐渐地暗了下来，始终找不到两人的渔夫和仆人只好选择放弃。下人们一回到家里就对此事议论纷纷，祖母也在旁边听大家讲着在海边的事情。就在这个时候，野水突然跑过来叫大家，说是让大家快去看。

刚才野水从外面回来以后，听到大家说自己不在的这段时间发生了这么多的事情，心中感叹不已，于是去曾祖父的屋子里探望。大家看到他惊慌失措地从屋子里跑出来，纷纷问他怎么了。他说刚才他与曾祖父两人正在说话，听到院子里有什么动静，他随意地往外面一看，竟然看到窄廊里，那两只大螃蟹从里面爬了出来，两只蟹钳高高地举起，就往屋子里冲。本来就受到惊吓的曾祖父一看到螃蟹又昏了过去。

坏了！大家赶紧去请来了医生。接连几件事的发生，让所有人的心里都十分惶恐不安，好像到了世界末日。那是个有些冷的深秋，祖母活着的时候经常说，想起那件事，都不由得打寒战，我也感同身受。虽然在医生的紧急救治下，曾祖父恢复了意识，但是在短短的一天之内昏迷了两次，他自己也感到身体极度不适，医生叮嘱一定要好好休息，之后在床上又躺了足足有半个月。

大家都不知道那两只螃蟹是曾祖父太害怕而产生的幻影，还是真的出现了。但是除了曾祖父以外，野水也看到了。于是所有的人都在院子里分头寻找那两只从昨天晚上就消失得无影无踪的大螃蟹。也许是因为院子太大了，两只螃蟹躲到了窄廊下，所以才没有被发现。但是不管大家怎么努力寻找，就是没有发现螃蟹的踪影。

也许是曾祖父和野水出现了幻觉，但是后来又发生了一件事，就没有办法这么解释了。前面说过，文阿出门前正在屋子里绘制十蟹图，因为着急出门，所以房间里还保持着原状。事情发生以后，大家去屋里看时，却发现那张十蟹图上面沾满了各种颜色的颜料，好像还有螃蟹在上面爬过。众人纷纷猜测，应该是那两只逃跑的螃蟹将他的十蟹图破坏了。

一个星期以后，文阿与半兵卫的尸体终于浮出了水面。两人的手脚和肋骨全部裸露在外面，身上似乎被什么东西啃食过。渔夫们说，像是被螃蟹啃食的。

两人的尸体虽然找到了，但是男孩儿的尸体却没有找到。附近的人都说没有见过那个模样的男孩，所以纷纷猜测可能是外地的。他是从水里冒出来的，这个说法似乎有些不可能，但也只能这样解释了。

事情发生后，曾祖父再也没有吃过螃蟹。就连家里的装饰品，只要是带有螃蟹的，也都会全部丢掉。但是，有时候傍晚时分，曾祖父会突然大叫，说是看到那两只螃蟹在窄廊下。但是海蟹怎么可能在窄廊下长时间待着呢？也许只是他的幻觉吧。

黄　纸

1

最近这些年很少有霍乱肆意流行，因为预防消毒工作做得比较完善，即使有病例发生，染病人数也不会太多。以前并非如此。我听说在安政时曾发生过很严重的霍乱，具体情况我不清楚，但是明治十九年那次发生的可就十分悲惨了。

我是在明治元年出生的，那年刚好十九岁，所以对于那年夏天发生的事情，我记得很清楚。那年的疫情非常严重，光是东京城每天就有一百五十到两百个人感染病疫，现在想起来还觉得十分恐怖。

我要说的故事就发生在那个时候。我本姓小谷，从江户时代开始，我们家世世代代都是医生。我的父亲年轻时曾经到长崎学医，明治以后自愿成为军医，参加了西南战争。在战争中，他被流弹所伤，左脚留下了后遗症，两只脚不一样长。在明治十七年的时候，他辞去了军医的职务。我的父亲手里有些积蓄，而且每年都有钱拿，安稳度日对他来说并不是一件困难的事情。但是既然决定退休，就要为以后的事情做准备。所以父亲和母亲商量过后，买下了一座拥有地皮产权的房子，这座房子就在新宿的番众町。

虽然现在的新宿已经被划入了四谷区，但是以前和现在有所不同，那时候的新宿番众町远离城区，荒无人烟。虽然后来也建了很多住房，但是依旧人烟稀少。这座房子原本是武士的宅邸，后来被父亲买下。整个房子大概有五百二十平方米，大门的两边是一片大竹林，屋子里有七个房间。屋子的后面虽然是农田，但是还留有不少的空地。听说有很多狐狸在那里生活，晚上还可以听到狐狸的叫声。我和母亲都觉得这里过于僻静。无奈父亲却十分喜欢这安静的环境。我家还有一个二十四五岁的女仆，名字叫作阿富。她经常和我的父亲一起下地劳作，身体十分健壮。

明治十九年的时候，霍乱开始流行，当时我们已经搬到这里两年了。那年夏天天气非常炎热，因为住得比较偏僻，我们对于外界的情形并不是很了解，但是从每天的报纸上还是可以知道，市区里的疫情已经越发严重。八月底的一天，黄昏的时候，我和母亲正坐在长廊边聊天，我们都觉得这次的霍乱疫情也是时候该过去了，旁边的阿富却说道：

"太太，听说这附近竟然有人想得霍乱。"

"这人真是胡闹……"母亲忍俊不禁，"竟然想得霍乱？这个人真是会开玩笑。"

"听说这是真事。巷子里的饭田家您知道吧？"阿富一脸认真地说。

"听说是他们家的御新造。"

"御新造"指的是太太，比武士的夫人级别低一些，江户的时候保留着这个习惯。按照地位等级分别是夫人、御新造、女将。饭田家虽然家境富裕，但女主人并不是正牌妻子，所以附近的人都称呼她为御新造。

"饭田家的御新造这样说，肯定是开玩笑的吧？"母亲的脸上依然带着微笑。

我的想法和母亲一样，也觉得这只是一个玩笑。但阿富却说，听说那位太太可不是开玩笑的。饭田家就在我们家右边，从我们家这条小路过去，走到中间的位置朝右转，巷子南侧的那座大房子便是他们家了。他们家后院有一片大竹林。两边都是杉树围成的篱笆，大门和房子都是刚刚修整好的，比我们家要豪华很多。

听说他们家的女主人原本在日本桥还是柳桥那里做艺伎，大概有三十岁。家里除了女主人以外，还有两个女仆。一个五十多岁，一个十八九岁。年龄大的叫阿元，年龄小的叫阿仲，这件事情就是阿富从阿仲那里听来的。

阿仲告诉阿富，他们家太太最近嘴里总是念叨，好想得霍乱，还到处打听霍乱的事情，一直不停地吃生鱼片、冰冷的黄瓜丝这些让人容易得霍乱的生冷东西，对阿仲的劝告全然不听，也不知道到底是怎么回事儿！从她这些疯狂的举动就可以看出，她说的想得霍乱可不只是开玩笑。女主人的所作所为让年轻的阿仲实在没有办法忍受，她要是真得了霍乱，倒是如了她的愿，但是万一传染给身边的人，那就不好了。阿仲着急得快要哭出来了，只希望可以早点儿辞工，回到老家。我和母亲听完这些，心里都有些难受。

"如果她真得了霍乱，不光下人倒霉，恐怕邻居也要跟着遭殃了。"母亲一脸严肃。

"饭田家的女主人疯了吧，要不然怎么会说这样的糊涂话？"

"确实是太奇怪了。"我接着说，正常人绝对不会有这样的想法。

"但是阿仲说，他们家太太其他的一切正常。"阿富说。

"听说饭田家的太太前段时间去了浅草，那里有一个道行高深的行者，不会是那个行者对她说了什么话，所以回来以后才每天念叨着得霍乱呢？"

"自己想得霍乱，这实在是太匪夷所思了吧？"

母亲心中疑惑，我自然也是不甚了解，但是一想到在附近住的人竟然想得霍乱，心里还是觉得有些发毛。

"不管怎么说，这件事的确让人有些不理解和反感。"母亲有些无奈。

"说得是啊。阿仲说她这个月就要离开，也不知道太太让不让她走。"阿富心中也有不安。

此时父亲刚从浴室洗完澡出来，听到我们说的这些话，也有些不可置信："肯定是那个女仆做错了事情，要被辞退了，所以才这样乱说。

小孩子就是小孩子，连撒谎都不找一个像样的理由。"

父亲压根儿就没有把这些当回事儿，这个话题也就到此结束。也许父亲说的是对的，阿仲也许是犯了错要被辞退，所以才编造了这样的借口，但是这种情况实在是太稀奇。所以没有人知道饭田家的太太到底是不是真的想得霍乱。我们也不想再去过多地思考。

2

在那之后又过了两天，第三天的时候，我带着阿富去街上买东西。当时天还很亮，蝉鸣声一直在耳边萦绕。

就在我们快要出巷子的时候，迎面走来两个女人。阿富小声地对我说："小姐，你快看，那就是饭田家太太和女仆阿仲。"我们没有打招呼，只是彼此点了点头，便擦肩而过。虽然离得比较近，但是平常并没有什么交情。但是女主人身后跟着的阿仲，一脸的苦相，好像快要哭出来了，让人有些心疼。

"小姐，快看他们家太太。"阿富一边回头，一边小声地叫我。

我回头，看到才几天没有见的饭田家的太太，此时已经瘦骨嶙峋，十分憔悴，就像是得了什么大病一样。

"难道真的得了霍乱吗？"阿富说道。

"应该不会吧。"

虽然嘴上这样说，但是对方的样子还是让我心中感到深深的不安。

即使没有得霍乱，肯定也得了什么大病。也许是像妇科病或者是肺病这种很难治愈又很痛苦的疾病，所以才会每天吃那么多的生鱼片，想要赶紧得霍乱死了吧。也难怪她的女仆会当真，还把这件事告诉了其他人。

九月本来是学校开学的日子，但是因为疫情没有得到控制，所以很多学校只得推迟九月一日的开学典礼。而且在山之手那一带，本来得病的人很少，但是现在也增加了很多，所以从四谷到新宿，很多户人家门前都贴了黄纸。只要是家里门上贴了黄纸的人家，都是家里有人得了霍乱用来警告其他人的。路上的行人看到别家门口贴的黄纸都有些忐忑，赶快走开。逐渐蔓延逼近的霍乱，让本来就胆小的我们更加害怕，我们只能希望天气赶紧转凉。

"听说饭田家的阿仲要留下来。"

有一天，阿富告诉我，阿仲准备在八月份离开的，但是被饭田太太阻止了。饭田太太告诉阿仲："我都快要死了，拜托你了，再留下来一段时间吧。如果你坚持要离开的话，我一定会怨恨你的。"说这些话的时候，饭田太太用可怕的眼神盯着阿仲。阿仲心中害怕，只得答应继续留在这里。阿富又说："听说昨天晚上饭田太太杀了一只獾。"

"为什么？"

"好像是晚上天黑以后，不知道从哪里跑来一只小獾，饭田太太看到以后，让阿元和阿仲将它抓了起来，然后太太就用镰刀砍下了小獾的头。他们家太太也不知道怎么回事儿，太不正常了。阿仲吓了一大跳。"

"说得也是。"

饭田家的太太之所以这么疯狂残忍，情绪激动，也许是因为生了什么病，我竟然觉得她有些可怜。照此下去，以后还不知道会做出什么事来。我甚至担心她会不会放火把自己家里烧了。

九月十二日上午八点左右，我永远不会忘记这一天。本来出去办事的阿富，突然气喘吁吁地跑了回来，对我们说："饭田家的太太得霍乱了。警察和公所的人都来了。好像从昨天晚上开始就上吐下泻……"

"这可如何是好！"

我们都十分害怕，赶紧出门去看到底什么情况。狭窄的巷子口挤满了人，石炭酸的味道十分刺鼻，熏得人眼睛都睁不开了。他们抬来了插满了黄纸旗子的担架，看来是想把病人转到隔离区。我只觉得心里十分害怕，于是赶紧逃回了家里。

饭田家的女主人真的得了霍乱，还被带到了医院进行隔离，在当天晚上十点的时候就去世了。这对她自己来说也算是如愿以偿了。因为霍乱，又是消毒，又是交通管制，给附近的人带来了不少的困扰。如果饭田太太是无可奈何得的病，这种情况大家也没有什么好抱怨的。但是霍乱竟然是她自己求来的，这不禁让人觉得她简直就是个疯子。

"她就是个疯子。"就连我的父亲也这样说。

但是，后来阿仲告诉了我们所有事情的经过，我们震惊了。前面曾经说过，如果谁家有人得了霍乱，就会在门口贴上一张写着"霍乱"两个字的黄纸。不知道从什么时候开始，饭田太太就准备好了这样的两张黄纸。除了贴在自己家门口的这张以外，剩下的一张，她让警察贴到柳桥的某户人家的门上。虽然不清楚她的意思，但是为了安全起见，警察还是去打听了一番，竟然发现那户人家里也有霍乱病人，听说是柳桥的某艺伎，警察也觉得匪夷所思。

3

饭田太太搬到了番众町以后，才让阿仲做了帮佣，所以对于之前的事情，阿仲并不知情。阿元已经在饭田家待了很长时间，所以十分清楚女主人的所有事情。太太去世以后，没有人来吊丧。阿仲和阿元两人只得将夫人的后事草草地置办了。就在那天晚上守灵的时候，阿元才把女主人的秘密全部告诉了阿仲。

就像大家知道的，饭田太太原本是柳桥的艺伎，后来得到了某位大官的宠爱，这位大官帮他赎了身。这位官员做官做得越来越大，直到明治末年的时候才去世。那位官员的后代，直到现在还很有权势，所以不便公布其姓名，只用某位大官来称呼了。饭田家的女主人，后来做了他的小姜。这位官员在这里给她置办了土地，买了房子，只是有时间的时候才会来看看。

时间就这样过去了四五年。不知道从哪一年的春天开始，就很少看到这位官员来到这里。六月份以后他更是再也没有出现过。女主人十分担心，四处打听才知道，这位官员竟然在柳桥有了新欢，而这个新欢正是她以前在柳桥当艺伎的时候，和她以姐妹相称的女子。知道了这件事以后，女主人气得咬牙切齿。虽然每个月这位官员还是会准时送钱来，女主人依旧可以衣食无忧地生活，但是一想到自己曾经以姐妹相称的女人抢走了自己的男人，她仍然怒火中烧，心中郁郁不平。这件事可以理解，更何况饭田太太的嫉妒心比平常人强上好多倍，她对对方恨之入骨，恨不得将那位昔日的姐妹千刀万剐。

这位官员之所以另寻新欢，就是因为先前我所说的，女主人得了严重的妇科病，虽然经过了很多治疗，但是不见效果，这位官员不得已才去结交新欢。要说这位官员也很有人情味，女主人每个月的生活费，他还是会按照之前的标准支付，所以对待这位官员，女主人没有任何的理由去埋怨。但是对于这位官员的新欢，她恨之入骨。而此时女主人的病情加重，每天都焦虑不安，因此才会想着"死了算了"或者"还不如得霍乱死了"，也许正因为如此，才会那么不正常。后来为了得上霍乱，她每天无所顾忌地吃很多不该吃的东西，不听任何人的劝告。

为什么她会把小貛的头用镰刀砍下来呢？可能也是因为精神错乱了。我们都不清楚，她是把小貛看成了那位官员的新欢，还是当成了其他的艺伎，所以才做出如此疯狂的举动，来发泄心中的愤恨。这些我们都无从得知了。

没想到饭田家的太太终于得了霍乱，也算是如愿以偿。我不知道饭田太太去找浅草行者求了什么，也不知道那个浅草行者到底是何方神圣。但是可以知道的是，在饭田太太过世的时候，她似乎很有信心可以把那位官员的新欢一起带走。所以她才会准备两张黄纸，让警察把另一张贴在柳桥某户人家的门口。那位官员的新欢在同一天也得了霍乱，而且也是在那一天晚上去世。不知道是因为巧合，还是因为饭田太太的诅咒。

饭田太太留下遗言，把所有的东西都留给阿元。从她还在柳桥当艺伎的时候，这位老妇人就忠心耿耿地伺候她。后来阿元带着东西回到了相模的老家，阿仲从阿元那里得到了几件主人的遗物，之后又去了其他的地方做女仆。女主人把土地和房屋都留给了自己那个喜欢吃喝嫖赌的弟弟，结果不到半年的时间，这些就被抵押给了其他的人。

周围的人对饭田家议论纷纷。后来这家搬来了一户姓藤冈的人家，结果在第五年的时候，也就是明治二十四年，他得了流行性感冒去世了。后来又搬来了一个叫仲佐的陆军，在明治二十七年的中日战争中也去世了，后来搬进来的姓松泽的人家也因为股票大跌而自杀了。

二十年前我从这里搬了出去，至于后来发生了什么事情我就不知道了。近年来，那里的附近被完全开发，当年的饭田府邸已经完全看不到了，也许是跟周围的竹林一起被拆除了。

父之怪谈

我自个儿没有经历过怪事，不过我可以说两三个从家父那儿听到的小故事。

我的父亲生于天保五年，事情发生在安政元年，也就是他二十一岁那一年的夏天。现在已经是子爵的九州岛某大名，有一座位于麻布龙土町的别宅，怪事就发生在这卒别宅里，前藩主的侧室在那里削发隐居，别宅的庭院杂草丛生。第一件怪事，是很多青蛙跑进了屋里，不管是壁龛、榻榻米房、帮佣房还是厕所，都有很多青蛙，夜深之后，它们甚至还会钻进蚊帐。为了把青蛙赶走，大家想尽了办法。

一开始没有人觉得这事情怪异，因为院子里杂草丛生，有青蛙在所难免，于是他们找来了许多园丁帮忙除草。本来以为草除掉了，青蛙就不会再出现了，可是不料青蛙还是和以前一样猖獗。大家实在是无计可施了。不过没想到半个月之后，所有青蛙都消失了。

尽管大家都希望青蛙早一点消失，然而这下子突然消失，大家反倒觉得隐隐不安。大伙儿希望青蛙消失之后别再发生什么怪事。

果然，四五天之后，这宅邸又出现了第二件怪事。这一次，榻榻米房的天花板居然下起了石头雨。

"石头雨本来也没什么奇怪的，也许是狸猫在上面搞小石子踢下来导致的，但是事情却不是这么回事。石头是从天花板上悄悄往下掉的。"父亲加重了语气说。

石头雨没有在固定一个房间下，从玄关到中央，还有十二席及八席大的主客房，都下了石头雨。而且石头雨多落在主客房中，大伙儿以为是老鼠或是黄鼠狼干的，就掀开天花板去检查，但是并没有任何发现。一开始，石头雨只是在半夜下的，后来竟然连白天也出现了，一屋子全是碎石。这事情后来就传到主宅了，他们派了五六名年轻的武士过去值夜班，但是石头雨依然没有停。一直这样，没有人知道事情的真相。

因为怕坏了名声，所以没有人将这些奇怪的事情传出去，除了一名说漏嘴的年轻武士。父亲因为有一个好友在藩中任职，他了解到这些情况后，要求加入值夜班的队伍。本来这样是不符合规矩的，但是由于那儿是别院，值夜班的很多武士都是父亲的好友，所以他就当作是去探访他们，终于有一次混了进去。父亲不信鬼神这档子事儿，决定查个究竟。那会儿已经是六月了，天气非常炎热。

那天，父亲是下午三点钟出发过去的，到那儿的时候还没有下石头雨。守卫们正在下棋打发时间。渐渐地，夜幕降临了，就在两三只萤火虫飞出来的时候，天花板上掉落了第一颗碎石子。大家聚集在客房中，听到石头掉落的声音，齐刷刷地抬头看。父亲把石头捡了起来，一看，不过是一颗普通小石子。而且，石头一开始只掉了一小颗，一直到晚上十点，又掉落了好几颗。

的确，完全看不出石头是从哪里掉下来的。只要有人盯着天花板看，就不会有石头掉下来，但是如果稍微不注意低头了，那么石头就会掉下来。当然，不会一下子掉落很多，常常是安静地掉落一颗。这种情况持续了很久，大家都有些坚持不下去了，不想再去追究这种事情，一名叫猪上的年轻武士抱怨说："每天都要做同样的事情，实在太无聊了，大概就是狐狸干的事呗，今天晚上干脆开一枪把它们吓跑好了。"他话音刚落，就"啊"的一声倒在地上了，原来有颗石头打中了他的额头，而且是一颗建筑用的方形大石头，猪上的额头马上就鲜血直流了。大伙儿吓了一跳，倒吸了一口气。

这么一来，大家都觉得天花板上肯定躲着人，于是就上去把天花板给掀开了，父亲当然也跟着去帮忙了。不过，依旧没有任何收获。据说，猪上那晚就开始高烧了，整整病了二十天。

父亲本来打算第二天晚上也去的，但是让外人进宅邸很不方便，万一被主人发现那就惹出麻烦来了，于是被武士们拒绝了。因此，父亲失去了目睹怪事发生的机会。然而，他的确看到了小石子从天花板上落下，还有被大石头砸伤额头的猪上。然而却没有人知道这到底是为什么。

据说，石头雨在那晚之后下了一个多月，到了七月底就戛然而止了。

事情到此为止，或许还算不上怪谈。

那一年，是文久元年，我的父亲因为要执行防守富津炮台的任务，所以到外地去了。我最小的叔父，也就是父亲最小的弟弟，那一年十九岁，也跟着一块儿去了。那时候在富津的附近，几乎都是田野和竹林，接近更津街道那边有一些农家和商店。特别是炮台建成后，附近的区域逐渐发展起来，不知道什么时候竟然出现了小餐馆。

九月初的某一天下午，我的父亲、叔父还有一名叫吉田的年轻武士，一起去一家小餐馆吃饭。父亲不太能喝酒，但是叔父和吉田酒量还可以，三个人就在那儿吃吃喝喝了好一会儿，一直到下午四点后才离开。而我要说的事情就发生在回去的路上。他们三人走到田野间的小路时，叔父喝得微醺，步伐已有些踉跄，好几次差点就要踩进田野里去了。父亲觉得他喝得太多了，一直抱怨他，一边搀扶着他往前面走，一边让他振作起来。叔父笔直地走了一会儿，又忍不住要往田野里走，反反复复好几回，父亲觉得有些奇怪："你这是怎么了？该不会给狐狸精迷倒了吧？"话音刚落，同行的吉田就大叫道："啊！还真的有呢，就在那儿！"

父亲转过头，朝他手指的方向看，右边的稻田外有一座小山，小山下面有一只狐狸，狐狸举着右前脚，那样子就好像在跟人招手。他们定睛一看，那只狐狸只要一招手，叔父就会往那个方向去。

"居然真的给狐狸迷上了！"父亲说道。

"胡闹！"吉田忽然把佩刀拔了出来，朝着远方的狐狸亮出了白得发光的刀刃，狐狸马上就吓跑了。之后，叔父就可以笔直地往前走了，三个人顺利地回到了值班室。事后问叔父，他居然毫不知情，仿佛就是做了一个梦。狐狸招手的动作可以用生物电流原理来解释，但是父亲说，这是他第一次看到有人上了狐狸的当。

文久三年的七月，有一天晚上十点，父亲从品川往芝方向走，经过高轮海边。那一夜，没有月亮，田町方向有一盏盂兰盆会时点的灯笼似乎在逐渐靠近，一开始父亲没有察觉出什么不寻常，直到彼此擦身而过，父亲着实被吓了一跳。

一个女子身上背着一个小孩，脚上穿着一双草鞋，而那盏灯笼就在小孩的手上。这本来也没什么，主要是这女人没有眼睛和鼻子，也就是俗称的无脸妖怪，这才吓人。父亲于是手握刀柄，可回头一想，或许这世上真的有人因为严重烧伤或者生病而导致面容残缺，所以他犹豫了，这会儿女人头也不回地走了。黑夜里，他只听到草鞋的声音越来越远，灯笼的火苗也越来越小。

而父亲就这样回去了。

后来才知道，有人在同一个夜晚和父亲看到同一个怪女人。那个人是在荞麦面店送外卖的，他去附近的客人家送完外卖之后，回面店的路上遇到一个女人。女人穿着草鞋，背着小孩，小孩手上提着灯笼。他俩相逢的时候，他不经意瞧了女人一眼，发现女人既没有眼睛也没有鼻子，他倒吸了一口气，吓得赶紧跑回店里，一进店门就晕过去了。后来他醒来后告诉他家人，遇到了一个妖怪。从父亲和他的所见来看，这件事情不是父亲眼花，而是真的有个怪女人出没于田町和高轮之间。

"如果事情只是这样，那倒也不值得大惊小怪，然而后来又发生了另一件事。"父亲说。

第二天早上，品川海岸边出现了一具女子尸体。女子身后背着一个两岁左右的孩子，孩子手上握着一个灯笼，灯笼纸已经被海浪冲破了，只剩下支架。听说了这件事后，父亲想起了那个无脸的怪女人，但是尸体脸上五官俱全，据说是芝口附近一名铁匠的妻子。

那么，父亲和面店的外卖小哥看到的无脸女子，和这个死去的女子，是不是同一个人呢？两者都背着一个手握灯笼的孩子，这一点极为相似。不过，因为当时是七月，手中提着灯笼是很正常的。然而不管是地点、背后的孩子还是灯笼，都让人不禁联想到同一个人。或许是这个寻死的女子脸上发生了什么怪事，反正实在让人莫名其妙。

明治七年的春季，我们一家住在饭田町的二合半坡，那里是一栋旗本小旧宅。

一天天黑以后，父亲在里面的四席半房间里看书，隐隐觉得有人在面对窄廊的格子纸窗户外偷看。他大声问是谁在外面，没有任何回应。父亲去拉开格子窗，又没有看到任何人。这样的事情连续发生了好几天，父亲总以为是自己听错了，就没有太放在心上。

一天晚上，母亲半夜想要去厕所。屋子虽然不算大，但是好歹也是旗本宅邸，要上厕所就必须经过长长的一道走廊，母亲没有拿蜡烛，上了厕所回到房间再经过那条走廊的时候，感觉有人与她擦肩而过。因为当时夜太黑，也没有看清楚，她感觉似乎碰到了女人的头发。那一瞬间，母亲脊背发凉。但是，事情也就这样，没有其他异样了。

还有，另一个夜晚，院子里传来狗吠声。因为实在太吵了，父亲就拉开门想要一看究竟，发现是邻居英国公使馆书记家养的狗，跑到我们家院子里头叫了。那会儿是二月，月光清冷，院子里并没有其他人。父亲怕有贼人进了屋，安全起见，就起来把屋子和院子巡了一遭，但是并没有任何收获。狗一直叫到天明，让我们非常不解。

第二天，父亲把这件事告诉了邻居英国公，他觉得非常不好意思，但是也很不解地说："我们家的狗很聪明的，怎么会乱叫呢？"父亲心想，再聪明的狗也是一条狗，怎么就不会有乱叫的时候？两个月后，二合半坡发生火灾，烧毁了十座房屋，也包括我们家。

当时附近还有很多空房子，我们就搬到附近去暂时安身，因为住的地方离原来的地方不远，之前结识的酒商上门询问我们有没有需求。

有一次，酒商又上门推销了，他说了这么一件事："冒昧问个问题，你们以前住的那个地方没有发生过什么奇怪的事吗？"

女使回答他说没有，他一副难以置信的表情，就回去了。后来这件事情传到了我母亲的耳朵里，第二天酒商上门的时候仔细一问，才知道我们家那个旧宅子原来是出了名的鬼屋。问及原因，他也不清楚，但是那个地方经常发生怪事，据说有个房间甚至叫作"禁忌之房"。明治时期，屋主打算把房子出租出去，但是因为有"禁忌之房"的称呼，怕很难找到房客，所以才把那个房间开放。而我父亲，后来就成了那个宅子的房客。

邻居们都知道这件事情，然而新房客对此却一无所知，大伙儿私下都在祈祷千万不要出事才好。酒商当然知道这事情不能说，所以才隐瞒到了今天。鬼屋如今已经被火灾烧毁了，酒商就把这个秘密说了出来，我们倒没有什么太大的感觉。

如果一定要说，也许就是前面提到的那三件事。在格子窗外偷看父亲的到底是谁？在走廊那儿和母亲擦肩而过的又是谁？还有，英国公家的狗为什么会跑过来叫到天亮？这些事的真相，大概永远也没有人知道了。

少年演员之死

　　按说，这也不是什么枯燥难懂的故事。

　　那是庆应初年，有一个江户的儿童剧团到了甲州，剧团的成员多是十二三岁到十五六岁的孩子，带头的也不过十七八岁的样子，当然都不是些什么出名的演员。由于演员们是来自江户的，所以还没开始演出他们就很受欢迎了，连住在山里的居民都来看一番热闹，每天门票都早早售空。歌舞伎剧戏码两天一晚，换了五次，可想而知受欢迎的程度。

　　剧团中有个旦角，名叫六三郎，姓什么记不清了。那一年他十六岁，长得英俊，十分适合扮演旦角，经常出演《忠臣藏》中的小浪和《三代记》中的时姬。因为他长得好看，演得又好，因此非常受欢迎，有很多女性观众都是为了他而来的，其中有一个叫阿初的女人对他更是爱慕有加。据说，阿初二十五六岁的样子，鹅蛋脸，有着黝黑的肤色和时髦的打扮，虽然住在乡下，但是出生在江户，平日里喜欢唱青元小调，气质要比在当地务农的女子好很多。因为两个人都来自江户，又聊得来，所以彼此越发情投意合。尽管六三郎是个吃香的演员，但毕竟年纪太轻，所以从来没有传出过什么风流韵事。但是，近来他的行迹有些异常，剧团里年纪大的孩子也开始注意到他。连孩子都看出来了，老板自然也不会不知道，于是大家都开始替他担心了，毕竟对方也不是个省油的灯。

阿初是鳅泽一个赌徒的小妾，赌徒叫吉五郎。吉五郎在当地是老大，有两百名手下，势力很大。阿初从江户来到加州，在鳅泽那边的小饭馆当帮佣，吉五郎看上她了，就让她辞职，包养了她。阿初很会讨他的欢心，所以吉五郎也对她千依百顺，生活得极其舒心。这一次，她居然和六三郎发展出不正当的关系来，而且越来越嚣张跋扈，甚至大白天都把男人带回家，戏院老板实在无法装作看不到了。

阿初如果只是普通人家的小妾，那么事情就算曝光也不至于惹出多大的麻烦来，顶多这个女人被赶出去而已。然而如果赌徒老大身上有佩刀，那事情就远没有那么简单了。不要说是阿初和情夫难逃一劫，可能还会牵连到戏院的老板和其他人，这着实让人心惊胆战。戏院老板和团长说明了这件事情，希望他和筹办公演的人好好劝一劝六三郎。

团长又是劝解，又是训斥，如果两个人的事情曝光，那么不但六三郎会遭遇厄运，就连其他团员也可能难逃一劫，他要求六三郎放弃阿初。筹办公演的负责人也劝说，就算赌徒老大愿意忍气吞声，可是他身边那么多手下，难保哪个为表忠义不替他出头，黑道的人闯进戏院把门砸坏，也不是什么罕见的事情。公演的负责人已经用近乎拜托的口吻了。六三郎眼里噙满了泪水，然而只说了一句："对不起，让大家担心了。"

当他们想要确认他是否愿意和阿初分手时，六三郎却突然哭了出来。不管接下去别人说什么，他只是哭泣，一句话也不说。他们也没办法了，事情就这样不了了之了。

六三郎哭着回到自己的榻榻米房。那会儿是农历八月了，尽管白天还有些炎热，但是因为旅馆在树荫底下，所以即便是白天也有阴凉的感觉，窗外传来一阵又一阵蟋蟀的叫声。他的室友是一名滑稽演员，名叫广助，这会儿他到屋后的森林去抓虫子了。六三郎靠着走廊的柱子，呆呆地望着院子里的红鸡冠花，忍不住啜泣起来。其实，他本来就觉得自己不可能一直待在这地方的，毕竟最多五天就会离开，就打算这几天多和阿初见面，却遭到这样多的阻拦，对于一个年仅十六岁的孩子来说，这的确让人伤心。

他哭了一会儿以后，就踩着木屐往门口走去，心不在焉的他，等走到外头去了才发现自己没有戴斗笠，于是就随手拿出一块白手帕包住头脸。他也不知道自己要去哪儿，却好像被一只手推着似的，在这个小镇里穿梭，看上去就像舞台上的好色男子丢了魂似的。然而，他似乎很自然地就往阿初家的方向走去了。

阿初家门口种着一棵大百日红，不到一会儿，六三郎就来到树下了。这时正巧阿初从屋里走出来。因为她身后跟着两名手下，六三郎吓得赶紧躲到树后。不知道是不是心有灵犀，她走了两三步后，就回头往六三郎的方向瞧了一眼。只见她发髻凌乱，面色苍白，六三郎不免心头一惊。但是，阿初身后跟着两个魁梧的男人，他无法出来打招呼，只是懦弱地看着她的背影远去。不过，阿初这个样子确实有些不太对劲，六三郎觉得，也不知道是不是自己多心，连手下的眼神也挺可怕。六三郎越想越害怕，该不会是事情已经曝光了，手下回来带阿初回去见老大吧。

六三郎脊背一阵凉意，拼命逃回自己的旅馆。

天黑了，到了演出的时间了，六三郎和其他团员一起前往戏院。今晚演出的是《菅原》和《伊势音头》，六三郎饰演的角色是八重及阿绀，然而今天他顶着假发的脑袋显得非常沉重，演出也并不出彩。等到演出结束，回到旅馆的时候，已是夜里十二点多了。他一回到旅馆，就看到门口有三个大男人抽着烟正在等人，一看到六三郎就走了过来，说："跟我们走一趟吧。"六三郎一听，吓得呆若木鸡，他大概也知道自己要被带到哪儿去了，只是当下的情形，他也无法逃跑。

三个人强拉着他走了三四里的路，出了镇外，还有两三个男人等着他，将他团团包围后，继续往前走。六三郎一声不吭，拖拖拉拉地走着，几个大男人也默不作声，气氛非常严肃。走过了田间的小路，隐约可见人家，到了一个大房子跟前，那几个大男人中有两三个率先进去，六三郎很快也被带进去了。

六三郎搞不清楚状况，只知道自己迷迷糊糊地就被带进了一个大屋子里头的一个大房间，房间里有几座烛台明晃晃地燃烧着。老大吉五郎正坐在正对面等着他。吉五郎看起来四十七八岁的模样，身材高大肥硕，左边眉毛处有一道伤疤，他的身旁并排站着二三十个手下，手下们正在喝酒，房间的尽头放着一座屏风。

吉五郎看到六三郎后，一脸笑意地说："来吧，不用拘谨，过来。"他招呼六三郎坐在自己身边。六三郎拒绝了几次，吉五郎索性让手下们扯住他的手臂拖到自己身边来，让他无处可逃。六三郎吓得脸色都发白了，就那么窝囊地坐着。吉五郎自我介绍："我是鳅泽的吉五郎，听说你们剧团过来演出非常受欢迎，我想找你很久了，一直因为各种琐事没能过去，才拖延到今天。"

　　说完，他递给六三郎一个酒杯。六三郎只是一个十六岁的孩子，不会喝酒，于是拼命婉拒他。吉五郎于是又让手下拿来大酒壶，让他喝酒酿，然而六三郎也不愿意喝。那种情况下，不管是酒、酒酿还是茶，六三郎都提不起劲儿去品尝，不过最后还是没办法了，只好抿了一小口。

　　吉五郎果然是当老大的人，为人处世，八面玲珑，第一次见面就和六三郎寒暄起来，然而六三郎却如坐针毡，根本没有心思与他交流。对方越是希望把气氛制造得其乐融融，六三郎就越是惶恐，压根儿想不出他到底要干吗。六三郎如坐针毡，不知道坐了多久，吉五郎对手下说："去把屏风拉开。"两名手下起身，将房间角落的屏风打开，六三郎往那个方向一看，几乎吓破了胆。

　　他看到了一个女人背着身子倒在地上，披头散发，衣服腰带几乎松垮。这还不止，女人身上的白色单衣到处都是血迹，特别是肩膀和肚子附近，更是鲜红一片。六三郎像是被当头淋了冰水一般，这简直就是戏里杀人的模样。这女人到底是谁？为什么落得这种下场？他浑身犹如僵硬的石头，根本无法动弹。

　　吉五郎淡定自若地喝着酒，手下一干人默不作声地抽着烟，整个屋子鸦雀无声，安静得可怕，只能听见窗外传来一阵阵的虫鸣。六三郎根本分不清自己是死是活，脸色发青地低着头。不久后，吉五郎凶狠地盯着他问："抱歉啊，让年轻人看了不该看的东西，你认识这个女人吗？"六三郎此刻应该如何作答呢？能说自己认识这个女人吗？他不知道自己接下去说的话，是否会给他招来杀身之祸。

其实，如果他足够勇敢，大可以不怕死地冲过去紧紧抱住那个女人的尸体，大喊："这是宠爱我的女人哪！"然而，他做不到，他只是个十六岁的孩子，而且从他的工作和性格来看，他也不是勇敢到可以做出这种事的人。即使他原本觉得自己可以为眼前这个女子去死，但是当事情真的到紧要关头的时候，他也做不到豁出一切。于是，六三郎选择了沉默。吉五郎再三逼问，他才战战兢兢地说："我……我……我不认识。"六三郎终究还是说了谎。

"是吗？原来你不认识她？"

六三郎再次确认："不认识。"

吉五郎苦笑了一下，也没再追问，他又说："怎么样，再喝一杯吧。"把刚才的酒酿又递给他。这回，魂不守舍的六三郎，把杯中的酒一饮而尽。

屏风拉上了，女子的尸体就藏在屏风后面。接下来，吉五郎让手下端上了很多酒菜，然而六三郎却一口都吃不下。他正襟危坐，目不转睛地盯着吉五郎和他的手下们。好像过了很长时间，远处传来了鸡啼声。吉五郎说："行吧，今晚也难为你了，该回去了。"六三郎一听，有如老鹰终于放开了小鸡，他拿着高额的小费，跟着手下回家了。

旅馆中的人听说六三郎被带走了，不仅仅是负责公演的人，就连剧团的成员都非常担心，这下总算毫发无损地回来了，大伙儿方才松了一口气。六三郎不知道是惊吓过度，还是深受了什么刺激，整个人像是被妖怪附体一般，没有任何表情。

　　六三郎昏昏沉沉地睡到了第二天中午，整个过程似乎做噩梦般呻吟，然而不能由着他一直睡下去，同房的广助把他叫醒了，让他去洗脸、吃饭。六三郎好不容易才恢复了精气神。

　　秋季白天很短，天很快又黑了，表演即将开始了，六三郎在昏暗的舞台上，和前晚一样扮演八重和阿绀。演着演着，不知道为什么昏倒在舞台上，整个场子一阵骚动，大伙儿把他抬进后台，给他喂水、吃药，慢慢地才苏醒过来。但是，他当天夜里就开始发高烧了，翻来覆去，痛苦不堪，嘴里一直嘟哝着："对不起，请你原谅我吧。"

　　旅馆的人因为担心，给他请来了医生，大伙儿也轮流照顾他。但是，才一个晚上的时间，他就瘦得不成人样了，第二天根本无法起身。受欢迎的演员不能上台将会影响票房，因此大家都很操心，但是也很无奈，六三郎病成这样，根本无法上台表演。两天后，演出即将结束了，六三郎还是没有办法下床，身体状况更是一天不如一天，从前英俊的相貌被病魔折磨得犹如幽灵，眼窝深陷，手脚发白。

　　剧团之前已经答应了要前往信州演出，不能在这里久留。而且演出已结束，再产生的住宿费什么的都要自己负担，大家更不能无所事事了。然而，他们也不能就这样丢下生病的六三郎，于是第二天早上让病恹恹的六三郎坐上了轿子，准备一同离开。团长和前来送行的人一一道别，那会儿已是秋天了，早上的天气冷得让人发抖。

听说剧团要离开，那几天沉浸在表演中的女孩们纷纷前来送行，当中有一个人依依不舍，难过得眼泪汪汪。大概有不少年轻女孩，因为见不到六三郎而感到遗憾吧。然而，其中却有一个，站在柳树的阴凉处，盯着六三郎所在的轿子说了一句："活该，可恶。"

原来，阿初并没有死。

吉五郎好歹也是个黑道老大，他听说了阿初和六三郎的事以后，并没有说出要杀了他们俩泄愤的事。他先把阿初叫回来，问了她整个事情的经过，阿初把她与六三郎的暧昧情事坦坦荡荡地说出来了，干脆利落地认错，并且表示愿意任由老大处置。这个举动反倒合了吉五郎的胃口，他索性问她："你倒是挺实诚的，是想和这个比你小十岁的情郎结为夫妇不成？"阿初诚实地说："这是我的希望，我会把他当成弟弟来看待。"

这话也没有让吉五郎生气，他说："行吧，那就我来替你做主，既然你这么喜欢他了，就好好疼他吧。不过他到底只是个孩子，而且还是个跑江湖的戏子，如果他只是想跟你玩一玩，那就没意思了，我来探探他的真心吧。"所以吉五郎就出了个主意，派人去找了六三郎过来，再让人把阿初装扮成死人的模样，让六三郎以为她已经惨遭老大杀害，实际上是为了试探他是否真心。然而，年轻又窝囊的六三郎并没有通过这次考验，当他被问到"你认识这个女人吗？"的时候，他居然回答"不认识"。这句话让吉五郎看不起他了，装死的阿初也心灰意冷了。待六三郎走后，阿初哭着跪在吉五郎面前，为自己的红杏出墙道歉，表示从此对这个戏子死心。

可怜的六三郎，不仅被心爱的女人给甩了，而且还因此一病不起。他虽然跟着剧团去了信州，但根本无法再登台演出，最后只能离开剧团，病得如同一个皮包骨的幽灵，悻悻地回了老家。六三郎的家在深川的寺町，回去之后，他也一直生病卧床，到了十七岁那一年的春天，据说是新年期间，他就已经病逝了。听见六三郎说梦话的人，没安好心地到处去宣传，说六三郎的枕边每晚都会坐着一个面无血色的女鬼。然而，据说阿初一直就在甲州，并且活到了明治时代以后。

蛔　虫

这事儿是T君说的。

深田与我说："当时我着实吓了一跳。"按照他的说法，那晚他带着从乡下到东京来的亲戚家女儿，在向岛的一家旅馆，品尝蛤蜊汤和马铃薯。我心里有些奇怪，怎么会带亲戚的女儿到那种地方？但也只能暂时相信他的说法。女孩儿年仅二十岁，听深田的口吻，似乎长得还不错。

那会儿是九月，然而还不到秋分，白天如夏天般炎热，不过到了黄昏就会吹起清凉的风，走廊的柱子上飞过来一只虫子，一直叫个不停。深田站在那儿，听了好一会儿，然后就走到庭院下面去。他与亲戚家的女儿好像发生了一些争执，便丢下她，自己跑了出来。

那晚，所有的房间都鸦雀无声。整个旅馆也许只有深田一个人站在走廊的月光底下，他在花丛间慢悠悠地散着步，嘴里哼着调调，忽然被一个女人的声音吓了一跳。

"啊！"

听到这突然的尖叫声，他以为是亲戚家的女儿故意到前面去戏弄他，然而他立马就知道并非这么一回事。尖叫的女人大概也是二十岁的样子，头上顶着疏松的发髻，从那一身华丽的打扮来看，不像是良家妇女。女人因为看到深田被吓了一跳，发现是一场误会之后，就向他道歉了："抱歉，我刚刚真是失礼了。"

"没事，没关系的。"

深田看了一眼女人，发现她有一张白皙的脸，身材娇小，在明亮的月光下依稀可见脸上的泪痕。他猜，这女子也许是躲在树丛中偷偷哭泣。

深田心想，事有蹊跷，于是就主动打开了话匣子："今晚月光真美啊。"

"是的。"女人声音有些哽咽。

"你一个人来这里？"深田明知故问。

"是的。"

"一个人吗？"他又觉得有些不可思议。

"嗯。"

"你是本地人吗？"

"不是。"

一个年轻的女子独自到这地方来，还躲在树丛里哭。这件事似乎挑起了深田的好奇心，让他实在没法就此离去。另外，更让深田觉得兴致勃勃的是，对方看起来不像一个良家妇女。

"如果你觉得无聊，可以到我房间来玩，我那儿还有一个应该和你投缘的女孩儿。"

"谢谢。"

因为实在无话可说,深田只好就此告辞。走出不远,他回头看到那名女子又倚着大树掩面哭泣。他无法坐视不理,于是他又折回去对女人说:"你这是怎么了?怎么在这儿哭了呢?"女人沉默不语,依然啜泣。

"告诉我原因吧,你怎么一个人来这里啊?"深田不客气地问,"我这样问你是有点失礼了,但是你如果愿意告诉我,看看我能不能帮帮你啊。"

女人一直哭泣,在深田的再三询问下,才说出了自己的名字,她名叫好子,是上州前桥的年轻艺伎。她跟着一位三弦乐器商于昨天黄昏到达东京,乐器商名叫上原,昨晚住在上野附近的旅馆,今天从浅草到向岛去观光,到了下午三点左右才走进这家餐厅。他们用了晚饭洗了澡,本来打算在此留宿,可是上原和她说想要出去走走,就把她丢下出去了,谁知夜深了还没回来。好子说,上原肯定是丢下她自己走了,而且住宿费还没付清,自己身上也没有钱,不知道该怎么办好,她甚至都想要投河自尽了。

"那个上原是什么时候出的门?"

"大概是五点过后吧。"

那会儿才刚过八点,距离五点也就过去三个小时。深田觉得女人就此判断上原要抛弃她,这未免也太着急了。如果男人真的是外出办事,要两三个小时是很正常的。虽然深田这样劝说她,可她却无法接受。她一边哭一边说,上原肯定是为了抛弃她,所以才躲起来了。深田觉得事有蹊跷，就安慰女人，把她带回了自己的房间。亲戚家的女儿听了她的遭遇，也深表同情，好生待她。

好子告诉深田，上原今年三十一岁，已经有了妻子和孩子，而且在家里是个养子，如今养父母依然健在。这样的身份，居然和当地的艺伎发展出男女关系，从某个层面上来说，一般是不会有什么好结局的。因为家里出了太多问题，上原决定带着她离家出走，而且两个人说好了此生都不再回前桥。上原身上带了两百元，彼此约定，等到钱耗光了，两个人就一起去殉情。

"上原肯定是改变主意了，他想要违背我们的承诺，自己逃命去了。"好子哭诉道。

这种情况下，好子难免会产生这么偏执的想法，自己糊里糊涂地被带到一个人生地不熟的地方，而那个和自己约好要殉情的男人突然不辞而别，这当然是让人难过的。深田虽然很同情好子的遭遇，却无法明确上原是否变心。假设他没有变心，那么两人将依照之前的约定殉情；假设他已经变心了，那么好子就是惨遭抛弃了。反正无论如何，好子的结局都是悲惨的。深田心想，不管怎么样，自己都要救她。

如果上原回来了，他就去教训上原一顿；如果他没有回来，那么他就得给好子一些钱，让她回前桥。深田在心里盘算了一番，然后和亲戚的女儿一起安慰好子。过了大约一个小时，他听到了旅馆的人在院子里找人的动静。

"我刚刚明明看到她走到院子里的。"

"是在院子里吗？"男人不确定地问。

深田觉得那男人可能就是上原，于是赶紧让好子出去，可好子却不愿意起来。旅馆的人和那名男子在焦急地找人，于是深田大喊："嘿，你找的人就在这儿！"听见深田这么一说，男子立即走了过来，这大概就是上原了。他身材瘦削，脸色发白，目光混浊，似乎生病了。男子向深田行礼以后，准备带好子离开，然而好子却疯了似的扑过去拽住男子的手臂。

　　"你这个负心汉！你这个骗子！居然想要抛弃我！"好子用力拉扯，嘴上恶狠狠地骂着上原。深田这才发现，女子的情绪非常不稳定。当着那么多人的面，上原不好说什么，只好连哄带骗地想要带她离开，可她似乎就是不肯离开，把自己发髻弄乱，把自己的脸往上原衣服上蹭，还发了疯似的大喊大叫。深田不忍心看她这样，于是上前好心劝阻，好一顿工夫才把她送出房去。上原一边不停地说对不起，一边扯着好子，带她回房间里去。

　　"你说她是发疯了吗？"亲戚的女儿问。

　　"大概是歇斯底里吧。"

　　"她男人都回来了，事情不是解决了吗？"

　　"话是这么说，然而女人疯起来哪里会讲道理啊？你有时不也这样！"深田笑着说。

　　本来想要好好教训上原一顿的深田，也因为这出闹剧失去了动力，眼前这状况多说也无用了吧。上原大概也没有心思听他说。深田改变主意，他打算等好子情绪稳定下来，再去与她好好谈谈。

　　"你若是敢抛弃我，我也会这么发疯的。"亲戚的女儿给他斟酒。

两人之前也是发生了矛盾，起了争执的，但是因为别人家的闲事冷静了不少，深田品尝着杯中美酒，享受着夜晚的宁静。不管是脸色苍白的上原，还是发疯的好子，都已经渐渐远离他的思绪，最后他倒头大睡了。

"相公，相公，快起来，坏了。"

亲戚的女儿摇醒了深田，他一边揉着眼睛一边抬起头来，不知道自己是什么时候被抬到床上来的。他伸手拿住枕头底下的怀表一看，已经是凌晨一点多了。

"相公，听说刚才那个人死了。"

"哪个人？男的女的？"深田吓了一跳，坐起身来。

"好像是男的，听说警察都来了，吵吵嚷嚷的。"

深田赶忙下床，马上去上原房间打听情况，只听见房里传来了警察的佩剑相互碰撞的声音，他看见了两个身穿便服的刑警，房间里的蚊帐已经撤走了。披头散发的好子，坐在床的一头。由于深田没能走进去，只能够在走廊看个大概，所以除了这些以外，其他的也看不清楚，死者也没有见着。

旅馆的服务员全都过来了，惶恐不安地在远处张望，其中包括那个在深田房间服务的人。于是，深田走过去探个究竟。听那个服务员说，大约一个小时以前，那个房间传来了恐怖的叫声，旅馆里负责守夜的人赶紧跑了过来，发现房间里的男宾客从床上滚了下来，已经亡故。女房客吓得惊魂未定，一直盯着尸体看。据好子说，两个人因为睡不着，所以就一直聊天到深夜，结果不知怎的，上原突然就晕倒在地了。警察前来调查的时候，好子确切地表示这就是真相。然而，这一切太不可思议了，似乎也有可疑之处，所以好子接下来需要接受警察的讯问。

深田在与服务员交谈的时候，一个看似刑警的男人走了过来，扯了扯他的衣袖，说："先生，可以麻烦您过来一下吗？"

"嗯，可以。"

他带着深田到庭院去，月光皎洁，洒落在地面上，庭院中传来一阵阵悦耳的虫鸣，两个人肩并肩地站着说话。

"听说，您今晚见过这个女人？"男人问，"您是一个人来的吗？"

带着亲戚的女儿同行，深田觉得说出来非常尴尬，但是为了案情，他还是如实相告了。深田把今晚发生的事情一五一十地告诉了那个男人，男人听得非常认真。

"那就是说，两个人应该是想要一起去殉情的？"

"好像是，我本来是想要好好教训上原一顿的，结果我喝多了，睡着了。"

"那肯定，您也是有旅伴的嘛。"男人调侃他，"医生对男子尸体进行了检查，找不到任何脑出血或是心梗的迹象，医生觉得他应该是窒息身亡，而男子的咽喉处有几处浅浅的指甲痕迹。这么说来，女子是脱不了干系了，然而她却坚持说自己根本不知情，这女子看着也是诡异。"

"是啊，我觉得她应该有歇斯底里的毛病。"

"我也觉得她有些不正常。"

男人安静地思考了一会儿，深田也默不作声。从当下的情况看，好子很有可能是因为怨恨上原抛弃了她，导致病情发作，情绪失控，忽然就锁住了上原的脖子。医生已经检查过了，上原脖子上有几处浅浅的指甲痕迹，这就是证据。但是，为慎重起见，深田还是问他："是否有丢失物品呢？"

"我们刚刚大致调查过了，似乎没有物品遗失。两个人除了小手提包外，也没有携带什么物品。"男人说，"那我大概明白了，不好意思啊，可能还得麻烦您跟我去趟案发现场。"深田也觉得有些麻烦，但还是跟他回到了案发的房间。他进去以后，看到好子好好地坐在床上，然而不管别人跟她说什么，她始终没有回应，这让警察没有办法。于是，男人只好带深田过去。

"嘿，你要闹到什么时候？"警察凑过去对好子说，"这男人，不就是你昨天在他面前一直抓住不放的那个吗？"

"那是因为他要抛弃我……"好子听了，开始泪眼汪汪。

"他要抛弃你，所以你回到房间又对他拳打脚踢了是吧？其实你根本就没想杀他对不对？不过是一时失手对吧？"

"没有的事！"

"现在这里又没有其他人，你还想狡辩吗？"

"我是真的不知道！"

男人回头看了一眼深田，示意他开口说话。深田觉得太为难了，他心想，好子就是凶手无疑了，于是希望对她动之以情。

"姑娘，刚刚失礼了。上原先生发生了这种事，你就在他身边，怎么会完全不知道呢？你看，上原先生的脖子上还留着指甲印呢，对吧？"

"我什么都不知道……"好子又开始哭了起来。深田不知道，她这会儿流的到底是伤心的泪水，还是悔恨的泪水。

"警察先生刚刚也说了，我们都知道你是无意杀人的。"深田接着说，"你当然不可能去杀他，然而两个人发生争执难免会有失手的时候，无意杀人的例子比比皆是。很可能是你因为非常生气，然后就揪住了上原先生的胸口，结果一不留神……对吧，我说得没错吧？如果真的是这样的话，我劝你还是老实交代吧。毕竟，你和上原先生本来是那样的关系，应该不会判得太重的。"深田想要晓之以理，动之以情，然而好子始终矢口否认，最后甚至又号啕大哭起来。实在没办法，警察只好把她带回警局处理，好子这会儿又开始发疯似的大叫了："你们干吗？你们这是把我当成杀人犯吗？我为什么要杀人啊？上原先生，你快醒醒啊，我求求你了，醒来还我清白吧！上原，你终究是抛弃了我啊，你不仅抛弃了我，你还害我被人家当成了杀人犯……"好子再一次歇斯底里了，然而还是被警察带回了警局。

好子被带走之后，深田心情很低落。他心想，如果今晚自己不是喝醉了，或许这场悲剧就不会发生了。可是就因为自己的一时疏忽，导致这一对男女要面临这样悲惨的结局。他感到非常愧疚，一脸茫然地站起身来，结果一不小心就被床褥给绊倒了，脚踩到了一个像蛇一样在蠕动的东西。他忽然浑身发毛，借着灯光想要看个究竟，发现那是一个如蚯蚓一般的动物。上原的尸体刚刚被警察带走了，估计没人发现这恶心的东西，他蹲下去一看，发现那是一条一尺左右的蛔虫，已经死了。

深田在小时候也常常受蛔虫困扰，所以他一看就知道是蛔虫。他心想着床褥下竟然有蛔虫，那想必就是人嘴里吐出来的。他回忆起晚上看到的病恹恹的上原，可以判断这条蛔虫就在上原的体内。

　　"那，也许这就是证据了。"深田用手帕小心翼翼地把蛔虫包住，带去了警局。

　　"故事到这里就差不多了。"深田说，"发现了这条蛔虫后，可以证实好子和这件事没有关系，她被无罪释放了。"

　　"那你的意思是，那个男子的死与蛔虫有关了？"我问。

　　"是的，我也有过类似的经验。蛔虫不仅可以从肛门钻出人体，也可以从喉咙钻出来。小时候我有一次在叔叔家玩，曾经有一次从嘴里吐出了一条大蛔虫，把大家都吓了一跳。估计上原也被蛔虫困扰着，那晚就吐出来一条，然而第二条要跟着出来时，他不好当着好子的面吐出来，就把它咽了下去。快爬出嘴的蛔虫失控钻进了器官，导致上原窒息身亡。这样的例子确实比较少见，如果好子早些发现地上的那条蛔虫，那么她可能就不会被冤枉了。估计是上原偷偷地把蛔虫藏了起来，这才没有被好子发现。我把蛔虫带回了警局，跟警察陈述了这一番后，医生对尸体进行了解剖，发现死者气管中的确有一条大蛔虫，因此事情真相大白了。那么上原脖子上的伤，或许是好子之前与之争执的时候抓伤的，或许是他呕吐蛔虫时过于痛苦自己抓伤的。不管怎么样，真相总算大白了。上原或许怎么也想不到，自己竟会和蛔虫同归于尽吧，真的是飞来横祸啊！"深田扼腕叹息。

车站的少女

"这个故事听上去似乎有些不真实，但确实是我亲身经历过的事情，所以还请大家听我娓娓道来。"M夫人开了这个头之后，开始讲述以下这个故事，当时的她已是三个孩子的母亲，而她所要述说的事情就发生在她年轻就读于女校的时候。

那会儿我还年轻，如今回忆起来，真不敢想象曾经的自己居然能那么野。不过回头一想，现在也不能再像从前一样，那么活力四射，那么神采奕奕，心中还是不免有些落寞。就在那个朝气蓬勃的青年时代，我遭遇了一件前所未有的怪事儿，如今回忆起来，依然觉得不可思议。当然，即便是我这样神经大条的人，也觉得这事情过于离奇，或许现在的年轻人能够理解，因此，这或许算不上怪事。不过，就如我刚才所说，这绝对是我自己亲身经历过的事情。

那时候，日俄战争刚刚结束。那是个周五的晚上，水泽先生的女儿继子来到我家，问我周日要不要和她们一起去汤河原。继子的哥哥是陆军中尉，在奉天战争中受了伤，从野战医院被送往内地医院，养了好一阵子才痊愈，二月初就到汤河原去休养了，继子说了好几次要趁放假去探望他，于是决定周日出发。我与她平日里交好，所以她过来邀请我陪她一同前往。由于无法当天返回，她就打算在那儿留宿两晚，周二上午再回来。我当时还是个学生，很少在外面留宿，所以答复她，需要和父母商量后再做决定，她就先回去了。

后来我问了父母，他们都答应了。我这个野丫头高兴极了，决定立刻就出发，于是和继子商量了一番后，我们就搭乘周日上午的火车出发了。众所周知，当时还没有东京车站，不过继子曾经到热海及汤河原旅行过，她对这一带比较熟悉，我只管老老实实地跟着她就行了。

说是去旅游，其实也是作陪，我就踏踏实实地陪着她。我跟着继子叫她的哥哥为"哥哥"，然而那个也不是她的亲哥哥，而是她的表哥。我也老早就知道，他俩迟早会结婚的。去探望有婚约的表哥，对于继子来说是多么值得高兴和期待的事情啊。所以，随行的我就是一个小跟班。当然了，我可没有嫉妒她的意思，不过老实说，心里还是有一点点不舒服的。然而想到可以和继子一起去泡温泉，就算只有一两天，也够我高兴一阵子了。

那是二月下旬一个阳光灿烂的日子，我们从火车的车窗放眼望去，可以看到辽阔壮观的春之海，别提多高兴了。在到达之前，沿途的风景尽收眼底，让人心情舒畅。下午四点，我们俩抵达旅馆。

"太好了，你们终于到了。"

继子的表哥来接我们，表哥叫不二雄。他说自己已经痊愈了，精神抖擞，手脚利落，下个月中旬就可以回东京了。

"怎么样，要不要多住一阵子，和我一起回东京？"不二雄笑着说。

当晚我们二人在旅馆住下了，第二天不二雄就带着我们到附近去游玩。春天的温泉地，实在让人舒心，想必大家也能体会到。我们就那么度过了快乐的一天，到了周二早上，就该返程了。其实这中间，我们还聊了许多，这里就不多说了。到了应该返程的那天，继子和我早早起床去泡温泉，那天天色看起来灰蒙蒙的，我们透过玻璃窗往外看，似乎在下着小雨。其实，也分不清是雨还是雾，好似一大片白纱笼罩着整片大地。

"外头是下雨了吗？"

我俩对视了一番。即便是坐火车离开，我们不用担心会淋雨，但是下雨天总是让人扫兴的。进了温泉后，继子想了想："要是真的下雨，就太讨厌了，你一定要今天回家吗？"

"对，我已经和家里说了周二就会回去。"我回答。

"那也是。"继子若有所思，"如果真的下雨就麻烦了。"继子一直在烦恼下雨的事，最后她提议说，要不再留一天。或许是我多心吧，与其说她烦恼雨天，还不如说她或许心里有其他打算。我猜，好不容易才见着不二雄，待一两天她估计觉得不过瘾吧，所以我可以理解她的心情，也可以理解她把雨天拿来当借口。可是，我答应了父母，无论如何都不能让他们担心，必须今天回去。她听了，想了一会儿，说："打电报回去也不行吗？"

"可是我已经答应了他们。"我坚持一定要回家，最后我说，"如果你想留下来，那么我自己回去也是可以的。"

"那可不行，如果你坚持要回去，咱们俩当然得一块儿走。"说罢，我们就回房间了。吃早餐的时候，外头果真下雨了。

"不如你们再留一天吧。"不二雄劝我们。

他这一说，继子就更不想回家了。明知道她心里在想什么，如果我还一味坚持要回去，似乎也是太扫兴了。但那时我因为答应了父母，怕晚回家不好交代，于是坚持冒雨回去，我拒绝了他们的提议，独自离开了旅馆。

"可是，我不能让你自己一个人回去啊。"继子和我赔不是，不过我依然坚持要回去。

不二雄、继子和我一起坐马车，送我到车站去。

"那我就先回去了。"

"真的很抱歉，天气一好，我就马上回程，你要多注意安全。"继子忧心忡忡地看着我，和我道别。

我搭火车到小田原的时候，大概是上午十一点吧，天气渐渐好了起来，隐隐可见阳光，也开始转暖了。我从小田原搭乘电车去国府津，然后到那里买土产的腌梅，这是我出门前母亲交代的。

为了等待十二点出发到东京的列车，我走进了二楼候车室，然后百无聊赖地翻看桌上的报纸。那会儿，天空已经放晴了，阳光洒满大地。尽管那天不是周末，更不是节日，但是候车的乘客依然很多，整个候车室非常拥挤。我觉得很闷热，脑袋昏昏沉沉，还好，雨已经停了，我就走到车站外的空地去呼吸新鲜空气。

过了一会儿，开始检票了，乘客们蜂拥而出，我也随着人流过去了。人山人海，就在快接近检票口的时候，不知道从哪里传来了一个声音：

"继子死了。"

我吃了一惊，下意识地回过头去看，却没有看到任何熟悉的面孔。我以为是自己听错了，结果又一个声音传来了："继子死了哟。"

我又惊讶地回头，看到一个十五六岁的女孩子——至今我依然清晰地记得她的模样，鹅蛋脸，白皙的皮肤，左眼有白翳，五官端正，但称不上漂亮，她穿着织成绗织纹的夹棉衣，系着红色的腰带。不知道为什么，她一直盯着我看，让我觉得她是在与我说话。

"继子死了？"

她听了，居然默默地点了点头。这时候，我被后面的人流一推，已经出了检票口。我觉得难以置信，于是打算再问个究竟，可是回头不管我怎么找，都找不到她了。因为她和我站在一起，应该是差不多时间通过检票口的，可是诡异之处在于，我再也看不到她的踪影。我回头望了望车站里头，也没有看见她，这一切仿佛就像梦境。

到底发生什么事？那个女孩呢？我停下脚步。

然而，我竟从她嘴里听到了继子的死讯，这怎么可能呢？我与继子才刚刚分别。那个奇怪的女孩似乎是特地过来告诉我这个消息的。我安慰自己，一定是因为我头脑昏沉听错了，然而心里却生出了很大的疑惑，我好像做梦一样站在原地发呆，甚至心里头在盘算着要不要折回汤河原去看看继子。然而，总觉得这种事是不可能发生的，我翻来覆去地想，太诡异了。怎么可能发生这种事？一个奇怪的女孩跑过来通知我继子的死讯？不可能的事！于是我按原计划回东京。

这会儿，东京的火车已经到站了，我也打算上车了，可是却突然裹足不前。尽管下定决心要回东京了，可内心到底惶恐不安，于是我错过了那一班回东京的火车。

事已至此，我没理由还待在原地等候下一趟车了，我决定回汤河原，于是又搭上了前往小田原的电车。

说到这里，M夫人叹了一口气："太让人意外了，我回到汤河原，发现继子真的死了。"

"什么？"大伙儿瞪大了眼睛说。

"我早上与她分别的时候，她的确还好端端的，之后也没有什么异常，她还拜托旅馆的女使打电报回家，因为下雨要耽搁一天。然后，她就开始在餐桌上写信，是写给我的，主要是因为不能和我同行回家而感到抱歉。她在写信的时候，不二雄就自己带着毛巾去泡温泉了，不久回来看到继子趴在桌子上，一开始以为她在思考，可是后来发现不对劲，与她说话也不回应，这才叫了人过来。此时，继子已经亡故了。医生诊断说是因为心脏骤停，或许是她前一年得了病吧。但是，不管怎么说，我依然非常惊讶，我遇到的那个女孩，到底是什么人？我问了不二雄，他因为事情发生得太突然，惊慌失措，根本就没有派人去告诉我。这么一来，女孩的身份成了一个谜。她为什么会知道这件事？她又为什么跑去告诉我？如果不是她告诉我，我大概已经回到东京了，你们说对吧？"

"是啊是啊。"大伙儿都说是。

"我实在是想不明白了，不二雄先生也不明所以。继子给我的信已经写好了，装在信封中，放在餐桌上。"

青 蛙 神

对于中国的地名或者人名，我想各位可能不太熟悉，对于这些不熟悉的内容，说太多会让大家扫兴，所以我会尽量省略那些难懂的专有名词。星崎先生在讲故事前，提前做了这个说明。

这个故事发生在明朝末年，当时天下大乱。在江南金陵，也就是现在的南京，有一名武官，叫张训。一日，镇守该城的将军也就是该武官的上司举办宴会，给每位出席的文武官员赏赐了一把题有自己诗词字画的扇子。众下属感动之余，急不可待地打开自己的扇子一饱眼福。张训也打开看，却发现自己的扇子是把空白扇子，正面和背面都没有任何字迹。他心中非常疑惑，也感到很失望，但是他又不便向将军提及此事。他只好装作一副不在乎的模样，在和将军表达谢意之后，和其他人一起离开了。但心里硌硬，不是滋味，郁闷的他回家后将此事告诉了妻子。

可能是将军一次要准备这么多把扇子，免不了忙中出错，这把扇子就给漏画了。结果就这么好巧不巧地让我拿到，我运气也太差了，太倒霉了！

虽然这样宽慰自己，但是张训很郁闷，他叹了口气。妻子听完这些，也有些不高兴。他妻子今年十九岁，皮肤白皙娇嫩，身材娇小匀称，右眉下面长了一颗大黑痣，长相十分惹人怜爱。二人三年前才结为夫妻。她听了丈夫的话，沉默了一会儿，很快恢复以往开朗的模样，劝慰丈夫："你说得对，将军一定不是故意这么做的。他一次性要画那么多的扇子，肯定会有漏掉的情况。以后他发现了，也定会重新再给你换一把。"

"也不知道他会不会发现？"

"他肯定会想起来。如果以后将军问起来，你不要觉得不好意思，要如实把事情告诉他。"

"嗯。"妻子的话，张训全当成了安慰，并没有当回事。

两天后，将军找来张训问话："前两天在宴会上我给你的扇子上画的是什么？"

对于将军的问话，张训一五一十地回答道："扇子上什么都没有。"

"什么都没有？"

将军想了一下，点头说道："那么多把扇子，也不是没有可能发生这样的事情，这把扇子给你吧，就当作补偿。"

于是将军把一把比原来更好的扇子给了张训，这把扇子上有将军亲自题写的七言绝句。张训十分高兴，一回到家就拿给妻子看，妻子看到后也十分高兴："我就说将军一定会记得这件事。"

"你说得对，将军的确记得这件事，但是那么多的扇子，他怎么知道我的是一把空扇子呢？"

张训心中有些疑惑，但是也没有多想，这件事就过去了。半年以后，北方贼寇肆虐，南方不得不提高警惕。

将军担心外敌入侵时，属下没有好的武器抵抗侵袭，于是给大家发放了盔甲，以备不时之需。但是张训这次还是很倒霉，他竟然领到了一副破烂的盔甲，回家后又忍不住向妻子抱怨："如果真的贼寇入侵，这副破烂的盔甲还不如纸盔甲呢！"

听到这里，张训的妻子安慰道："这么多的盔甲，将军估计也是没有办法一个一个去核查。如果他发现，肯定会给你换一套新的。"

"可能吧，上次的扇子就是这样。"

两三天以后，将军找到了张训，向他询问盔甲的事情。张训向将军直接说明了情况，将军微微皱眉，若有所思，认真地看了看张训的脸问道："你家里是否供有神明？"

"没有啊，我从来不信什么神明。"

"这就奇怪了。"

将军的眉头皱得越来越紧，他好像想起了什么事情，问张训："你的妻子长什么样子？"

将军突如其来的问题让张训感到意外，但这也没有什么好隐瞒的，于是他一五一十地将妻子的年龄和长相告诉了将军，将军听完又接着问道："你的妻子右边的眉毛下面是不是还有一颗大黑痣？"

"您是怎么知道的？"张训大吃一惊。

"我的确了解。"将军点头说道，"她曾经在我的梦里出现过两回。"

对于这一切，张训惊讶极了，他直勾勾地看着将军。

将军察觉到了他的困惑，然后将这半年来发生的奇怪事情全部告诉了张训："大约在半年前，我在宴会上送给了你们每个人一把扇子，就在第二天的晚上，有一个女人出现在我的梦里，告诉我送给你的是一把空白的扇子，让我重新送一把给你，说完我就醒了。为了证实这件事，我把你找来确认，结果真的就如同那个女人所说，我虽然觉得不可思议，但也没有多想。结果就在昨天晚上，那个女人又出现在我的梦里，告诉我给你的盔甲已经破烂不堪，让我换一副新的给你，今天问你才知道又被她说中。这一切太不可思议了，我就想到这个女人会不会是你的妻子。刚才问你关于你妻子的情况，就觉得一定是她，就连眉毛下面的大黑痣也是一模一样。我虽然不了解你的妻子，但是这一切简直让人不敢相信。"

"是的，这一切太奇怪了，我得回家问个明白。"

"不管怎么样，你先把这副新的盔甲拿回去。"

张训拿着将军的盔甲，有些精神恍惚地离开了。他跟妻子结为夫妇已经三年，这三年妻子一直贤良淑德，怎么就那么神奇地出现在将军的梦里，给他以指示呢？但是将军定然不会编出这样的故事来骗他。回家的路上，张训左思右想，终于想明白了一件事情，不管是之前扇子的事情还是现在盔甲的事情，妻子总是可以提前预知，还安慰他，这的确很奇怪。为了弄明白这些事情，张训匆忙赶回家。回到家，看到张训手上的新盔甲，妻子只是笑了笑。

妻子的笑容惹人怜爱，怎么看都不像是一个妖怪，但张训心中的疑惑还是不断加深。这些事情还没有合理的解释，为了给将军一个交代，张训把妻子叫来询问，他将将军的梦告诉了妻子，妻子也大吃一惊："因为折扇跟盔甲的事情让你心情非常抑郁，为了让你的心情好转，于是我向老天爷诚心祈祷，也许是我的诚心感动了上天，所以才发生了这样不可思议的事情吧，老天爷知晓我的心愿，真是让我很高兴啊！"

听了妻子的话，张训虽然心中还有疑惑，但是除了对妻子的心意表示感谢以外，也没有办法再去追究，这件事情也就到此为止了。但是他的心里一直存有疑惑。后来，他暗暗地观察妻子的行为。后来北方的贼寇疯狂入侵到了这里，繁忙的公务让张训没有办法再去追查妻子入梦这件事。因为军务繁忙，张训每天早出晚归，五月份梅雨时节到了，天天都在下雨。

一天下午时分，天气终于放晴。张训早早地完成了公务，回到家发现妻子没有像往常一样在门口迎接自己。他进到院子里，发现院子里的石榴花开得正好，高大的树木下，妻子正蹲在那里，不知道在专注地看着什么东西，张训小心翼翼地来到妻子身后，却发现妻子的面前是一只昂首挺胸的大蟾蜍，而妻子的嘴里一直在念念有词地祈祷，蟾蜍的面前还供奉着酒壶。眼前所看到的一切让张训大吃一惊，仔细看去，这只蟾蜍的身体如同青苔一般，竟然只有三只脚。

张训只是一个武官，对于青蛙还有金华将军的事情，他都一无所知（在古代中国江浙一带，青蛙被奉为神明，称为"青蛙神"或"金华将军"），如果他对青蛙的传说有所了解，也许这样的事情就不会发生了。此时张训的脑子里涌现出之前全部的疑惑，他想也不想，在年轻妻子的背后，拔剑刺去，妻子连一句话都没有来得及说就被刺死了，火红的石榴花瓣撒落在石榴树下妻子的尸体上。

张训恍惚了很久才回过神，发现蟾蜍已经消失了，自己的脚下只有妻子的尸体。他的心中懊恼极了，即使妻子的举动让人不解，但是也应该听她将事情说明白，再做出处理也不晚，但是事情既然已经发生了，张训只好为妻子料理后事。第二天，张训把事情报告给了将军，将军点点头说："你的妻子果然是妖怪变的。"

张训对此不置可否。

然而，从此以后，张训的身边总是接连发生一些怪事，经常有三脚蟾蜍跟着他。他在屋里，蟾蜍便待在床边；他要是在院子里，他的脚边也会有蟾蜍跟着；如果出门，蟾蜍就跟在他的身后。不管他在什么地方，这只三脚的蟾蜍都会跟在他的身边。刚开始的时候只有一只，后来越来越多，变成了两只，三只，十只，而且有大有小。这些蟾蜍紧跟在他的身后，连成一片，让他十分烦恼。

这些蟾蜍虽然奇怪，但是只是紧紧地跟在张训的身边，并没有对他做什么，而且除了张训，其他的人看不到这些蟾蜍，这让张训更加痛苦万分。他忍无可忍的时候，就会拔剑乱砍一通，但是没有任何用处，这些蟾蜍会变换一下位置，依旧紧紧地跟着他。

没过多久，这些蟾蜍继续开始了新的动作，每当晚上张训睡着之后，一只大蟾蜍便会爬到他的胸口，让他喘不过气来。当他吃饭的时候，他的碗里或者是盘子里就有无数小蟾蜍，这发生的一切简直让张训寝食难安，过了一段时间，他开始变得消瘦，好像生了病。张训的情况引起了他的好朋友羊得的注意。羊得问清楚了事情的来龙去脉以后，请道士为张训驱邪，但是也没有起到任何作用，蟾蜍依旧缠着张训。

另一边，贼寇凶猛，京师危在旦夕，将军决定派遣一支军队去支援京城，其中包括张训。羊得担心张训的身体，让他以生病为由向将军提出请求，但是张训却坚持己见。因为除了想要报效国家外，张训认为倒不如战死沙场，那样总比现在被这些蟾蜍折磨致死要好。这次去支援京师，张训抱着必死的心思，把家产全部都变卖了。羊得也跟随张训一起前去。

大军渡过了长江，往北边行进。晚上，驻扎在一个小村庄里，因为村民较少，很多的士兵只能在外面休息。村子里有很多柳树，张训跟羊得在一棵大柳树下休息，此时张训身上穿的盔甲正是妻子向将军托梦讨来的那一副，秋天的月光映射着盔甲上的露珠，张训不由得想起了以前的事情。身边的羊得问张训：

"你身边还会有蟾蜍出现吗？"

"好像过了长江就不见了。"

"那太好了。"羊得非常高兴。

"看来我的选择果然没有错，应该是我振作精神以后，妖怪就无机可乘了。"

就在两人聊天的时候，张训好像听到了什么。

"是琵琶的声音。"

羊得认为是张训听错了，因为他什么也没有听到，但是张训却坚持说自己听到了琵琶声，跟妻子弹奏的一模一样，这让人不敢相信。张训丢下弓箭，神情恍惚地朝着琵琶声跑去。羊得感觉很诡异，连忙追上去，却发现张训已经消失不见了。

"大事不好！"

羊得返回营地，找来了几个人去寻找张训，伴随着月光，几个人走出村子，发现了一间古老的庙宇。这间庙宇破烂不堪，屋檐跟大门都已经腐朽，周围长满了杂草。几个人扒开草丛，好不容易来到了庙宇前，却听见走在前面的羊得惊慌大叫。

此时张训的盔甲正摆在庙宇前一块蟾蜍形状的巨石上，巨石下还有一只绿色的大蟾蜍，如同在看守张训的盔甲。就在羊得想看清蟾蜍是不是三只脚的时候，却发现蟾蜍已经消失不见了。几个人吓得停住了脚步，你看着我我看着你，但是还得去寻找张训，众人只好壮着胆子跟着羊得进入了庙宇。

庙里，张训就像是睡着了一样躺在那里，全身冰冷，几个人全力抢救，却发现已经无力回天了。众人无奈，只得将张训的尸体抬回，他们向村民询问，庙宇里供奉的是哪位神仙。村里人只知道那是个青蛙庙，却不知道是谁修建的。庙里十分荒凉，很少有人去祭拜。羊得这些人对青蛙神不甚了解，这时有一个来自杭州的士兵，向他们介绍了一些关于青蛙神的传说，众人才明白这件事的所有始末。而张训的妻子正是杭州人。

"这个故事到这里就结束了。鉴于以上原因，为了不让自己受到诅咒，请大家一定要对青蛙表示最大的尊重。"

　　星崎先生说完，拿起帕子擦了擦嘴巴，看了眼身后水缸里的大蟾蜍。

窑　变

1

　　这个故事发生在明治三十七年八月二十九日的傍晚。当时我是日俄战争的随行记者，我们到达了满洲战区。就在那一天下午三点多的时候，我们到了一个小村庄，这个小村庄的名字叫杨家店，此时前方战争非常激烈，正是辽阳攻防战阶段。当时的首山堡还没有被攻破，我们耳边充斥着络绎不绝的枪声。

　　作为随行记者，我们每天都在荒野里休息，所以到了晚上，我们要么两三人，要么四五人一组，分头在村子里找一户人家落脚，打算好好休息一下。杨家店这个村庄就像是它的名字一样，村子里杨柳非常多。我们四个人一组在穿过一片茂密的树林以后发现了一家大户人家，这家房子旁边有一口古老的水井，井边有一个看起来十八九岁的青年，他用绳子绑着水桶从井里往外打水，再把水倒到井边用扁担挑着的水桶里。我们用不太标准的中国话问他，可不可以在这里住？

他看起来有些害怕，不停地摇着头。我们又问他，这家大户人家姓什么？他用旁边的树枝在地上写了一个"徐"字后，问我们来这里干什么。

我们告诉他，我们希望在这里借宿，他立刻摇头挥着手，似乎在阻止我们。但是我们的中国话不好，再加上他的地方口音特别重，所以我们不知道他是否听懂了我们的话，也不知道他想表达什么。但是从他的动作和表情大概可以知道，他似乎是要阻止我们在这里住宿。但是因为不能完全理解他的意思，我们有些烦躁。

"我看我们还是先进去看一下吧！"我建议道。

同行的三个人比较着急，先走了一步，我在后面准备跟上去的时候，年轻的男子突然抓住了我，嘴里还嘟囔着刚才的话，我没有犹豫，推开他的手就跟了上去。

这里大门虽然开着，但却不像有人住过的样子，我们叫了好几声，都没有人应答，更没有人出来。

"这里不会没有住人吧？"

我们相互看了看，又到处转了转，发现门口右边的地方有一座小房子，小房子的大门正对着一片树林，林子后面是一个大屋，应该是院子的主建筑。我们先去小屋子里看了看，发现一个人都没有。我们实在太累了，所以拿来了破草席铺在小屋里，准备在这里先休息一下。我们饥肠辘辘，大家都很饿了。但是也没有食物果腹，便打算先喝点水充饥，但是水壶里的水在中午吃饭的时候已经快喝完了，于是我去刚才的古井打水，看到刚才的青年男子依旧站在柳树下。

我向他讨水，他非常爽快地帮我把水壶装满，但是依旧不停地向我说些刚才的那些话，但是我实在听不懂。他似乎有些着急，拿起树枝在地上写了三个字：家有妖。

如此，我终于知道了他的意思，于是也在地上写了一个"鬼"字，但是他却看不懂。虽然他告诉我房子里有妖怪，我不能清楚妖怪与鬼之间有什么区别，但是也能大概猜出来他是想告诉我这个房子是一个鬼屋，屋子里有妖怪，所以才阻止我们去。我向他表达了谢意以后，又回到了屋里。

等我回到屋里的时候，却发现多了一位老人正跟我其他的几位同伴交谈，我的同伴当中中国话比较好的T君在中间做翻译：

"老人家在这里已经工作三十年了，除了他以外，还有四五个帮佣，但是前一段时间这里发生了战争，所以家里的人都躲到里屋去了。他们虽然没有办法招待我们，但是可以给我们提供一些茶和砂糖，后面有菜园子，里面有青菜。他对我们很友好，如果我们想要留下来借宿的话也可以，今天我们就住在这里吧！"

"太好了，太感谢你了！"我们都很高兴，异口同声地向老人家说道。

老人微笑着离开了。T君说他想去菜园子里摘些蔬菜，不一会儿便抱回来了几根玉米。M君看到也去摘了一些回来。屋子里有一个灶台，我们在灶台里生了火开始烤玉米。我们带的东西中有盐巴，撒在了玉米上，还有其他的一些调料。这些玉米十分鲜甜，比日本的玉米好吃多了，不愧是当地的特产。我们轮番去菜园里采摘玉米。那位老人让一个十五六岁的少年给我们送来了开水，自己也拿来了一些茶叶和砂糖，我们非常感谢，连忙用水泡了茶加了砂糖喝了起来，就在我们恢复了精神以后，老人家小声地问T君："你们有没有药物？"

他告诉我们，他们的主母有一个十七岁的女儿，前一段时间生病了，但是这里比较偏僻，必须去辽阳城里才能拿到药，但是因为发生了战争，交通受到了阻碍，所以没有办法去买药，所以他才希望我们如果谁身上带了药物，可以分一些给他。我们这才知道，他之所以对我们这么热情原来也是有目的的，我们心里的感激之情不由得有些消减，但是知道其中的原因以后，对他们家的小姐也开始有些同情。当地人都觉得我们日本人精通药理，所以看到我们经常让我们帮忙配药或者看病。之前就有这样的事情发生，所以老人的要求我们也可以理解，但是我们并不能在不了解病人病情的情况下就胡乱配药。之前我们在海城宿舍的时候，我不注意把治疗眼睛的药水给肠胃病人用了，造成了很严重的后果。因为已经失误过一回了，所以在还没有了解到病人具体情况的时候，我绝对不会再乱给药。

T君向老人家解释了一番，希望他可以先让我们看过病人以后再给药，老人却看起来非常为难，但是我们的要求又很合理，所以他说先去跟主人商量一下，便跟少年回到了里屋。我们虽然不是医生，但是不能乱配药，这是基本原则。我们要求必须看过了病人以后，了解了病情后再给药，而且病人是一位才十七岁的小姑娘，当时我们还年轻，产生了想要去看一看病人真面目的兴趣。

"这么年轻的姑娘长什么样呢？"

"也不知道得的什么病？"

"千万不要是妇科病，我们的身上怎么会带这种药！"

"弄不好会是肺病，中国不是有种病叫肺痨吗！"

就在我们谈论的时候，我突然想到了年轻男子告诉我的"家有妖"的事情。

"刚才在井边打水的那个年轻人说这个屋子里有妖怪，他在地上还写了'家有妖'三个字。"

"嗯……"

其他的几个人也开始有些疑惑。

"这么说来，那个小姑娘是不是惹了什么妖魔？"T君说。

"如果真是如此，那我们的药也没有用啊！"M君笑道。

我们也一齐笑了起来。如果是太平盛世也就算了，现在战事不断，每天在枪林弹雨中生存的我们，对于这些妖魔鬼怪也没有放到心上。

"那个小姑娘怎么还没有来？"

"听说在中国，女人是不能轻易见外人的，也许她根本就不会来。"

前面依旧是络绎不绝的炮声，但是我们已经麻木了，不管是炮弹声还是照明弹刺眼的光线都无法影响我们。就在我们躺在地上谈论小姑娘的时候，天空也渐渐暗淡下来。满洲入秋非常早，这里的黄昏有些冷，我们把周围的柴火全部都放到了炉灶里，然后围坐在土灶前面。

2

"真想去辽阳，真希望敌人可以早点儿撤退啊！"

当我们又开始谈论战争的时候，老人来到了这里，告诉我们，他马上就把小姐带过来，到时候希望我们可以好好地诊治。听了老人的话，我们赶紧起身，跟着老人走到了门口，外面已经完全黑了下来，在月光的照耀下，柳树上的柳叶随风摇曳，显得苍白无力，周围还有蟋蟀和鸟叫的声音。

不一会儿，后面的林子里出现了一个灯笼，这让我想起《剪灯新话》里的《牡丹灯记》，还有三游庭园的《牡丹灯笼》。我不禁去猜测，拿着灯笼的一定是一名像幽灵一样的女子。这样一想，心中不觉有些凄凉。灯笼离我们越来越近，在我们面前出现了几个人影。只见一名老妇人搀扶着一名年轻的女子，这应该就是那位小姐，拿灯笼的是另外一名年轻的女子，她们三个都穿着绣花鞋，走路的时候没有声音。

从她们的装扮上应该看得出来，这位老妇人与提灯笼的女子应该是这家人的下人，我们把注意力都放在了中间的这个年轻的女子身上。虽然她才十七岁，但是看起来却非常成熟，个子很高，身材很消瘦，身上穿着一件黄绿色绲边的浅桃红的丝质衣服，她一边被老仆人扶着，一边用袖子遮住脸，不时咳嗽。

三人走到了柳树旁边停了下来，老人朝年龄大的女仆走了过去，低声说了一些话，当然我们都听不到。老女仆应该是他的妻子。老人交代了一些事情以后，又朝我们走了过来，十分客气地说："小姐已经过来了，请帮我们小姐诊治。"但是我们谁去给小姐诊治呢？我们都在思考，最后决定由中国话比较好的T君去为病人把脉，查看小姐的病情。T君去为生病的小姐诊治，他请小姐把脸露出来，以便看看她的脸色。老人将T君的意思告诉了老女仆，原本用袖子遮住脸的女子把袖子拿开了。一个脸色苍白得就像幽灵的美女的面容出现在我们面前，我一下子就想起来《剪灯新话》里的女鬼。

T君观察了小姐的脸色，为她把过脉以后，又用体温计帮她测量了体温。在这期间，她一直在咳嗽，有时甚至感觉都要咳出血来了，老女仆在旁边一直小心地照顾着。T君回头对我们小声地说道："看情况应该是肺病。"

"对。"

我们都点点头。我们虽然是外行，但是看得出她的病已经没有什么救了，很明显，她的呼吸系统出现了严重的问题。

"体温是三十八度七。"T君又说道。

"如果军医部在附近就好了，我们还可以帮她拿点药过来，但是现在已经没有任何办法了，我们只能给她一些退烧药，让她可以好受一些。"

"嗯，也只能这样了。"

我表示赞同。

T君从自己的腰包里拿出了一些白色粉末的退烧药，向老人说了怎么服用。没想到老人竟然跪在地上接受了药粉。这一幕让我心里很难受。满洲人很少吃药，所以对他们来说，药很有效，几近神物。我之前就听人说过，有肺炎患者吃中成药"宝丹"痊愈了。但是这位小姐，这么年轻就得了这么严重的肺病，这些普通的退烧药根本就没有什么用处，只能缓解一下不适症状。我们给了他两三天的退烧药，也是想给老人一点安慰，没想到他竟然跪下来感谢我们。他应该对这家人非常忠心，我很难过，忍不住把脸扭了过去。

"另外，晚上要小心不要吹风。"

听了T君的嘱咐以后，三个女子便行礼离开了。三个人从出现到离开一句话都没有说过。三个人的身影渐渐远去。老人目送她们离开，向我们行礼以后，便也离开了。

"看样子是活不了多长时间了，真是可怜啊。"

我们原本想要看看女孩是什么样子，但是在看到了年轻女子的模样以后，大家都没有办法笑出来了。我们互相看看，忍不住叹气。炉灶里的柴火已经快要烧完了，我准备再去拿一些，这时候外面突然传来一个男人的笑声，似乎还有脚步声朝屋里走了过来，出门一看，竟然是一个男人。

"请问里面是随军的战地记者吗？"

"是的。"我回答道。

"是我！"

我听出来，是口译S君的声音，非常高兴，走出门迎接："是S君吧，快点进来！"

S君朝其他人打过招呼后便来到了炉灶前。他是随军的中国话翻译，为人非常认真，对我们很亲切，经常向我们提供一些通信器材，所以很受战地记者的尊敬和爱戴。

他告诉我们，他来村子是为了征召作战物资的。但是他在村子里听到了一个很神奇的故事，所以才打算来这里看看谁在这里投宿。

"一个年轻的中国男子告诉我，那户姓徐的大户人家里有几个日本人借宿。他警告过不要去那里借宿，但是对方没有听。我问他是什么样的日本人，他告诉我，他们的手臂上戴着白布条，白布条上面有报社之类的字，我想一定是随军记者，但是不知道是哪个随军记者，便想来看看。"S君笑着说。

"年轻的中国男人……"我马上想起了那个男子，"他是不是跟你说这里有妖怪？"

"对。"S君点头说道，"他说他阻止过你们……"

"对，但是他告诉我们这里有妖怪，我们没有太当回事，还是进来了。他说的妖怪是指的什么？"我反问。

"看来你们是真的不知道啊！"

"他的地方口音特别浓重，又一下子说了那么多，我们中国话不好，所以不知道他说的什么。只明白他告诉我们这个房子里有妖怪，不让我们住在这里……"

"是的，"S君点头说道，"你说得没错，他的地方口音很重，刚开始他说房子里有妖怪，我也不知道是什么意思，他的祖父跟我解释过后，我才知道到底是怎么回事儿。"

想得比较周到的T君端过来茶水递给了S君，S君说道："谢谢了！"

　　S君接过水大口喝着。在战争年代，一杯加了糖的水对我们来说非常难得，在喝光了一杯茶以后，S君恢复了以往的认真，开始向我们说"家有妖"的事情。

　　即使到了晚上，战争依然在继续，炮弹声震耳欲聋，子弹声像炒豆子一样不绝于耳，但是此时我们的注意力全部放在了S君身上，就在这个昏暗的小屋子里，他向我们讲起了妖怪的事情。我们几个人围坐在火炉旁，认真地听着。

　　"这是一户姓徐的人家。应该是在五代之前，反正就是很久之前，按照日本的时间应该是元治或者是庆应初年，按照中国的时间应该是同治三四年的时间，当时洪秀全的太平天国刚刚覆灭。"S君熟知中国的历史，在讲故事之前先向我们交代了故事发生的时间背景。

　　"这户人家虽然是以务农为主，但也是瓦匠之家，他们家里盖了窑，在家里烧纸瓦片，生意不大，只有主人和两个儿子一起劳作。某一年的冬天，一天黄昏的时候，外面下着雪，家里突然来了两个陌生人，就像是被人追赶似的跑了进来。他们告诉主人，后面有官差追捕他们，希望可以让他们藏在这里，他们愿意把身上的金子分给屋主一半来表达谢意。说着，拿出了一个非常沉重的蛇皮袋子。屋主受了金子的诱惑，答应了帮他们藏身。但是屋子里没有合适的藏身地方，刚好窑里没有生火，便让他们钻了进去。关好门后，不一会儿就来了几个官差，问他们有没有两个人跑进来，主人装作不知道的样子，但是官差并不相信，在屋子里四处寻找。他们看起来十分肯定两个人藏在了这里。屋主非常害怕，但是现在后悔也已经晚了，就在这紧张的时刻，大哥给小弟一个眼神，他便装作什么都不知道，在窑里点了火。说起来还有些害怕！

"官差们找遍了整个屋子也没有发现藏有什么人，而且窑里也生着火，猜想里面应该不会藏人，虽然心里很不情愿，但是没有找到人，也只好离开。屋主这才松了一口气。但是窑里还藏着人，肯定不能像瓦片一样烧！就在他懊恼的时候，两个儿子却跟他说，窑里的两个人肯定是犯了什么大罪，如果官差发现他们帮着两个人藏身，他们肯定会受到牵连，倒不如直接烧死他们。除了这样，也没有其他的办法了。而且那两个人，与其在牢里接受严刑拷问，还不如直接在这里被烧死。要不是刚才自己看情况不对，在窑里生了火，官差们才不会离开，要不然等到他们发现窑里藏了那两个人，自己也得受牵连。事到如今，屋主也没有办法责怪两个儿子的做法过于残忍，只得又往窑里加了一些柴火，可怜这两个身份不明的人就这样死在了大火里。这两个人也许是洪秀全的余党，但是从江南逃到满洲也有些令人不信服，但是年轻人的祖父就是这样说的。

"总的来说，陌生人死了以后留下来了满满一蛇皮袋的金子。如果父子顺利地帮两人隐藏的话，可以得到袋子里一半的金子，但是现在两个人都死了，他们三个人就得到了所有的金子。虽然不知道到底有多少钱，但是的确让徐家的情况好了很多，周围的邻居对他们家境的突然变化也感到非常疑惑。

"但是从那以后，徐家的瓦窑里便接连发生很多无法解释的状况，先是没有办法烧出完整的瓦片，接着发生了窑变。窑变指的是烧出来的东西发生了与原计划的颜色和形状完全不同的变化，这是非常少见的现象，但是在徐家却非常频繁地发生。他们明明烧的是普通的瓦片，但是烧好以后拿出来一看，却变成了人的脸或者手脚的形状。周围的邻居议论纷纷，猜测徐家肯定隐瞒着什么事情，后来徐家的小儿子竟然也在窑里被烧死了，好像是哥哥不知道弟弟在窑里，直接把门关上点火了，后来哥哥也直接发疯死掉了，不同的厄运接连降临在徐家。

"屋主依然做着瓦片的生意，但是窑变的事情依旧没有好转，不得已，屋主只得购买了一些土地，只做一些农活。从那以后，徐家的怪事便没有了，经济状况也开始好转。十几年以后，屋主去世的时候说出了当年的事情，瓦窑的事情才被说了出来，但是因为已经过去了十几年，大家都觉得是屋主在说胡话。但是不管是窑变还是兄弟俩的事情，邻居们都相信是真的。

"两个儿子都比父亲死得早，徐家后来收养了一个女儿，并招人入赘，但是屋主死了两三年以后，养女和丈夫也先后去世了，而这对夫妻收养的子女在七八年后也都相继死去，所以到现在这里的屋主应该是第六代了。他也是徐家的养子，当时因为年龄还小，徐家的事情暂时由一个在徐家工作了三十年的王姓男子来照看，这个人对徐家非常忠心，即使知道徐家遭遇了这么多的变故，依旧守护着徐家，附近的居民也很佩服他的忠心，但是徐家实在是太蹊跷了，所以大家对这家人一直刻意保持一定的距离。那个年轻的中国男子看到你们跑到了这里，所以才提醒你们，但因为语言不通，你们没有理解他的意思，没有听他的劝阻。虽然你们没有理会他，但是他回去以后还是不放心。"

"原来是这样啊，其实我们已经见过那个妖怪了。"T君一脸严肃地说道。

"见过妖怪了？有什么事情发生吗？"S君一脸认真地问道。

"不是这样的，他开玩笑的。"我怕他误会，赶紧解释道，"是这家的女儿生病了，希望我们可以为她治疗，T还当了一次医生。"

"是这样啊。"S笑着说道，"那个年轻的女人，应该是媳妇。这事情我听说了，因为他们家被诅咒了，所以没有人愿意把女儿嫁给他们，忠心的老王只得去遥远的山东省，为主人找了一个年轻貌美的女子，话虽这样说，其实是出了高价钱买来的。但是这个女子一来这里就得病了，怎么也没有办法痊愈。可能是不敢告诉外人是屋主的妻子，所以才说是女儿吧。她得了什么病？"

"应该是肺痨。"T君说道。

"太可怜了！"S君皱着眉头说道，"她生病也许不是因为嫁到了这里，也可能是凑巧，所以鬼屋才有了让人去谈论的话题吧。我说得太多了，你们既然打算在这里休息，还是小心一些吧，别出来妖怪吓到你们。女妖更恐怖哟！"

S君一边跟我们开着玩笑，一边准备起身回去。炉灶中的柴火已经烧完了，只剩下一些零星的火花。我们把S君送到门口，此时的天空有很多星星，蟋蟀声一直萦绕在耳边。黑暗中夜晚的露水泛着白光，就像是下过了霜一样。

"太冷了，我们再加点火吧！"送S君离开以后，我们都赶紧回到了屋里。

第二天早上我们要离开的时候，老人又一次给我们端来了热水、茶，还有一些砂糖。他告诉我们，小姐昨天晚上吃了药，精神好了很多，还一直向我们表达他的感谢。但是不知道是不是我想得太多了，总感觉他的脸上似乎笼罩着一些阴影。

前方的枪声依旧激烈，早上我们准备出发，对于S君昨天晚上说的话，我们根本来不及思考，因为我们需要快速赶到师团司令部所在的地方。老人家把我们送到了门口，对我们鞠躬送别，我们便离开了。

三天以后，我们到达了辽阳城。直到现在，我们都没有机会再去徐家，但是偶尔我还是会想起徐家的老仆人，还有生病的年轻女子，徐家是因为闹鬼而没落了，还是依旧繁盛，我们就不得而知了。

月夜物语

1

E君说："我知道三个怪谈，分别发生在阴历的七月二十六日夜、八月十五日夜以及九月十三日夜，这三个日子，是江户人赏月的日子。这些怪谈有长有短，我就按月份的先后顺序来讲了。"

发生在七月二十六日夜的怪谈，这是某落语（落语是日本的传统曲艺形式之一，与中国的传统单口相声相似）家讲的，听说是明治八九年左右的事情。当时这位落语家刚刚出道，地位比垫场的艺人稍高一些，但是因为在师父家里经常被人冷落，这种寄人篱下的感觉让他心里很难受，所以在得到了父亲的允许以后，他准备搬出去，自力更生，于是他每天在外面寻找房子租住。当时跟现在不一样，当时的东京城虽然有很多空房子，但是因为没有像报纸一样可以刊登广告的地方，所以必须自己出去打探。他每天都在外面风尘仆仆地寻找，在浅草下谷附近和本所深川的周围耐心地打探，却一直找不到合适的房屋。他想找一个有两三个房间，并且房租不超过一圆二十五钱的地方，然而，这种要求即使在那个时代，也不是很容易。

炎热的八月底，天气非常炎热，他依然不停寻找着合适的房屋，在路过谷裕徒步走在某条巷子的时候，他擦了擦头上的汗，看到狭小的巷子入口处贴着出租的告示。告示上写道，有三个房间，分别是二席、三席、六席，房租是一圆二十钱。他很开心，终于找到了符合自己价位的房子，于是他快步朝巷子里走去，但是巷子似乎比想象中的更加狭窄，走到尽头的一间小屋里，滑门上张贴着一张出租的告示，应该就是这间了。按照当时的情况，房东白天应该拉开房门让别人可以方便参观，因为向房客逐一介绍实在是太麻烦了。虽然这间屋子外面的格子门关着，但是里面的门却开着，从这里就可以看到屋子里的情况，于是他在外面隔着格子门朝里面望。房子里的面积不大，三尺宽的脱鞋处往里便是里屋。二席房是在玄关内的待客室，挨着的是六席房，接着便是三席房和厨房。屋子里虽然有些昏暗，但是并不破旧。

他对这处房舍十分满意，正在暗自高兴之时，突然看到三席房里侧身坐着一个老太婆。他以为是看房子的人，便在格子门外大声地喊道："你好，打扰了！"

但是老太婆并没有动身。

"这间房子是要出租吗？"他又一次问道。

老太婆依旧没有动静，连续叫了好几声都没有应答，他只好放弃。

那个老太婆肯定是耳朵听不见。他有些生气地朝地上吐了一口口水，便朝巷子外面走去。巷子口杂货铺的老板娘刚好拿了一个水盆在路边洗衣服，他走上前问道："请问，巷子里那个出租房屋的屋主在哪里？"

老板娘告诉他，屋主是在离这里一町远的酒商。

"太感谢你了。屋子里有一个老太婆，可能是耳朵听不见，也许是睡着了，一直叫她，但是她没有任何反应。"

他多说了几句，老板娘听了，脸色立刻有些苍白："那个老太婆……又出现了吗？"

这位落语家胆子非常小，听到老板娘说"又出现了"，便脸色大变。他根本就没有心思再去找房东问个清楚，很快离开了那个地方。等到他回去以后冷静下来细想：当时正是八月份正中午，太阳很高，有可能是那个老板娘看我胆子小，跟我开玩笑吓唬我的。他虽然觉得这件事情有些莫名其妙，但是心里面依然有些疑惑，所以当天只得先回到了师父家里，停止了寻找房子。

那年夏天，天气非常炎热，每个说书的都休息了，就算是到了晚上，天气也并没比白天凉快多少，大家好像都无处可去。

"今天是二十六夜，你也出去拜拜吧！"师母提醒过以后他才知道，今天是二十六夜。虽然听别人说过，但是他自己从来没有去拜过，自己现在也是个生意人，等待二十六夜的月亮（二十六夜的月亮：旧历的一月与七月的二十六日，在这两天，大家会等待月亮出现，这个活动盛行于江户时代的江户之高轮还有品川之间）到底是什么情况，就当作是去见世面也好，当作乘凉也好，天黑以后，他便出门了。跟他一样，在晚上出来乘凉的人不少，二十六夜晚上的月亮在半夜的时候出现了，那些地势比较高的地方天黑以后看起来都非常热闹。

他先去了汤岛神社，那里全部都是人，挤满了男女老少。跟现在不一样，明治初年的时候还保留着江户时代的遗风，晚上等待月亮出现的人很多。他跟着人群四处闲逛，但是突然看到人群里有一个老太婆，特别像他在出租屋里看到的这个老太婆，他吓了一跳。要说老太婆有很多，而且长相好像都差不多，更何况白天看到的那个只是老太婆的侧影，但是现在看到的这个老太婆跟出租屋里的那个实在是太像了，就连身上穿的铫子梭织（铫子梭织：多为铫子对岸的茨城县鹿岛郡波崎生产，这种纺织品的表面有细小的皱纹）浴衣都非常相似，他觉得有些诡异，便提早离开了。

他原本想回神田，却改变主意去了九段，这里也挤满了很多人，他准备在这里待上一会儿，但是令他感到惊奇的是，他在汤岛看到的那个老太婆竟然又出现在这里，这让他很吃惊，如果这里只有他一个人的话，估计他会吓得大叫，于是他又快速地离开了这里。

然后他又爬上了在芝区（以前的区名，现在的东京都港区）的爱宕山，来到了高伦海的岸边。但是不管他去哪里，他都会看到那个老太婆。只是那个老太婆并不看他，也没有跟他打招呼，只是在人群里默默站着，但是这种情况已经让他非常害怕，不知道该怎么办。他觉得自己是被老太婆附身了。离后半夜月亮出来还有一段时间，但是他已经不想管这些了，只想早点儿回到家里，但是当时交通不发达，没有电车，也没有马车，他只得乘坐人力车回家，当车行驶到金杉大路边时，车夫停了下来。

"大爷，请您稍等一下，我去买些蜡烛。"车夫说完，便去杂货铺买灯笼需要用到的蜡烛了。杂货铺让他想到了今天杂货铺的老板娘，他从人力车上回头看，竟然看到老太婆就站在离这里两间位置的阴暗处，一看到她，他就像是发了疯一样地跳了下来，拼命地朝新桥的方向跑去。

他师父家在根岸，他已经没有力气再跑回去，等他跑到了热闹的地方，思考自己该去哪里。老太婆虽然没有追上来，但是他心里依旧无法平静，在三十间崛（三十间崛：现中央区银座附近）的地方有一家船运旅馆，经常给他的师父捧场，应该会让他留宿，他急急忙忙地跑过去。前台看他如此，也吓了一跳："你的脸色怎么这样难看？不会是得了什么急病吧？"

他喘着粗气将这些事情告诉了他们，大家哈哈大笑，就连在场的艺伎也笑话他胆子小。但对于他来说，这可不是什么好笑的事情。那天晚上他留宿在旅店里，就在半夜月亮出来的关键时候，他正蜷缩在房间里的蚊帐内。

第二天早上，他回到了师父家里，大伙儿依然笑话他胆小。因为心里有疑惑，他又来到了御徒町，在附近打听那间出租屋的情况。但是发现那间出租屋并没有发生什么不可思议的事情，没有人横死，也没有举行过葬礼。原来是一家当铺的掌柜住在那里，现在搬到了同町内，但是他的一切情况都很正常。就在上个月盂兰盆节前掌柜搬走两三天的时候，焚烧迎火（迎火：是在旧历的七月十三日的晚上在门前点火迎接祖先的灵魂，是盂兰盆其中的一个佛事）的十三日晚上，有的人看到了一个老太婆进了那间屋子，没有人知道老太婆是什么时候离开的，但是从此以后，经常有人看见老太婆坐在那个屋里，酒商觉得诡异，找来了四五个人找遍了整个屋子也没有发现老太婆的踪迹。这个事情很快被人议论开了，就再也没有人来租房子了。但是空屋子里经常看到老太婆坐在那里，不知道是什么幽灵不小心闯了进来。

听了这些，他不由得脸色苍白，觉得自己一定是被幽灵附身了。在回家的路上，他感觉身体非常不舒服，在这之后的三天里，他病得有些神志不清，但是老太婆并没有一直纠缠他，以后也没有出现在他的周围。他这才放下心，九月过后，便开始自己演出。

直到冬天的时候，那间空房子依旧没有租出去，就在十一月份的某天正午的时候，突然烧起了火，而且着火的只有那一间屋子，这实在是令人浮想联翩。

2

第二个故事发生在十五夜，这个故事非常简短。大概发生在二十年前。芝区樱川町附近因市区重点规划要搞基础建设，在这里居住的居民都要在一段时间内搬离这里。"我记得有一家香烟店，也许是我记错了。"老板娘对到来的官员这样说道。

他来到这里的时候是明治之后，在这里已经做了二十年的生意，但是有件诡异的事情，就是在二楼楼梯的下面会模糊地看到人影。他仔细地想了想，这样的情况好像每年只在旧历八月十五的时候出现，如果当天晚上是阴天或者是下雨就看不到了。如果月亮非常明亮，就可以看到。他原本以为是月亮的照射，所以才会出现人影，但是在其他的时间，即使月亮高挂也不曾出现这样的情况，只有八月十五的时候才会出现。虽然影子很模糊，但是可以看出来是一个男人。不过他除了呆呆地站在那里，并没有什么其他的行为，倒也不用怎么害怕。

屋主是一个胆子较大的人，只有在半夜的时候，怪影才会出现，而且一年只出现了一次，所以包括妻子在内的其他所有家里人都不知道。他甚至觉得除了自己，其他人都看不到，但是不管怎么样，说出来让其他人烦心总是不好的，他便没有将此事告诉他人，一直默默地藏在自己的心里面。就这样几年过去了，屋主已经习惯了，也不觉得有什么奇怪的了。

这次市区规划让他们搬离这里，房子将会被拆除，刚好趁这个机会他想看看下面到底是什么东西。屋主说也许会发现人的骷髅或者是装了金银的瓶子。因为之前发生过这样的事情。所以他试探性地朝地板下面挖去，就是在店里楼梯下附近的位置，果然发现了五个小骷髅，但并不是人的，而是五个动物的骨头，其中三条是狗，另外两只不知道是猫还是什么。也不知道是什么时候，有人砍下了这五只动物的头颅埋到了这里，但是这样做的原因是什么，似乎没有人可以解释。

有两三家的报纸针对这个事件做出了报道，但是最后都不了了之。

3

第三个故事发生在明治十九年（公元一八八六年）的十三夜。我当时住在小石川的大冢。虽然现在那里已经有电车来往，但是当时与现在不同，一直到明治末年，那里还是十分荒凉，还保留着江户时代很多比较古老的建筑物。而且当时，我还是少年，仅有十五六岁，山水地区（四谷、青山、市谷、小石川、本乡这些地区）还是一个偏远的小镇，远离繁华市区，大部分房舍都是江户时代的古建筑，即使是白天也很阴暗，更别提天黑以后了，很多妇女小孩走到这里都觉得害怕。所以，当时那个地方的房租都非常便宜，我的父亲也比较胆大，他在那里买了一些地段，我就在那里长大。

后来，梶井用很便宜的价钱买了我家对面的土地和房屋。梶井是我中学时期的朋友，他的父亲在银行上班。他买下的房屋原本从江户时期就是一个姓本多的昔日旗本在住，装修很豪华。后来经过维新以后生意失败，旗本这才卖掉了祖传的宅子，去了沼津。梶井一家买完房子就直接搬了进来。虽然宅子有些老旧，也受到过了一些较为严重的破坏，但是屋子里面却十分宽敞，整个院子有足足上千平方米。

因为宅邸之前受到了一些严重的破坏，所以梶井一家在买了宅子以后花了很多的钱去修补，等到房屋修整完以后，又开始修整庭院。当时我的年龄还小，对于梶井的父亲，我只是大概知道他从事投机的工作，知道他赚了很多的钱，用现在的话就是暴发户，他每天都会请很多的工人在院子里工作。有一天下午，梶井十分紧张地跑来找我，说是家里发生了一件让人匪夷所思的事情，让我去看一下。

十一月初应该是小阳春。这一天天气非常晴朗。梶井来找我的时候气喘吁吁，我走出去问道："发生了什么不可思议的事情啊？"

"有一条大蛇出现在稻荷神社的廊子下面。"

我忍俊不禁。

梶井一直住在下町的商业区，所以看到一条蛇才会觉得大惊小怪，而我从小在这杂草丛生的环境里长大，那些蛇和青蛙就像是我的朋友一样。

梶井看我没有多大的反应，又接着说："我家院子里有两棵大山毛树，周围长满了茂密的杂草林木，那里有一个小小的稻荷神社，这些你应该都知道的吧？"

"我知道啊，是那个比较破旧的，几乎快要倒了的稻荷神社吧？蛇是在廊子下出现的吗？"

"对，那条灰色的蛇足足有三尺长呢！"

"三尺……也不是很大啊！"我笑着说道，"这附近一带确实有很多蛇呢！"

"哎呀，不是只有蛇了，你快来跟我看看吧！"梶井不断催促我跟他一起去，我也只好跟他一起去看看，到底发生了什么不可思议的事情。庭院里全部都是长得非常茂密的杂草，院子角落的大山毛下有十几个园林师傅站着议论纷纷，梶井的父亲也穿着木屐站在庭院里。

从前的屋主一直在神社里祭拜，神社已经十分破旧了。因为新的屋主并不是十分敬拜稻荷神社，所以准备趁这次修理庭院的时候，拆掉神社。这个神社已经破旧不堪，所以只需要轻轻一推，估计就会倒塌。所以就在三四个师傅准备动手的时候，却发现神社前面的鸟居（鸟居：参拜神社时入口的门）上，挂了一个"十三夜稻荷"的牌匾。虽然稻荷神社各式各样，有很多，但是十三夜的却非常少见。梶井和他的父母听说这件事，都出来看，却发现牌匾上确实写的是十三夜稻荷。

　　梶井的父亲也觉得这非常奇怪，这个稻荷神实在是稀奇，为了保险，他想还是看一下神社里供奉的到底是什么再做决定，结果在神社里竟然找到了一个白色的小木箱，而且上了锁。大家把已经生锈的锁打开，发现箱子里面竟然是一封信，还有一些女人的头发。信中的内容我已经记得不太清楚了，只记得大概：府里的小妾阿玉与家臣之间发生了不轨的事情，被暴露出来，在这之后赏月的晚上，两个人被处死了，为了避免女人死去的灵魂作祟，所以将她的头发放在这里供奉。

　　以前的旗本宅邸经常会有这样的事情发生，为了防止女人的灵魂作祟，会建立神社进行供奉。弄清楚了事情以后，园林师傅毛骨悚然，但是梶井的父亲并不是一个迷信的人，只是觉得有些可笑，就在他准备将信笺与头发丢到火里的时候，梶井的母亲阻止了他。而在园丁们准备拆除神社的时候，廊子下突然出现了一条大蛇，就在众人感到惊奇的时候，大蛇却钻到草丛里消失了。

　　灰色的大蛇虽然消失了，但是头发与信笺还在，梶井将这些送到了自己家的菩提寺里，准备给他们念经超度后再埋到墓地里。我终于知道梶井叫我来是为了看这些。我对此十分好奇，不过看过了信笺和头发之后，我并没有放在心上，因为我也不相信会有灵魂作祟。

信笺上写着"于之后赏月夜"，这个叫阿玉的小妾应该是在九月十三的晚上，与家臣幽会的时候被主人发现并且处死的吧，所以十三日应该是她的忌日，这也就是神社叫作十三夜稻荷的原因了。屋子的前主人在这里已经居住了很长时间，这应该是之前某代的主人发生的事情吧。

鸟居的柱子上刻的时间是安政十三年，应该是在安政二年地震以后重新修建的。如果继续往前追究的话，这件事应该发生在很久之前。梶井经过多方面的考证才这样说的，但是我并没有将这件事情放在心上。所以对于后来他们是将信笺还有头发送到了寺院还是烧了，我并不关心，也没有再问过。

如果这个事情到此结束了，那也没有什么好谈论的，就当作是一个古老的传说好了，但是后面发生的事情就不得不让我重新思考这件事了。

梶井体弱多病，经常没有办法上学，所以比我晚毕业一年。他本来打算当医生，所以进入了汤岛的济生学舍（是私立药校，建立于明治九年）学习。当时的济生学舍很有名，为国家培养了上万名医生。不过这里也有很多的浪荡子弟，经常与妓女一起。而梶井就在他二十二岁的那年秋天，与一个妓女一起食用吗啡殉情了。梶井是家里的独生子，家境富有，父母对他非常宠爱，他不可能因为钱自杀，他自杀的原因如果非得找出一个的话，可能因身体多病而产生了这样悲观的想法，也许是受到了女方的影响。但是他到底为何自杀，没有人知道，除了这个解释以外，我想不出来其他的原因。

我去梶井家祭拜的时候，他的母亲一边哭一边说："我实在想不通他为什么要做这样的傻事。后来打听以后才知道那个女人就是以前的屋主本多的女儿，他们搬走以后，家境越来越差，最后只得把独生女儿卖到了吉原，也不知道我的儿子知不知道这些事情。"

"实在是太令人不可思议了。梶井也许知道吧，所以才会觉得两个人特别有缘分。"我这样说道，"但是，你有没有注意到梶井离开家的时候有什么不对劲的地方，这件事情发生得实在是太突然了，我被吓了一跳……"

"他那天请假没有去学校，下午也没有什么事情，就出去了。他出去的时候还对我说，娘，今天是旧历的十三夜。说完，还把院子里的芒草摘了，我原本以为他是要拿给朋友，所以也没有多想，后来才知道两个人死的时候房间里插着芒草。"

十三夜，一向崇尚文明的我也觉得心中有些茫然。

第二年，发生了中日战争。梶井的父亲因为贩卖军需品赚了不少的钱，战争结束以后，政府鼓励创业，他又涉足了很多其他的行业，但是最后的效果并不太好，最后他只得开始贩卖土地和田产，后来非常狼狈地搬到了其他的地方。

百 物 语

大概是八十年以前吧——O君说了之后，自己忍不住笑了出来。或许是更早的事情，那是弘化元年或二年的九月，发生在上州某大名城内的事儿。

那是一个秋天的夜晚，年轻的武士正在执勤。从前一夜开始，就一直在下雨，真是个吓人的晚上啊。然而，不管是什么时代，人们都喜欢在这样可怕的夜晚聊起一些怪谈。其中，被大家尊称为前辈的中原武太夫说："对于世界上有没有妖怪这件事儿，自古以来都是众说纷纭，像今天这样的气氛是最适合谈论这个话题的，我们不妨来举行百物语，看看妖怪会不会真的出现。"

"行啊，这有意思。"

因为在场的大多数人都是年轻而又血气方刚的武士，所以这个提议一说出来就得到了大家的赞同。首先，他们将纸罩座灯的灯口用青纸覆盖住，再放一百根灯芯进去，把它们摆放在五房以外的内宅书院，并且放了一面镜子在旁边。大家说好了，每去熄灭一盏灯芯，就去看看镜子。当然了，前提是五房都不能点灯，百物语必须在黑暗中进行。

"说是百物语，那么是不是一定要一百人轮流完成啊？"关于这点，说法不一。大部分人觉得百只是个形式，不一定要求一百人，事实上他们也凑不够一百人。不过，故事需要有一百个，他们抽签，每个人说三四个故事。不过，人当然是越多越好，所以大家把司茶和尚都叫了过来。到了晚上八点，由第一个年轻武士浦边四郎开始说起怪谈。

因为一定要说够一百个，所以大家说好了，尽量选择简短的故事。然而，即便这样，时间也过得飞快，说到第八十三个故事的时候已经接近凌晨两点了。第八十三个故事依然轮到中原武太夫讲，这已经是轮到他的第三次了，他所知道的怪谈已经说完，只好说了个比丘尼与诸侯贴身武士私通，最后化身鬼怪的老掉牙的故事，然后去灭掉内室座灯的灯火。

要走到放置座灯的书院，需要经过五个阴暗的榻榻米房，因为中原已经走过两回了，所以第三回即使是黑暗中他也大概有了方向感。他站起身来去拉下一个房间的门，然后笔直地穿过黑暗的榻榻米房，来到放置座灯的书院。此时他一回头，依稀看到刚才路过的房间右边墙上居然挂着一个白色的物件。他往回走了几步，定睛一看，是一个身穿白衣的女人挂在天花板上。

"看来一直以来的传说是真的，这就是所谓的怪物吧。"中原心里想。

然而他足够坚强，接着走进了下一个榻榻米房，按照惯例去熄灭一根灯芯，接着拿起镜子看，并没有出现怪物的样子。返回的过程中，他又看到了墙边的白影。

中原回到座位后，并没有和大伙儿说起刚刚看到的东西。接着，轮到第八十四号的筧甚五右卫门起身去灭灯了。紧接着大家都按顺序去灭灯，但却没有人提起他看到的怪事，中原心里觉得很纳闷。就在他盘算着是否只有自己看到妖怪，还是其他人也看到了，只不过他们和自己一样保持缄默的时候，第一百号的故事讲完了，一百盏灯芯也被熄灭了，整个房间一片漆黑。

中原试着开口问大家："百物语已经结束了，大家都没有遭遇诡异的事吗？"

大伙儿默不作声，就在此时，筧甚五右卫门回答："刚才我怕吓到大家，我在第八十四个故事讲完过去的时候就看见了奇怪的东西。"紧接着，大家都把自己看到的怪事说出来了。原来，从第七十五号的本乡弥次郎开始，之后的每个人都看见了，不过是怕被众人耻笑，所以装作没看见罢了。

"那么，现在大家起身去看个究竟吧。"中原带头起来，其他人也陆续跟在后面。由于刚才黑暗没有看清楚，现在在灯光下，大伙儿终于看明白了，那是个年方十八九岁的美女，身穿白衣，系着白色腰带，披头散发，上吊自尽。在大家的包围下，女人的长相没有改变，大伙儿就猜测这不是妖怪。他们认为应该在天亮前保持原状，于是把房门闭上，在房前看守，然而白衣女子的尸体依然挂在上面。直至黎明时分，她的身影还没有消失。

"这实在是太奇怪了吧。"大家有些惊讶。

"不奇怪,她真的是人。"中原说。

其实,中原一开始就觉得她并不是妖怪,他为自己的先见之明笑了起来。既然确认她并不是妖怪,那么就得想办法处置了。大家突然慌乱起来,赶紧向官差报了案,官差也觉得惊讶。

"天哪,这不是岛川夫人吗?"

岛川是负责内务的女侍,据说常蒙召侍寝,大家更是吓了一跳。官差们吓得脸色发青,但是转念一想,内勤的女人怎么会到这儿来呢?如果是自杀,也断不可能选择这种地方。城内城外区分严格,她身为女侍怎么会到这儿来?无论怎么说,她都不可能是岛川。或许是两个人长得相似,或许是妖怪在作祟。官差告诉他们,这事情不能声张。紧接着,他们把事情向内勤家老(江户幕府武家重臣,负责主持家事,统御全家)做了汇报。

内勤家老下田治兵卫听了,眉头紧蹙,他先到内宅去求见岛川夫人,结果听说岛川夫人身体不适,不能见客。顿时,他觉得事有蹊跷,就进一步提出:"实在抱歉,但是我确实有急事求见。"下田治兵卫不安地等待着,只见岛川夫人从房间里头出来了,确实是一副身体不适的模样,但可以确定的是,她依然好好地活着。这下,下田就安心了。岛川不明所以,下田草草应付了几句,就离开到了外宅。然而,白衣女已经消失了,在大家的严密看守下,白衣女平白无故地消失了,这实在让下田感到不解。

"我见到岛川夫人了，她还活着。这么看来，确实是妖怪作祟，这事断不能声张。"中原觉得，那是妖怪，中途又变成了人，最后又化身妖怪，大伙儿仿佛做了一场梦。然而，因为白衣女确实是在众目睽睽之下消失的，也就没什么好争辩的了。百物语让大家确定了世界上真的有妖怪一事。

　　岛川夫人身体恢复了一些之后，还在内宅工作，过了两个月又声称自己不舒服，后来某个晚上在房间里上吊自杀了。听说她身体不适，是因为与人生了仇怨。

　　如今回想起来，那天夜里出现的真的只是妖怪吗？还是说，那会儿的岛川夫人已经下了决心要自杀，那只是她的灵魂？中原晚年与人说起这件事的时候，表示这可能永远都是一个谜。这也许就和前面的故事一样，是一种离魂病。